WESTERN TERRITORY
DER RUF DES GOLDES

EIN ROMAN VON
DANIEL NEUFANG

1. Auflage Mai 2023
© 2023 Daniel Neufang

*Alle Rechte vorbehalten. Beachten Sie die Urheberrechte auf Inhalt und Grafiken
Charaktere sind rein fiktiv, Handlungsparallelen unbeabsichtigt*

Kontakt:
E-Mail - daniel.neufang@gmail.com
Webseite - www.danielneufang.wordpress.com

Herstellung und Verlag:
BoD – Books on Demand, Norderstedt

Bibliografische Information der Deutschen Nationalbibliothek: Die Deutsche Nationalbibliothek verzeichnet diese Publikation in der Deutschen Nationalbibliografie; detaillierte bibliografische Daten sind im Internet über www.dnb.de abrufbar.

ISBN: 978-3-757-80757-3

Liverpool 1880.

Nach einem tragischen Verlust beschließt Stuart Irving, zusammen mit seiner abenteuerlustigen Schwester Penny, die Reise in die Vereinigten Staaten anzutreten. Dort will er sich als Goldgräber einen Namen machen. Nach zwei Jahren in New York reichen die Rücklagen ihren Traum zu verwirklichen. So zieht es die beiden in Richtung Kalifornien. Im Western Territory stoßen die Geschwister auf die Kleinstadt Kingston, in der all ihre Wünsche in Erfüllung gehen könnten.

Im Laufe der Jahre entzweien sich die Geschwister zusehends, was an Stuart nicht spurlos vorübergeht. Für Irving führt dies ins Verderben. Misstrauen bestimmt sein Leben, bis das Schicksal erneut grausam zuschlägt.

1. Kapitel

Ein heißer Sommertag im Bundesstaat Montana Ende Juli 1931. Die dichten Wälder, die zu beiden Seiten eines Nebenarms des Missouri-River die Landschaft bedeckten, standen in vollem Grün. Vögel sangen ihre beruhigenden Lieder, welche vom leichten Rauschen des Flusses und dem sanften Geräusch der im Wind raschelnden Blätter untermalt wurden. Langsam schlängelte sich der Fluss durch die tiefen Bergschluchten, während die frühen Sonnenstrahlen sein schnell fließendes Wasser silbrig schimmern ließen. Kein Mensch verirrte sich normalerweise in diese wunderschöne und dennoch raue, gefährliche Wildnis. Nur ein einziger Mann trotzte den Naturgewalten. Sein Name war Jack Whitney. Mit ernster, hochkonzentrierter Miene stand der inzwischen Einundsiebzigjährige bis zu den Hüften in dem rauschenden Fluss. Die abgenutzte Jeans, wie auch seine Lederstiefel waren komplett von den kühlenden Fluten bedeckt. Er trug sein langes, graues Haar stets offen und schützte die hohe Stirn durch einen breiten Cowboyhut. Der dichte Bart verdeckte den Großteil seines faltigen Gesichts. In dieser Ruhe bewegte sich die schmale Angelrute im Takt, schwungvoll über den Kopf, vor und zurück. Fliegenfischen brachte ihm die nötige Entspannung. Gedankenversunken starrte der drahtige, alte Mann auf die Fische, welche sich im glasklaren Wasser ihren Weg bahnten. Plötzlich störte eine Männerstimme diese himmlische Stille.

„Sorry, Sir. Ich ahnte nicht, dass hier schon jemand fischt." Ein junger Mann stand auf dem schmalen Pfad, der durch den Wald zum Wasser führte. In seiner Hand trug er seine Angelausrüstung.

„Kein Problem", raunte Jack, ohne seinen Blick von der Schnur abzuwenden.

„Darf ich Ihnen Gesellschaft leisten?" Auf diese höfliche Frage hin, erntete der Vierundzwanzigjährige, drahtige Fremde ein leichtes Nicken. Ohne weitere Worte zu wechseln, bestückte er die Rute mit einem Köder und näherte sich behutsam dem alten Mann. „Sind Sie oft hier draußen?" Ernst schaute Jack sein Gegenüber an. „Verzeihung. Wie unhöflich von mir. Mein Name ist Jason Matherson."

„Jack Whitney. Du bist seit einer gefühlten Ewigkeit der erste Mensch, der sich in diese Einsamkeit verirrt."

„Meine Frau und ich sind im Urlaub. Ich wollte noch einmal ein wenig entspannen, ehe es wieder an die Arbeit geht", flüsterte der braunhaarige, junge Mann. „Wir zelten nicht weit von hier entfernt."

„Hm", murrte der Alte und konzentrierte sich weiterhin auf seine monotone Wurftechnik. So standen die beiden nebeneinander. Sie schwiegen eine Weile, bis Matherson seine Neugier nicht mehr verbergen konnte.

„Seit wann fischen Sie? Ihre Technik ist bewundernswert." Geschmeichelt wandte sich der Greis zu ihm und ein Lächeln stahl sich auf seine, unter dem dichten Bart versteckten, Lippen.

„Ich habe lange gebraucht, um es zu erlernen. Doch hier draußen ist Zeit alles, von dem es mehr als genug gibt. Darf ich erfahren, woher du kommst?" Jason war froh einen solch netten Menschen zu treffen. Denn allein hätte er nur wenig Freude gehabt.

„Springville, Utah, Sir. Es war mein größter Wunsch diese raue Natur einmal selbst zu erleben." Jack musste laut lachen, als er das hörte.

„Dann bist du ein mutiger Mann. Hier gibt es Bären, Schlangen und auch Luchse." Dessen war sich Jason nicht bewusst und wirkte auf einmal wie betäubt. Langsam zog der Trapper seine dünne Jacke zur Seite. In einem ledernen Brustholster glänzte der Lauf eines Peace-Makers. „So was steigert deine Überlebenschancen." Eingeschüchtert antwortete der junge Mann leise: „Ich glaube, ich bleibe vorsichtshalber dicht an Ihrer Seite." Eine Stunde verging, während der sich die beiden angenehm unterhielten.

„Was führt Sie eigentlich in diese menschenleere Gegend?", wollte Matherson in Erfahrung bringen. „Hätten Sie nicht mehr Gesellschaft in Bozeman oder Missoula?" Auf einen Schlag war die Vergangenheit wieder allgegenwärtig. Selbst Jacks hypnotisierenden Bewegungen hörten abrupt auf. „Sorry, das hätte ich wohl nicht sagen sollen", versuchte sich Jason zu entschuldigen.

„Weißt du, mein junger, unerfahrener Freund, ich sehe auf ein langes Leben zurück. Es gibt so viele Dinge, die ich zutiefst bereue. Den Rest meiner Tage möchte ich allein verbringen, um niemandem zu schaden." Nun war die Neugier des jungen Mannes erst recht geweckt, was an seinem Blick deutlich zu erkennen war. „Willst du meine Geschichte hören?"

Aufgeregt nickte Jason. „Alles begann mit Stuart Irving, einem jungen Burschen aus England. Ohne ihn und sein Schicksal wäre es sinnlos von der Vergangenheit zu erzählen." Der Alte atmete noch einmal tief durch, ehe er von der tragischen Geschichte seines Freundes berichtete…

Dichter, zäher, undurchsichtiger Nebel lag am Abend des 16. Februar 1880 über der englischen Hafenstadt Liverpool. Leichter, eiskalter Regen mischte sich mit dem böigen Westwind. Wie eine Schicht Puderzucker bedeckte eine hauchdünne Schneeschicht die grobgepflasterten Bürgersteige des Arbeiterviertels. Aus jedem der aneinandergereihten, schmalen Backsteinhäuser der Alley-Street stieg grauschwarzer Rauch aus den Schornsteinen und mischte sich mit dem dunklen, bedeckten Himmel. Nur einen Steinwurf entfernt befand sich der Hafen, in dem täglich die Ladungen der Schiffe gelöscht oder verladen wurden. In diesem rauen, von Härte geprägten Arbeitermilieu lebte die Familie Irving. Hank Irving hatte gerade sein vierzigstes Lebensjahr vollendet. Der große, hagere, jedoch kräftige Mann arbeitete seit fast zwanzig Jahren als Vorarbeiter der Entladestelle im nahegelegenen Hafen. Er verfügte über keine Schulausbildung und hatte sich mit großem Fleiß vom Hilfs- zum Vorarbeiter gemausert. Auch wenn er diese Tätigkeit gern verrichtete, galt seine ganze Liebe der Familie. Carol Irving war zwei Jahre jünger. Ihre Wurzeln lagen in Nordirland, genauer gesagt in Londonderry am River Foyle. Sie lernte ihren Mann auf einer Reise kennen und heiratete ihn, trotz der Ablehnung ihres katholischen Elternhauses. Während ihr Gatte den Lebensunterhalt bestritt, kümmerte sich die zierliche Frau um die Erziehung der Kinder, sowie der Führung des Haushalts. Im Falle, dass das Geld am Ende eines jeden Monats knapp wurde, machte Carol Näh- und Ausbesserungsarbeiten an diversen Kleidungsstücken.

Diese Fähigkeit gab die liebevolle Mutter schon früh an das Nesthäkchen Penny weiter. Wie ihre Brüder, Stu und James, brach auch die Kleine die Schule ab, um ihre

Familie mit allen Mitteln, die ihr zur Verfügung standen, zu unterstützen. Hank nannte die Vierzehnjährige seine Puppe, da sie sehr zierlich war und ihre Augen, wie blaues Glas funkelten. James, der Zweitgeborene, hatte inzwischen sein sechzehntes Lebensjahr vollendet. Im Gegensatz zu den restlichen Irvings reagierte er oft emotional, hitzig und ungestüm, was sie auf den Charakter des Großvaters väterlicherseits zurückführten. Mit seinem großen, kräftigen Körperbau verteidigte er jeden geliebten Menschen bis aufs Blut. Meist, wenn James geschunden nach Hause kam, ging es um seine kleine Schwester. Die Eltern konnten nur tatenlos zusehen, wie sich ihr Sohn immer wieder in eine solche Gefahr begab. Zu guter Letzt war da ihr ältester Spross, Stuart Irving, der von allen nur Stu gerufen wurde. Auch er verfügte über die stattliche Körpergröße seines Vaters, aber nicht über die Muskulosität seines jüngeren Bruders. Dies machte Stu jedoch durch andere Tugenden wett. Seine Stärken lagen im immensen Durchhaltevermögen, der Sturheit und der Lust immer etwas Neues dazuzulernen. Außerdem strahlte der Siebzehnjährige eine Ruhe aus, die sich häufig auf das Umfeld, insbesondere auf James, übertrug. Wie ihr Vater arbeiteten die beiden Burschen im Hafen. Doch im Vergleich zu ihrem alten Herrn hatten sie nur die Stellung von Hilfskräften inne, was ihnen trotz allem gutes Geld einbrachte, womit sie die Familie unterstützen konnten. An diesem Abend saß Carol zusammen mit Penny am alten Esstisch. Obwohl es erst Mitte des Monats war, überschritten die Ausgaben bereits das Familienbudget, so dass sie schon zu diesem Zeitpunkt Näharbeiten durchführten. Der grimmige Wind pfiff über die Straße und peitschte den prasselnden Regen gegen das einladende Küchenfenster, welches einen freien

Blick auf die Alley-Street ermöglichte. Die Möblierung der drei kleinen Räume im Erdgeschoss erschien eher spärlich. Ein dreißig Jahre alter Kohlenherd sorgte nicht nur für die nötige Wärme, sondern auch für die warme Mahlzeit, die nicht allzu oft den Küchentisch fand. An der langen Wand befand sich eine Anrichte unter der vier Schränke Lagerungsmöglichkeiten boten. Das wertvollste war eine längliche Vitrine, die Hank geerbt hatte. Sie diente als Stauraum für das Geschirr. Um den Tisch standen fünf alte Holzstühle, welche nur noch durch Hanks eingeschlagene Nägel zusammengehalten wurden. Im hinteren Bereich befanden sich die beiden winzigen Schlafzimmer. Die kleinen Zimmer verfügten über gerade so viel Platz, dass jeder ein Bett und einen winzigen Kleiderschrank darin unterbringen konnte. Es war ein sehr bescheidenes Leben. Doch die Familie Irving machte das Beste daraus. Aus der Ferne waren die Kirchenglocken zu hören, die zur siebten Abendstunde schlugen. Plötzlich hörte Carol das laute Klacken des Schlosses der Eingangstür und die drei Männer des Hauses traten schweigend ein. Mit ernster Miene hängte Hank Irving seine Jacke an den Haken. Voller Scham taten es ihm seine beiden Söhne gleich, ehe alle am Esstisch Platz nahmen. Erledigt von den Ereignissen dieses harten Tages verbarg das Familienoberhaupt sein Gesicht hinter beiden Händen, so dass nur noch das braune, kurzgeschnittene Haar erkennbar blieb. Seine Enttäuschung und Wut waren förmlich spürbar. Ungeachtet dessen erschrak seine Frau, als sie in James Miene schaute. Ein leicht blaues Veilchen zierte das linke Auge ihres Sprosses. Stu zog ein Tuch aus der Hosentasche, befeuchtete es in der Schale, die mit frischem Wasser gefüllt auf der Anrichte stand und reichte es kopfschüttelnd seinem Bruder.

„Stuart", fuhr ihn Carol an. „Nicht in das Spülwasser." Besorgt schaute sie sich die Blessur ihres Sohnes an. „Um Himmels Willen. Hast du dich schon wieder geprügelt?"

„Ach, Mum", sprach der Sechzehnjähriger bedauernd. „Ich konnte halt nicht anders." Daraufhin mischte sich Stu ein.

„Ein großer Kerl konnte seine verfluchte Klappe nicht halten. Er hat übel über Penny gesprochen, da ist unser James aus der Haut gefahren." Die Frauen schwiegen, als Mister Irving echauffiert flüsterte: „Hoffentlich hast du ihm keinen ernsten Schaden zugeführt. Das würde uns gerade noch fehlen."

„Entschuldige, Dad. So weit habe ich in diesem Moment nicht mitgedacht."

„Das wirft ein schlechtes Licht auf mich und unsere Familie. Wir brauchen das Geld. Deshalb wünsche ich, dass du deine Emotionen in Zukunft zügelst." Beschämt nickte der Zweitälteste und kühlte weiterhin sein Auge. Damit war für Hank alles gesagt. So wandte er sich an seine Gattin. „Wie war euer Tag, meine Lieben?" Voller Stolz präsentierte Carol Pennys Arbeit.

„Hier, das ist das Werk deiner Tochter." Das Familienoberhaupt nahm prüfend das Kleid in Augenschein und versuchte die Ausbesserungsstellen zu finden. Überrascht reichte er das Stück Stoff an Carol und sprach leise, mit belegter Stimme: „Dieses Kleid hat noch nie eine Nähnadel gesehen. Da bin ich mir sicher." Seine Frau drehte es auf Links.

„Siehst du, hier? Penny hat wundervolle Arbeit geleistet. Keine Stich- oder Nahtstelle ist mit dem bloßen Auge erkennbar." Bewundernd küsste Irving die Stirn seiner Tochter, während die Burschen ihr diesen Triumph von

Herzen gönnten. Stu flüsterte: „Großartig." Aufgrund der Freude bemerkte niemand, wie schlecht es Hank erging. Zwar gab er sich größte Mühe die Familie keineswegs zu verängstigen, aber die dicken Schweißperlen auf seiner Stirn verunsicherten ihn sehr. Um auf andere Gedanken zu kommen, lauschte Irving den Neuigkeiten, die Stu angehört hatte.

„Immer mehr Leute sprechen von Amerika", berichtete der älteste. Während er fortfuhr, lauschten Penny und James aufmerksam. „Auf der anderen Seite des Atlantiks soll das Leben viel leichter sein, wenn man glaubt, was sie alle erzählen. Zum Beispiel David Gispell hat einen Bruder, der ausgewandert ist. Er ist inzwischen verheiratet und arbeitet erfolgreich in einer Stahlfabrik nahe Pennsylvania."

„Du spricht mit solcher Euphorie von Amerika. Man könnte den Eindruck bekommen, auch du würdest lieber dort leben." Beiläufig zuckten Stuarts Schultern. Ehe er antworten konnte, ergriff plötzlich seine jüngere Schwester das Wort.

„Also ich würde auf der Stelle das Abenteuer wagen. Stellt euch nur mal die großartigen Möglichkeiten vor."

„Ach, Penny", erwiderte James, der Angst davor hatte, dass sich seine Familie spalten würde. „Deine Chancen wären auf der anderen Seite der Erde genauso begrenzt, wie hier. Immerhin bist du ein zartes Mädchen." Die Kleine reagierte erbost und starrte ihren Bruder strafend an.

„Was hat das damit zu tun? Ich kann auf meine Art ebenso hart arbeiten, wie ihr es tut." Hank ahnte, dass es Stu und Penny nicht mehr lange in England halten würde.

„In welcher Sparte würdest du denn dein Geld verdienen?", fragte ihr Vater neugierig, ehe er sich erneut laut räusperte. Mit funkelnden Augen, voller Euphorie, sprach seine Tochter: „Als Näher- oder Schneiderin, Dad. Darin bin ich gut." Während Hank sich zurückhielt, erwiderte seine Frau.

„Wenn du es wirklich erlernen willst, warum stellst du dich nicht bei heimischen Betrieben vor? Auch hier gibt es viele Schneidereien, die begabte Mitarbeiterinnen suchen." Daraufhin stand sie auf, nahm die Teller aus der Vitrine und stellte eine Schale gefüllt mit grobem Schmalz in die Mitte des Tisches. „Hol bitte das Weißbrot, Penny." So schritt Penny wütend zum Schrank. Ihre Brüder schwiegen beharrlich. Stuart hatte Verständnis für seine Schwester, denn auch er wollte aus der Armut fliehen und die Aussicht auf ein besseres Leben haben. Im Laufe des Abendessens ging es dem treusorgenden Vater immer schlechter. Als würde ihm der Brustkorb zusammengeschnürt, saß er am Kopfende. Unbeachtet von seiner Familie wischte sich der alte Irving abermals den Schweiß ab, bevor er das Tischgebet sprach. Der Vater bestrich seine Scheibe Brot und biss ein Stück ab. Plötzlich lief sein Gesicht blau an, gefolgt von einem kräftigen Hustenanfall, welcher ihm fast die Besinnung raubte. Der Schreck fuhr den Kindern in die Glieder. Panisch sprangen sie alle in die Höhe, doch ihr Vater winkte ab.

„Verzeiht mir", hauchte Hank und legte seine scheibe langsam auf den Teller. „Ich habe heute keinen Appetit mehr. Esst nur in Ruhe weiter. Ich ziehe mich zurück." Erschöpft küsste er Carol und seine Penny. Hank verschwand im Schlafzimmer. Nachdem sich der Schock ein wenig gelegt hatte, nahm Carol ihre Kinder liebevoll in den Arm, ehe auch sie voller Sorge zu Bett ging.

Die Geschwister machten sich hingegen Gedanken um ihren geliebten Vater. Aufgrund der Ereignisse war in dieser Nacht an Schlaf nicht zu denken. Immer wieder drang das laute, röchelnde Husten durch die schmale Trennwand.

„Ich habe Angst um Dad", wisperte Penny, umgriff den Arm ihres Bruders und versuchte nicht zu weinen. Stu hingegen ahnte, wie sehr der Kleinen die Sorge, um das Wohl des Vaters zu schaffen machte. So neigte er sich zu ihr und nahm sie fest in den Arm. Sein Bruder hingegen starrte, um das Wohl seines Vaters betend, zur Decke.

„Mach dir keine Gedanken. Es wird nur eine leichte Erkältung sein. Unser Dad ist zäh. Alles wird gut." Doch Stu war sich nicht sicher, ob die tröstenden Worte nicht eine große Lüge waren. Er empfand es als seine Pflicht den jüngeren Geschwistern Mut zu machen. So verging Stunde um Stunde, bis der nächste Morgen anbrach. Schon bevor die Sonne ihr helles Licht durch den dichten Wolkenteppich schickte, waren die beiden Brüder auf den Beinen. Sie streiften sich leise ihre Kleidung über, um Penny nicht aufzuwecken. Stu schloss behutsam die Tür hinter sich. Doch der folgende Anblick ließ ihn geschockt erstarren. Hank saß eingehüllt in eine dicke Decke am Esstisch. Große Schweißperlen liefen über sein Gesicht. Ihm fiel es schwer einen befreiten Atemzug zu nehmen. Carol hatte in diesem Moment keine Zeit, sich um die Söhne zu kümmern. Hastig tauchte sie ein Tuch in das kühle Wasser, legte es sachte auf die Stirn ihres Gatten und schob noch einen Scheit Holz in den kleinen Eckofen.

„Dad?", wisperte James besorgt. Er legte seine Hand sachte auf Hanks Schulter.

„Es geht schon. Ihr müsst in den Hafen. Sagt Mister Thomas, dass ich gesundheitlich verhindert bin." Stu nickte und griff nach den zurechtgelegten Sandwiches. Sorgevoll sah er seinen Vater an.

„Natürlich, Dad. Kurier dich aus. James und ich sorgen derweil für alles andere."

„Ihr seid gute Jungs. Ich bin sehr stolz auf euch", hauchte Hank mit kratziger Stimme.

„Sollen wir vielleicht auf dem Rückweg noch bei Smiths Apotheke vorbeigehen?", erkundigte sich der Zweitälteste, ehe auch er sich sein Mittagessen nahm.

„Nein", sprach die gestresste Mutter, die bereits ahnte, wie schlecht es ihrem Mann wirklich ging. „Feuchte Wickel und Ruhe. Mehr braucht euer Vater nicht. Außerdem können wir uns teure Medikamente nicht leisten."

„Wenn wir etwas für euch tun können, schick bitte Penny vorbei."

„Danke, Stu. Aber Penny soll erst einmal ein wenig Gemüse einkaufen, damit ich eine warme Suppe kochen kann. Das hilft wahrscheinlich mehr als das beste Medikament." Sie verabschiedeten sich und traten auf die gepflasterte Straße. Der grimmige Wind blies ihnen ins Gesicht. Schon nach wenigen Metern wurden die Fingerspitzen taub und als die beiden den Hafen erreichten war die Kleidung vom leichten Regen durchnässt. Ihre Kameraden warteten bereits auf die täglichen Arbeitsanweisungen. Während James sich mit ihnen unterhielt, stapfte Stu nachdenklich durch die riesigen Pfützen, welche sich vor den Hallen bildeten. Vor dem kleinen Verschlag, in dem sich das Büro befand, blieb er stehen. Leise klopfte er an. Aus dem Inneren dieser Bretterbude, raunte eine tiefe Stimme: „Herein." Der junge Mann trat mit einem mulmigen Gefühl in der Magengrube an den klapprigen Schreibtisch. Dort saß Ben Thomas. Der erfahrene Entlademeister hatte sich in diesem Hafen hochgearbeitet, so dass er schließlich sein eigenes Unternehmen gründete und das Löschen sämtlicher Frachten übernahm. Ben war fünfzig Jahre alt, hatte lichtes, graues Haar, trug eine Nickelbrille und seine buschigen Augenbrauen bereiteten seinen Mitmenschen Unbehagen, da sie die meist düstere Miene zusätzlich unterstrichen. „Was gibt es, Irving?", knurrte der Alte und sortierte die Unterlagen zum heutigen Tag. „Ich habe eher mit deinem Vater gerechnet."

„Deshalb bin ich hier, Mister Thomas", sprach Stu bedrückt. „Er ist leider schwer krank." Entsetzt nahm der Unternehmer seine Nickelbrille ab. Aber kein Wort der Sorge oder gar des Mitleids kam über seine Lippen.

„Wie lange wird er abwesend sein?"

„Keine Ahnung, Mister Thomas. Ihn plagen starkes Fieber, ein schwerer Husten und starker Schüttelfrost."

„Ich kann höchstens zwei Tage auf ihn verzichten", fuhr er empört fort und schob wütend den Stapel Papiere zur Seite. „Sehen Sie zu, dass er die Frist einhält. Ohne ihn bricht hier alles zusammen." Zwar wusste Stu um die Härte seines Chefs, doch die Skrupellosigkeit entsetzte ihn sehr. Diesem Mann schien das Geschäftliche wichtiger zu sein als die Gesundheit oder das Leben seiner Mitarbeiter. Nichtsdestotrotz blieb Stu ruhig, ballte die Faust in der Tasche und verabschiedete sich höflich, ehe er an seine harte Arbeit ging.

„Was hat der Alte gesagt?", fragte James, nachdem sein Bruder zurückgekehrt war. Voller Wut nahm sich Stu einen herumliegenden Holzbalken und schlug auf eine Stahlstütze der Halle ein. So hatte ihn sein jüngerer Bruder noch nie zuvor gesehen. „Sag endlich, was los ist?"

Stu schwieg und versuchte seine Emotionen unter Kontrolle zu halten. Der ältere Irving zischte: „Er ist der

Meinung, dass Dad spätestens in zwei Tagen wieder an die Arbeit gehen soll. Das ist aber in seinem Gesundheitszustand schier unmöglich." Und wieder drosch er mit dem Kantholz gegen den Eisenpfahl.

„Wir müssen es Dad sagen", flüsterte James, welcher nicht nur Angst um das Wohlergehen seines Vaters hatte, sondern auch um das finanzielle Überleben der gesamten Familie.

„Du weißt ganz genau, dass er nicht zuhause bleibt, wenn sein Job davon abhängt."

„Ja, Stu", antwortete James hin und hergerissen. „Aber das ist Dads Entscheidung." Der Ältere nickte, obwohl ihm die Ansichten seines jüngeren Bruders gegen den Strich gingen. Während James die ersten Kisten zu stapeln begann, nahm Stu weitere Waren entgegen. „Sag mal, wann tauchen eigentlich Cliff Jones und die Southwestern wieder auf? Ich hätte Lust nochmal Gepäckstücke zu entladen, statt diesem sperrigen Kram."

„Keine Ahnung", sprach Stuart. „Sie müssten eigentlich Anfang nächster Woche einlaufen."

Weitere zwei Tage vergingen, ohne dass sich Hanks Gesundheitszustand verbesserte. Seine Frau, die rund um die Uhr an seiner Seite war, machte sich größte Sorgen, da es ihm nun nicht mehr möglich war flach im Bett zu liegen. Zu stark befiel ihn die Atemnot, welche ihn sogar stellenweise bis in eine Todesangst trieb. Des Nachts hustete und röchelte er so laut, dass die Kinder keine Ruhe mehr fanden. Als die drei am nächsten Morgen aufstanden, hatte sich nichts geändert. Carol ließ die Tür zum Schlafzimmer einen Spalt offen, damit sie immer ein Auge auf Hank werfen konnte.

Im Vorbeigehen riskierte Stu einen flüchtigen Blick, der ihm einen eisigen Schauer über den Rücken trieb.

Noch nie zuvor hatte er seinen Vater so hilflos erlebt. Übermüdet schlief Hank ein wenig, dessen Atemgeräusche die gesamte Familie beunruhigten.

„Sollen wir bei euch bleiben?", fragte James, der mit seinen Emotionen kämpfte. Entschlossen schüttelte seine Mum den Kopf.

„Ihr müsst zur Arbeit." Sie schwieg einen Augenblick, ehe sie bedrückt fortfuhr. „Ich denke, dass euer Dad seine Stelle verlieren wird." In Stu machte sich eine immense Wut auf Ben Thomas breit, was Carol sofort bemerkte. Darum sprach sie ihm in ruhigem Ton ins Gewissen. „Lass dich bitte zu keiner Dummheit verleiten, Stu."

„Ja, Mum." Nachdem die Burschen das Haus verließen, kümmerte sich Penny rührend um die Eltern. Behutsam schob sie ihrem Vater noch ein Kissen in den Rücken, um den Oberkörper hoch zu lagern und ihm so das Luftholen zu erleichtern. Danach brühte sie für Carol einen Tee auf, bevor auch die erschöpfte Hausfrau am Tisch Platz nahm. Nun fand sich endlich die Zeit selbst einmal kurz die Augen zu schließen. Unterdessen befanden sich ihre Söhne auf dem Weg zu ihrem Arbeitsplatz. Ein grimmiger Wind wehte und drang schon nach wenigen Schritten durch die Kleidung. Als die Irvings gerade die ersten Kisten schleppen wollten, donnerte Thomas raue, markante Stimme über den Vorhof.

„Stu Irving, sofort zu mir."

„James? Kannst du dich mit dem Alten unterhalten? Ich glaube heute geschieht ein Unglück, wenn ein falscher Kommentar fällt."

Der kräftige Bursche nickte zuversichtlich und folgte seinem Chef in das schmale Büro.

Dort wollte er gerade entschuldigende Worte für seinen Dad finden, da übergab ihm der Unternehmer mit ernster Miene und desinteressiert einen Umschlag. Ohne jegliches Interesse an dem Gesundheitszustand seines treuen Vorarbeiters wandte er sich ab.

„Ich will Ihren Vater nicht mehr auf diesem Grundstück sehen." Wie vom Blitz getroffen, geschockt von dieser Herzlosigkeit, stand James da.

„Aber er ist schwer krank", stotterte er verzweifelt. „Mein Dad bekommt kaum Luft. Sie wissen genau, dass diese Anstellung ihm alles bedeutet."

„Das ist mir egal", raunte Thomas mit einer abweisenden Geste. „Sehe ich aus, wie ein barmherziger Samariter? Ich kann mit einem Arbeiter nichts anfangen, der sich vor der Arbeit drücken will."

„Sie haben mir wohl nicht richtig zugehört"; fauchte Irving, der zusehends in Rage geriet.

„Ja, ja", murrte sein Gegenüber und schlug auf den Tisch. „Geh an deine Arbeit, sonst bist du der…" Er konnte seinen Satz nicht einmal beenden, da rutschte dem kräftigen, jungen Mann plötzlich die Hand aus. Unverhofft traf seine schnelle Faust die Nase des Unternehmers. Benommen machte der Alte zwei Schritte zurück. Blut lief über seine Lippen. Flink fasste James nach und drückte ihn gegen den Aktenschrank. Seine Augen funkelten bedrohlich.

„Hören Sie mir jetzt zu?", brüllte Irving, stieß jedoch weiterhin auf taube Ohren. Thomas stieß ihn von sich.

„Verlass auf der Stelle mein Büro. Du bist gefeuert. Wenn ich dich hier noch ein weiteres Mal sehe, wird sich die Polizei um dich kümmern." Um jeglichem Ärger aus dem Weg zu gehen, fügte sich James seinem Schicksal. Zornig griff er nach dem Umschlag, in dem sich der Monatslohn seines Dads befand und schlug mit voller Wucht die Tür hinter sich zu. Überrascht schaute sein Bruder drein, als James wütend, zügig auf ihn zukam. An seinem Blick konnte der Ältere schon erkennen, dass etwas furchtbar schiefgelaufen war.

„Ist alles in Ordnung?" James schüttelte den Kopf und hielt demonstrativ den Umschlag in die Höhe.

„Er hat Dad entlassen. Das ist sein letztes Gehalt." Selbst Stuart, den sonst nichts so schnell aus der Ruhe brachte, konnte es nicht fassen. „Ich gehe jetzt nach Hause und schaue nach dem Rechten."

„Wie?"

„Auch ich bin fristlos entlassen. Ich habe dem Mistkerl eine reingehauen. Dieser herzlose Vollidiot."

„Verdammt. Ich hätte besser mit ihm gesprochen", gab sich Stu selbst die Schuld.

„Auch du hättest ihm deine Faust ins Gesicht gehalten. Egal, ich gehe besser." Sein Bruder dachte jedoch schon einige Schritte weiter und hielt den Jüngeren fest.

„Warte kurz", flüsterte er nachdenklich. „Geh nicht zu Dad ins Zimmer. Ihm geht es schon so schlecht, da braucht er keine zusätzlichen schlechten Nachrichten. Außerdem wird er sich nur aufregen, wenn er von deiner Aktion erfährt."

„Stimmt. Dann halte ich mich halt leise in der Küche auf." So verabschiedeten sich die Geschwister voneinander.

Je später es wurde, umso stärker wurde das schlechte Gefühl, welches sich in Stus Magengrube breitmachte. Als endlich das dröhnende Signalhorn den Feierabend einläutete, konnte er es nicht erwarten nach Hause zu kommen.

Zu der klirrenden Kälte gesellte sich in diesen Abendstunden ein plötzlich einsetzender Regen, der Nadelstichen gleich in sein Gesicht prasselte.

Es war grauenhaft den Böen zuzuhören, die heulend durch die engen Straßenzüge zogen. Gedankenversunken schlich Stu weiter, bis er auf einmal vor seinem Elternhaus stand. Von außen sah er die hellerleuchtete Küche. Mit zittriger Hand öffnete der Bursche die Eingangstür. Panik durchfuhr seinen Körper, denn die angsterfüllten Mienen seiner Familie verhießen nichts Gutes.

„Geht es Dad gut?", wisperte Stuart, während sein Herz in der Brust hämmerte.

„Sein Zustand hat sich in den letzten Stunden verschlechtert. Penny war bei Doktor Richardson. Er ist nun bei ihm", antwortete Carol gefasst. Stu nahm neben seiner kleinen Schwester Platz. Er hielt sie fest im Arm. Die Kleine kämpfte standhaft, um nicht in Tränen auszubrechen. Auf einmal trat Doktor Richardson aus der Schlafzimmertür. Der zweiunddreißigjährige Mediziner, der in London promoviert hatte und sich dem Gemeinwohl der einfachen Leute verschrieb, schaute bedauernd in die ängstlichen Gesichter der versammelten Familie. Vorsichtig setzte er sich an den Tisch, verstaute sein Stethoskop in der ledernen Tasche und nahm einen Schluck Kaffee. Die Diagnose war niederschmetternd.

„Es tut mir sehr leid, Misses Irving", flüsterte der in grauen Tweed gekleidete Arzt. „Ich kann nichts mehr für Ihren Gatten tun." Carol rang um Fassung, während für die Kinder eine Welt zusammenbrach.

„Was ist es, Doktor Richardson?"

„Seine Lungen sind geschädigt und die Flügel füllen sich allmählich mit Flüssigkeit. Er muss diese Krankheit schon lange in sich tragen. Wahrscheinlich eine verschleppte Infektion." Richardsons Aussage war für Penny zu viel. Sie sprang auf, stellte sich in eine Ecke und ihr schmaler, Körper bebte.

„Wie lange wird mein geliebter Mann sich noch quälen müssen?" Der Mediziner wollte sich nicht festlegen.

„Sechs, vielleicht acht Stunden. Ich habe ihm ein Beruhigungsmittel gespritzt. Es wird ihm das Scheiden erleichtern." James und Stu saßen wie versteinert da. Sie hofften gleich aus diesem Alptraum zu erwachen. Aber nichts dergleichen geschah.

„Haben Sie vielen Dank für Ihre ehrlichen Worte, Mister Richardson."

„Ich werde morgen noch einmal vorbeischauen." Zuvorkommend küsste der Mediziner Carols Hand, bevor er das Haus verließ.

„Er lügt", zischte James, dem bereits die Zornestränen über die Wangen liefen.

„Wir müssen uns dem Schicksal fügen, Kinder. Lasst uns für Dad stark sein." Sie alle nahmen sich ein letztes Mal tröstend in den Arm und wischten sich die Tränen ab, ehe sie den schwersten Gang ihres bisherigen Lebens antraten. Während Carol zusammen mit Penny auf den beiden Stühlen Platz nahm, die die Burschen ihnen bereitstellten, gingen die Söhne auf die rechte Seite des Bettes. Stu nahm behutsam Hanks Hand. Das Familienoberhaupt öffnete erschöpft die Augen öffnete. Erst stahl sich beim Anblick seiner Liebsten ein Lächeln auf seine Lippen, doch es hielt nicht lange vor. Schnell merkte er, dass die letzten Stunden angebrochen waren. Tränen der Verzweiflung liefen über Hanks schmale Wangen. Gerne wollte er mit der Familie sprechen, aber außer dem tiefen Röcheln brachte der stolze Mann keinen Ton mehr hervor. Mit aller Gewalt kämpfte er um sein Leben, denn so früh wollte der treusorgende Vater sie alle nicht im Stich lassen. Beruhigend griff Carol nach seiner Hand. In diesem Moment fand selbst sie nicht die richtigen Worte.

Schon eine Stunde später schien der Hafenarbeiter sich mit dem Unausweichlichen abzufinden. Zittrig strich seine Hand über Carols Wange. Das Brodeln wurde stärker und er vermochte es nur noch über die Mimik zu kommunizieren.

„James, geh. Bring deinem Vater Papier und Stift." Eilig verschwand sein Sohn in der Küche und erschien kurz danach mit den gewünschten Utensilien. Immer mehr bemerkte Mister Irving, wie seine Lebensgeister ihn verließen. So nahm er den Stift und schrieb seine letzten Gedanken mit Mühe nieder.

Ich spüre, dass es Zeit wird zu gehen. Seid nicht traurig. Eines Tages werde ich euch alle wiedersehen. Vielleicht in einer besseren Welt. Ich liebe euch und werde immerhin eurem Herzen sein. Good bye.

Die Kirchenglocken schlugen Zehn, als er auf das schmale Fenster wies, welches zum winzigen Hinterhof hinausging. Penny sprang auf und fragte mit leiser, bebender Stimme: „Soll ich es für dich öffnen? Brauchst du frische Luft?" Ihrem Dad wurden die Lider schwer. Mit letzter Kraft nickte er der Kleinen zu. Angestrengt versuchte Hank die kühle Winterluft einzuatmen. Aber seine Lungen verweigerten ihm diesen Wunsch. Brodelnd schloss er die Augen und im nächsten Moment lag sein Brustkorb, flach wie ein Brett, da. Stu, der weiterhin seine Hand hielt, spürte, dass die Spannung weniger wurde. Noch ein schwerer Atemzug, dann war es geschehen. Stille durchfuhr den Raum. Ein kühler Windstoß fuhr durch das schmale Fenster und wehte die Gardinen nach draußen. Die Vorhänge blieben plötzlich leblos hängen. Es schien, als hätte Hanks Seele mit dem letzten frischen Luftzug auf immer Abschied genommen. Nun vermochte niemand mehr seine Gefühle im Zaum halten.

Tränen mischten sich unter die lauten Schreie, welche selbst in den Nachbarhäusern zu hören waren. Erst als der nächste Morgen anbrach, beruhigten sich die Gemüter. Carol küsste ihren Ehemann ein letztes Mal auf die Stirn, bevor sie seinen leblosen Körper mit einem weißen Laken bedeckte. Schweigend saßen die Irvings am Tisch.

„Du solltest in den Hafen gehen", flüsterte sie Stu zu und. Der Blick schweifte zum Fenster hin. Ihr ältester Sohn schüttelte entschlossen den Kopf.

„Ich lasse euch jetzt auf keinen Fall allein. Soll mich der Alte halt rausschmeißen. Es gibt momentan Wichtigeres." Behutsam strich er über den Rücken seiner kleinen Schwester, die wie hypnotisiert dasaß und das Gesicht hinter den schmalen Händen verbarg. „Wir müssen uns nun um die Beerdigung kümmern." Strafend stierte James seinen Bruder an.

„Dad ist gerade erst von uns gegangen. Zeig gefälligst mehr Respekt", zischte er erbost. In diesem Augenblick schien nur Carol die nötige Ruhe zu bewahren.

„Streitet nicht. Nicht jetzt. Stu hat recht." Sie befürchtete jedoch den Betrag für eine Beisetzung nie im Leben aufbringen zu können. So teilte sie ihren Kindern verzweifelt die einzige Möglichkeit mit, die sich ihnen bot. „Euer Vater hatte nie die Gelegenheit etwas für schlechte Zeiten anzusparen. Ich werde heute Nachmittag zu Pater Jacob gehen und ihn fragen, ob wir die Beisetzung in kleinen Raten zahlen können."

„Mum, ich habe ein Wenig meines Gehalts zur Seite gelegt. Wenn dir das hilft, gebe ich es dir."

„Nein, Stu", wisperte Carol. „Es würde mir das Herz brechen, wenn ich dir dein hart erarbeitetes Geld abnehme. Ich werde sehen, was ich erreichen kann, damit es reicht." Trotz der Trauer schweiften Stuarts Gedanken in alle Richtungen. „Nun, wo Dads Gehalt wegfällt wird es selbst schwer die anfallende Miete für diese drei Räume aufzubringen." Zustimmend nickte seine Mutter. Daran hatte sie bislang noch keinen Gedanken verschwendet.

„Die Probleme stapeln sich plötzlich vor unseren Augen. Lass mich nachdenken. Mir fällt schon eine Lösung ein." Wie gerne hätte Carol ihnen gesagt, dass alles Gut werden würde. Aber das konnte sie nicht. Es wäre eine glatte Lüge gewesen. In diesem Augenblick klopfte es an der Haustür und James kam in Begleitung von Mister Porter zurück. Er war in Hanks Alter und bewohnte mit seiner Frau Shirley sowie den drei Söhnen die Unterkunft im ersten Stock.

„Mein Beileid", flüsterte Michael Porter. „Wenn ihr uns braucht, sind wir für euch da."

„Danke, Michael. Das ist sehr nett, aber wir versuchen damit allein fertig zu werden", sprach Misses Irving zuversichtlich lächelnd. Der Nachbar nahm am Tisch Platz und sie unterhielten sich noch eine Weile, bis Doktor Richardson erschien. Während er den Totenschein ausfüllte und die letzte Untersuchung vornahm, warteten vor der Tür bereits die Bestatter, denen er schon am Abend Bescheid gegeben hatte. Nachdem der Mediziner seine Aufgabe erfüllt hatte, trugen die beiden Hank nach draußen. Carol brach es das Herz. Sie weinte dennoch nur kurz, ehe sie sich zusammen mit ihrem jüngsten Sohn auf den Weg zu Pater Jacob machte. Unterdessen kümmerte sich Stu um Penny.

„Ohne Dad wirken die Räume entsetzlich kalt", wisperte die Kleine. Stunden vergingen. Der Tag neigte sich allmählich dem Ende, da kehrte ihre Mutter zurück. James folgte ihr mit bedrückter Miene.

„Konntet ihr etwas erreichen?", fragte Stuart voller Hoffnung. Seine Mum nahm schweigend am Esstisch Platz, während James unter wütenden Tränen ihren alten Mantel an den kleinen Kleiderhaken hing.

„Ich habe lange mit unserem Geistlichen gesprochen. Uns bleibt lediglich eine Möglichkeit, nämlich die einer Armenbeisetzung. Pater Jacob wird eine Messe lesen, aber der Rest findet in schlichtem Rahmen statt."

„Was meinst du damit?", erkundigte sich Penny.

„Das Grab wird abseits liegen und der Sarg wird einfach gehalten sein." Für einen Moment stockte ihr der Atem und sie wischte sich eine Träne von der Wange. „Er wird schon nach kurzer Zeit verrotten. Entschuldigt, doch das war die günstigste Lösung." Ungläubig schaute die Jüngste ihren Bruder Stu an. Sie sprang auf und nahm ihre Mutter tröstend in den Arm. Langsam, teilnahmslos strich Carol der Kleinen über das Haar. James war keinesfalls einverstanden.

„Ich muss hier raus." Nach den wenigen Worten stürmte er ins Freie und schlug die Tür feste in die Angeln. An diesem Abend war die Stimmung weiterhin aufgeheizt. Niemand sprach ein Wort. Nur das Ticken der alten, billigen Wanduhr unterbrach durch ihr monotones Ticken die entsetzliche Stille. Bevor die Irvings sich zur Ruhe begaben, schauten sie auf das frisch bezogene Bett ihres Vaters. Es schien, als käme er gleich nach Hause. Stu verspürte, dass eine Veränderung von Nöten war. Er wollte nicht weiterhin sein Dasein durch Gelegenheitsarbeiten bestreiten. In dieser Nacht fand der Älteste keinen Schlaf. Sein Körper wandte sich von einer Seite zu anderen.

Schließlich brach der nächste Morgen an und er war heilfroh, die Nacht überstanden zu haben. Schon früh klopfte es an der Pforte. Mister McGuire steckte die Post, wie jeden Tag, in den Briefschlitz der Haustür. Nervös ging Stuart die Schreiben durch. Unter anderem befand sich ein Umschlag dabei, welcher von Mister Thomas an ihn adressiert war. Wie erwartet handelte es sich um die Kündigung des ältesten Irving-Sprosses. Dies schien in der verfahrenen Situation der Familie der Todesstoß zu sein. Über all die existenzbedrohlichen Ereignisse, geriet selbst die anstehende Beerdigung ihres Vaters in den Hintergrund. Statt darüber zu reden, igelte sich ein jeder ein. Es blieb ihnen nicht die Zeit, gebührend, um Hank zu trauern. So viele Hürden bauten sich vor ihnen auf, dass auch der sonst so ruhige, besonnene Stuart seine Tugenden vergaß.

Letztendlich kam der Tag der Beisetzung. Verzweifelt, nicht wissend, wie es weitergehen sollte, saß die Familie an ihrem alten Küchentisch. Carol zog die schweren Gardinen zur Seite und starrte auf die karg gepflasterte Straße, durch deren Rinnen der zusehends stärker werdende Regen sich seine Bahn suchte. Kein Sonnenstrahl erhellte ihre Gemüter. Um die Irvings herum schien sich alles in tiefes Schwarz zu tauchen. In Trauerkleidung gehüllt standen sie in den Schlafzimmern. Einander kontrollierten die Burschen noch einmal den Sitz der Krawatten und der Kragen.

„Seid ihr bereit?", fragte Carol leise, während sie die Tür einen Spalt geöffnet hatte.

„Ja, Mum", antwortete James gefasst.

„Es wird Zeit eurem Vater die letzte Ehre zu erweisen. Seid stark, so wie er es von uns allen erwartet hätte." Sachte nahm Stu seine Schwester an der Hand.

Leise, ungehört von Penny, sprach James seine Mutter an.

„Glaubst du nicht, dass es zu viel für sie wird?" Seelenruhig antwortete Carol: „Es ist ihr Vater. Sie ist stärker, als du denkst. Gott wird ihr diesen feinen Zug hoch anrechnen. Nun geh zu deinen Geschwistern." Schließlich löschte sie das Licht, was alle Räume in furchterregende Dunkelheit tauchte. Nachdem sie die Türe abgeschlossen hatte, ertönte aus der oberen Etage die dumpfe Stimme Michael Porters. Seine gesamte Familie erschien in ihren besten Kleidern, um ihren Nachbarn in dieser schweren Stunde beizustehen. Mister Porter und Shirley nahmen Carol in die Mitte und hakten die Witwe schützend ein. Die Kinder folgten ihnen. Nach einer gefühlten Ewigkeit erreichten sie die Kirche. Ihre mosaikversehenen Fenster spiegelten in dieser Tristesse nicht den Mut, den sie erwecken sollten. Angrenzend lag der kleine Friedhof. Der Anblick der vermoderten Grabsteine trieb Penny eine Gänsehaut auf den Rücken. Weiter führte ein schmaler Weg über die Totenstätte, bis sie in einem abgelegenen Winkel Pater Jacob erblickten. Ohne die Begleitung seiner Messdiener stand der Geistliche mit verschränkten Armen und trauriger Miene da. Stu und seine Familie wirkten verwundert, denn um die ausgehobene Ruhestätte standen viele von Hanks Kollegen. Sie alle waren gekommen, um ihrem Freund die letzte Ehre zu erweisen und obwohl auch sie eine Kündigung in Kauf nahmen. Jeder von ihnen reichte den Irvings die Hand. Bevor die Trauernden ihren Platz gefunden hatten, wandelte sich der Regen in einen leichten Schneefall.

Ein bedrohliches, tiefes Grau bedeckte den Himmel und dicke Flocken blieben auf dem einfachen Sarg liegen, der bereits auf zwei Holzplanken über dem ausgehobenen Grab stand. Andächtig lauschten sie den Worten des Paters.

„Wir haben uns heute hier vor Gott versammelt, um unserem Freund, Vater und treuem Ehemann, Hank Irving, die letzte Ehre zu erweisen." Während Jacob das Vater unser betete, verschwanden die Mitarbeiter mit Tränen in den Augen. Carol konnte ihnen nicht böse sein, denn auch sie mussten durch ihre Stelle das Wohl der Familien sichern. Ungeachtet dessen fuhr der Geistliche mit dem Psalm 23:4 fort. „Der Herr ist mein Hirte, mir wird nichts mangeln. Auf grasigen Auen lässt er mich lagern, zu Wassern, da ich ruhen kann, leitet er mich. Er erquickt meine Seele, er führt mich auf rechten Pfaden um seines Namens willen. Auch wenn ich in dunklem Tale wandern muss, fürchte ich kein Unglück, denn du bist bei mir. Dein Stecken und dein Stab trösten mich. Du bereitest vor mir einen Tisch im Angesichte meiner Bedränger. Du hast mein Haupt mit Öl gesalbt, mein Becher hat Überfluss. Nur Glück und Huld werden mir alle meine Lebenstage auf dem Fuße folgen, und im Hause Gottes werde ich bleiben lebenslang." Unter größtem Bedauern über diesen Verlust segnete Pater Jacob den Sarg mit Weihwasser und trat ein Stück zurück. James und sein Bruder, wie auch die Porters, nahmen die dicken Stricke in die steifen Hände. Zusammen ließen sie Hank in die kalte Erde hinab. Dies war der schlimmste Augenblick für die gesamte Familie. Während der Totengräber begann seine Schaufel mit dem gefrorenen Boden zu füllen, verabschiedeten sich die Irvings von ihren Nachbarn.

„Stu", sprach seine Mutter. „Wir gehen nach Hause."

„Geht ruhig schon vor. Ich muss einen Augenblick allein sein." Er bekreuzigte sich und verließ den Gottesacker in Richtung des Hafens. Ein eisiger Wind wehte von der See her. Bedrückt lief er an den Kais entlang, bis sich seine Stimmung plötzlich aufhellte. Vor ihm lag die

Southwestern. Es war ein riesiges Passagierschiff, welches zwischen Liverpool und New York pendelte. Die ersten Gäste verließen bereits den stählernen Koloss. Stu sah zu, wie die Decksmänner all die Gepäckstücke der feinen Herrschaften von Bord brachten. Ein jeder führte seine große, teure Reisetruhe mit sich. Stu konnte nur raten, was sich in den Luxusboxen versteckte. So schweiften seine Gedanken.

„Hey, Stu", donnerte plötzlich die laute, ihm bekannte Stimme. Es war Clifford Jones. Ein kräftiger, großgewachsener, zweiundzwanzigjähriger Bursche aus Manchester. Cliff, wie ihn jeder seiner Freunde nannte, stammte aus einer Arbeiterfamilie. Sein schulterlanges, blondes Haar, als auch die stechend blauen Augen brachten sämtliche junge Frauen in den Häfen zum Schwärmen. Obwohl es entsetzlich kalt war, trug der Decksmann nur ein Hemd, welches bis zu den Ellenbogen hochgekrempelt, seine tätowierten Unterarme zur Geltung brachte. Mit einem leichten Schwung stellte der Hüne die Designertruhe ab und nahm seinen Freund herzlich in den Arm. „Wie geht es dir?", fragte Clifford glücklich seinen Freund nach fast einem Monat wiederzusehen. Stu berichtete von Hanks Tod.

„Wir wissen nicht, wie es jetzt weiter gehen soll. Mein Dad hinterlässt eine klaffende Lücke."

„Das tut mir sehr leid, Stu. Wenn ich etwas für euch tun kann, sag bitte Bescheid." Zustimmend nickte Stu und ließ erneut seinen Blick über die ganze Breite des Schiffsrumpfes schweifen. Nun, da seine heile Welt in Scherben lag, spielte Irving mit dem Gedanken eines Neuanfangs.

„Sag mal, wie ist es in Amerika?", fragte er neugierig. Der Blick seines Freundes spiegelte Begeisterung.

„New York ist großartig", schwärmte Jones und zündete sich eine Zigarette an. „Die Stadt wächst minütlich. Das Tor zur Zukunft." Je mehr der Seemann über die Vereinigten Staaten sprach, umso stärker wurde Stus Abenteuerlust.

„Ich habe von vielen Leuten gehört, dass es dort drüben Gold in Hülle und Fülle gäbe. Ist da etwas Wahres dran?"

„Ja, doch du bist ein wenig spät. Wenn du nach dieser Kostbarkeit suchen möchtest, hast du wahrscheinlich in Kalifornien noch die besten Chancen."

„Kalifornien", murmelte Irving. „Wann stecht ihr wieder in See?" Nachdenklich fuhr sich Cliff über die Stirn und antwortete leise: „Wahrscheinlich in einer Woche. Warum?"

„Mich hält hier nichts mehr. Ich habe meine Stelle und meinen Vater verloren. Es wird Zeit zu neuen Ufern aufzubrechen. Was würde die Überfahrt kosten?" Abwertend fuhr sich Cliff über den Dreitagebart.

„Ich denke selbst die Reise in der dritten Klasse würde dir finanziell das Genick brechen. Überleg es dir lieber noch einmal. Es ist ein großer Schritt, den du nicht bereuen willst. Wenn du dich entschieden hast, weißt du wo ich zu finden bin. Wir arbeiten dann schon eine Lösung aus." So verabschiedeten sich die Freunde voneinander und jeder ging seiner Wege. Allmählich brach die Dunkelheit herein. Mit den Händen in den Taschen schlich Stu die Alley-Street entlang. Auf einmal stand er vor seinem Elternhaus. Noch immer tanzten die Schneeflocken durch die Luft und färbten sein braunes Haar in ein leichtes Weiß. Aus dem Inneren des Hauses drang der Schein der alten Öllampe zu ihm heraus. Dies war der Augenblick, indem er die Weichen für die Zukunft stellen konnte. Vorsichtig öffnete Stuart die Tür und trat in die Küche.

Der Rest seiner Familie beendete gerade das Abendessen. Schweigen beherrschte den Raum. Mit enttäuschter Miene sah Carol ihren Sohn an.

„Du bist spät", sprach seine Mutter, ehe sie ihm eine Scheibe Weißbrot und ein Stück Dörrfleisch zuschob. Stu küsste Carol auf die Wange und nahm Platz.

„Verzeiht mir. Aber ich musste nachdenken."

„Über was?", erkundigte sich sein Bruder. Auch Penny sah ihn neugierig an.

„Darüber, wie es weitergehen soll." Misses Irving wusste nicht, worauf ihr Sohn hinauswollte. Auch Penny und sein Bruder schauten fragend drein. „Ich habe für mich eine Entscheidung getroffen. Meine Zukunft liegt in den Vereinigten Staaten." Diese plötzliche Aussage traf Carol wie ein Donnerschlag. Doch statt ihrem Sohn seinen Willen zu nehmen, nickte sie zustimmend.

„Du willst also gehen?"

„Ja, Mum. Hier habe ich kein Ziel mehr, auf das ich zuarbeiten kann. Im Gegenteil. Wir werden unser Leben am Existenzminimum fristen. Dort habe ich die Chance, etwas aus meinem Leben zu machen." Stu sah das Funkeln in Pennys Augen, während James eher traurig wirkte. „Die Southwestern liegt im Hafen. Clifford Jones hat mir schon viel erzählt und er könnte uns die Überfahrt ermöglichen." Hoffnungsvoll, dass sich seine Familie dieser Idee anschließen würde, sah er sich um.

„Natürlich will ich euch keine Vorschriften machen. Gerade in dieser Lage ist es schwer für mich, aber ich wäre die Letzte, die euch im Wege stehen will." Ihr jüngster Sohn schüttelte bedauernd den Kopf und flüsterte: „So gerne ich mitgehen würde, ich kann nicht. Mein

Herz schlägt hier in Liverpool. Außerdem kann ich Mum nicht allein lassen."

„Das ist lieb von dir, James. Doch denk auch an deine Zukunft. Dein Bruder hat Recht. Was erwartet euch hier? Nichts, außer Armut, Schmerz und Leid."

„Was ist mit dir, Mum?", fragte Penny entschlossen. „Vielleicht ist es auch für dich eine Chance." Carol schüttelte den Kopf.

„Ich will nicht weg aus dieser Stadt. Hier liegt euer Vater begraben und eines Tages werde ich an seiner Seite ruhen. Doch ihr seid eurer Glückes Schmied. Lasst keine Gelegenheit aus." James schaute seine Mutter mit Tränen in den Augen an und flüsterte: „Ich bleibe bei dir. Du schaffst es nicht allein."

„Ach, James", sprach seine Mum verständnisvoll. „Hier hast du nicht einmal eine Arbeitsstelle."

„Ich habe mich darum gekümmert. Du kennst meinen Freund Samuel Gerring? Seinem Vater gehört die Großschreinerei am Ende der Stadt. Er hat mir eine Stelle besorgt. Ich kann schon nächste Woche anfangen." Auch Carol hatte erfreuliche Nachrichten, in diesen düsteren Tagen.

„Heute Mittag begegnete ich Mister Dolan, dem Vermieter. Euer Vater und er waren gute Freunde und er hat mir ein Angebot gemacht." Alle schauten sie überrascht an. „Wir können in dieser Wohnung bleiben. Zu einem günstigeren Mietbetrag."

„Das klingt gut", fügte Stu hinzu, ließ sich jedoch von seinem Entschluss nicht mehr abbringen. „Nichtsdestotrotz muss ich gehen. Ich hoffe, ihr versteht mich."

„Ich komme mit dir", sprach Penny.

Ihre Stimme wirkte euphorisch. Sie schaute ihre Mutter an, als ob sie ihren Segen erwarten würde. Die Kleine wirkte erleichtert, denn Carol nickte zustimmend, ehe sie sich an ihren Ältesten wandte.

„Also, dann ist es beschlossene Sache. Stu, gib acht auf deine kleine Schwester. Wann werdet ihr eure Reise antreten?"

„In ein paar Tagen, Mum. Wahrscheinlich Montag."

„Dann lasst uns die Zeit noch genießen, in der wir zusammen sind." Nach diesem Gespräch nahm sich die Familie in den Arm. Die folgenden Tage vergingen schneller, als es ihnen lieb war. Bis der Morgen des endgültigen Abschieds gekommen war. Stu und Penny waren schon früh auf den Beinen und packten ihre Habseligkeiten in ihre kleinen Koffer.

„Bist du bereit?", wisperte Stuart, der bemerkte, dass der baldige Abschied der Kleinen schwer zu schaffen machte. Er nahm Penny fest in den Arm und wischte ihr die Tränen ab. „Alles wird gut. Ich bin an deiner Seite." Schließlich verließen die beiden schweren Mutes das kleine Zimmer. Carol und James warteten schon auf sie. Langsam ging die Sonne auf.

„Frühstückt ihr noch eine Kleinigkeit, ehe ihr geht?", fragte Misses Irving, in der Hoffnung, dass sie nicht allzu bald das Haus für immer verließen. Der Älteste schüttelte bedauernd den Kopf.

„Sorry, Mum. Aber je früher wir im Hafen sind, desto besser."

„Hast du deinen Umschlag mit den Ersparnissen dabei?", erkundigte sich sein Bruder. Stu nickte, während seiner Schwester der Weggang zu schaffen machte.

„Mach dir keine Sorgen, Penny. Ab heute beginnt für euch ein neues Leben." Carol nahm ihre Tochter fest in den Arm und flüsterte: „Ich habe noch etwas für dich." Sie legte ihr ein Amulett um, welches mit einem kleinen

Anhänger versehen war. „Dies war das Hochzeitsgeschenk deines Vaters. Es ist zwar nichts Besonderes, aber ich möchte, dass du es trägst."

„Danke, Mum", sprach sie mit bebender Stimme und strich zart über den Anhänger.

„Mach es auf." Im Inneren des Medaillons befanden sich zwei alte Bilder, die Hank zeichnen ließ. Sie zeigten ihre Eltern in jungen Jahren. „Auf diese Weise sind dein Vater und ich immer bei euch. Trag es immer nah an deinem Herzen, meine kleine Penny." Nun kamen auch ihrer Mum die Tränen. Danach verabschiedeten sich die beiden Brüder voneinander. Sie versuchten ihre Emotionen im Zaum zu halten.

„Pass auf Mum auf."

„Das mache ich. Ich wünsche euch alles Gute. Schreibt uns, wenn ihr Gelegenheit dazu habt." Mit einem mulmigen Gefühl verließen die Geschwister ihr Elternhaus. Zum Abschied hoben sie ihre Hand zum Gruß und machten sich auf, ihr größtes Abenteuer zu bestehen. Nicht, ohne ihrem Vater einen letzten Besuch abzustatten. Zu Stus Verwunderung herrschte weiterhin strahlender Sonnenschein, welcher sogar die klirrende Kälte vergessen ließ. Schließlich erreichten die beiden den Friedhof. Schweigend schlichen sie den schmalen Weg entlang, bis hin zur Ruhestätte ihres Dads. Penny stand regungslos da, als sie auf die gefrorene, umgegrabene Erde starrte. Sie konnte sich nicht vorstellen, dass unter dieser eisigen Schicht ihr geliebter Vater ruhte. Tröstend legte Stu seinem Arm um sie. Er versuchte seine Gefühle unter Kontrolle zu halten. Leise flüsterte er der Kleinen zu: „Sieh, Penny. Die Sonne scheint. Ich glaube fest daran, dass Dad uns unterstützen würde. Er wird für immer in unseren Herzen sein."

„Ich weiß, Stu. Dennoch fällt es mir schwer zu gehen. Das Gefühl, Mum und auch Dad im Stich zu lassen bedrückt mich."

„Es geht mir genau so, Schwesterchen. Aber auch Dad hätte diese Chance ergriffen, wenn sie sich ihm geboten hätte." Aus der Ferne ertönten schon die Signalhörner der Schiffe, die sich auf ihre beschwerliche Reise machten.

„Wir müssen los", sprach Stuart leise, doch nicht, ohne seiner Schwester ein zuversichtliches Lächeln zu schenken. Sie bekreuzigten sich und vorsichtig schob der Älteste Penny zurück in Richtung des Weges. Sie schwieg. Einerseits war sie gespannt, was sie auf der anderen Seite der Welt erwartete. Andererseits hatte sie ein schlechtes Gewissen, dass sie ihre Mutter im Stich ließen. Die eisige Kälte dieses Morgens drang durch Mark und Bein. Umso glücklicher wirkte Stu, nachdem die Geschwister endlich den Hafen erreichten. Beobachtet von den ihm bekannten Hafenarbeitern näherten sie sich, mit ihren kleinen Koffern, dem Ozeanriesen. Clifford hatte gerade die letzte Reisetruhe der feinen Herrschaften an Bord gebracht, da erblickte er seinen guten Freund.

„Stu? Schön, dass ihr hier seid", schallte seine raue Stimme über den Kai. „Lass mich raten, dies ist deine hübsche Schwester." Zuvorkommend nahm der Seemann ihre zarte Hand und küsste dieselbige.

„Es ist auch schön dich zu sehen", flüsterte Stu, den die Furcht plagte, dass sie sich die Überfahrt nicht leisten könnten.

„Kommt mit mir."

„Ich weiß nicht, ob unser Geld ausreicht", sprach Irving, dessen Sorgenfalten bereits die Stirn bedeckten.

„Macht euch keine Gedanken", antwortete Cliff voller Zuversicht. „Überlass es mir. Ich werde den Kapitän schon überzeugen." Mit einem Augenzwinkern führte der tätowierte Seemann Penny an Bord. Stu hielt derweil den Umschlag in seiner Tasche und betete, dass sein Freund Erfolg haben würde.

2. Kapitel

Angespannt stand das Geschwisterpaar an Deck und wartete darauf, dass Clifford mit dem Kapitän des Schiffes erschien. Als sie nach einer quälend langen, halben Stunde aus der breiten Stahltür heraustraten, schlug Irvings Herz schnell in seiner Brust. Respektvoll verneigten sich die beiden vor dem Offizier. Sein Name war Clarke Anderson. Er hatte sein sechsundfünfzigstes Lebensjahr vollendet und nach seiner Zeit in der Royal Navy das Kommando über die Southwestern übernommen. Die knitterfreie Uniform unterstrich die Genauigkeit, mit der er sein Schiff führte. Anderson trug einen gepflegten Spitzbart, welcher ihn noch erhabener wirken ließ. Mitleidsvoll sah der stolze Kapitän die kleine Penny an. Auch er hatte mittlerweile vier Töchter, für die er durch die Hölle gegangen wäre.

„Darf ich Ihnen Stuart Irving und seine Schwester Penny vorstellen?" Der Schiffsführer verneigte sich kurz vor ihnen, ehe er das Wort ergriff.

„Ich habe von Ihrer misslichen Lage gehört und Seemann Jones hat mir gegenüber den Wunsch geäußert, Sie mit nach New York zu nehmen. So leid es mir tut, aber dies ist nicht die Heilsarmee. Mir sind die Hände gebunden." Er legte die Hand zum Gruß an den Schirm seiner Kapitänsmütze und wollte gerade wieder im Steuerhaus verschwinden, als Stu ihn aufhielt. Die Verzweiflung stand ihm ins Gesicht geschrieben und er flüsterte: „Verzeihung, Sir. Aber ich will meiner Schwester um jeden

Preis eine sichere Zukunft bieten. Ich bin mir zweifellos im Klaren darüber, dass wir die Überfahrt nicht geschenkt bekommen." Stu griff in seine Jackentasche und zog den alten Umschlag hervor. Irritiert schaute Kapitän Anderson den jungen Mann an. „Dies ist alles, was ich besitze, Sir. Ich hoffe, es reicht aus." Clarke zählte die wenigen Pfund und schüttelte bedauernd den Kopf.

„Das genügt gerade so für eine Person, Mister Irving. Was wollen Sie nun tun?" Sämtliche Träume zerfielen plötzlich zu Staub. Betrübt über diese Aussage wollte er gerade das Geld wegstecken, als er seiner Schwester in die Augen schaute.

„Bitte nehmen Sie wenigstens Penny mit nach Amerika. Das ist das Wichtigste." Anderson zeigte Mitleid für die beiden. Doch bevor er ein weiteres Wort erwidern konnte, wandte sich Cliff flehend an seinen Vorgesetzten.

„Captain Anderson, Sir. Ich lege meine Hand für Stu ins Feuer. Er ist fleißig und lernt schnell." Obwohl der Offizier wusste, worauf sein Seemann hinauswollte, fragte er nach.

„Was wollen Sie mir sagen, Jones? Reden Sie nicht um den heißen Brei herum."

„Uns fehlt ein weiterer Heizer. Er könnte Kohlen schaufeln und so seine Überfahrt begleichen." Anderson sah den Willen des jungen Irving und wie sich ein zuversichtliches Lächeln auf seine Lippen stahl.

„Ja", antwortete der Kapitän. „Wir benötigen eine weitere Kraft da unten. Sind Sie einverstanden, Mister Irving?"

„Jawohl, Sir. Vielen Dank für diese großartige Chance." Der Captain wollte keinen Dank und sprach: „Tun Sie einfach Ihre Arbeit, Junge. Dann werden wir keine Probleme haben." Er wandte sich an Clifford. „Zeigen Sie dem Burschen den Keller. Ich werde derweil die junge Dame auf die Mitarbeiterkajüte bringen. Denken Sie daran, dass wir in sechs Stunden die Anker lichten."

„Jawohl, Sir." Die beiden Männer salutierten standesgemäß, bevor der Kapitän Penny ins Innere der Southwestern begleitete. Während Clarke voranging, folgte sie ihm auf Schritt und Tritt. Geblendet von der Schönheit des Speiseraums stand ihr die Sprachlosigkeit ins Gesicht geschrieben. Der Weg führte durch den Saal, der mit feinsten Stühlen und Tischen ausgestattet war. Überall lag silbernes Besteck aus, welches auf den weißen Unterdecken funkelte. Zu jeder Seite befanden sich einladende Fenster, die genügend Tageslicht hereinließen und einen atemberaubenden Ausblick auf die See ermöglichten. Weiter folgte Penny dem strammen Kapitän durch ein kaltes, stählernes Treppenhaus in die unterste Etage.

„Hier entlang, Miss Irving", flüsterte Anderson. Schließlich blieben sie vor einer schweren Eisentür stehen, die den Eingang zu den Besatzungsunterkünften bot. Rechts und links des Ganges befanden sich die dürftig eingerichteten Kajüten. „Bitte einzutreten. Kann ich Sie nun allein lassen?" Penny bedankte sich höflich und nahm das spartanische Zimmerchen in Augenschein. Zwei schmale Betten, ein kleiner Schrank, sowie ein einfaches Regal waren die einzigen Möbelstücke. Da sie die Schlichtheit gewöhnt war, schien ihr dies völlig nebensächlich. Penny legte sich auf die ungewohnt weiche Matratze und schlief im nächsten Moment ein. Zu sehr hatten sich die Ereignisse der letzten Stunden auf ihr Nervenkostüm ausgewirkt. Währenddessen schlich ihr Bruder in Begleitung des Seemanns durch den engen Gang hinunter in den Bauch der Southwestern. Auch sie standen plötzlich vor einer weiteren dicken Stahltür, hinter welcher sich der Kohleraum befand. Im Inneren stapelten sich die schwarzen Stücke bis unter die Decke. Ebenso im nächsten Großraum, an dessen Ende sich die riesigen Öfen aufreckten. Alle Heizer waren anwesend, aber sie nahmen erst keine Notiz von dem Neuankömmling. Ins Gespräch vertieft warteten sie den Antrieb. Einige der Männer, die schon die Brennkammern gesäubert hatten, schauten ihren Kameraden, rußverschmiert, zu. Ihre Blicke musterten auf einmal den Burschen.

„Jones? Wen bringst du uns?", fragte einer von ihnen, wischte sich den Schmutz von den Händen und reichte Stu mit einem Lächeln die Hand.

„Ich stelle dich vor", wisperte Cliff seinem Freund zu. „Jungs, dies ist Stuart Irving. Er wird euch auf der kommenden Fahrt helfen. Behandelt ihn gut."

„Ja, ja", knurrte der Hüne, der Stu fest an sich presste. „Mein Name ist Charles Early, aber nenn mich Early. Denn der frühe Vogel fängt den Wurm." Der Vorarbeiter lachte laut, während er sich zu seiner Heizermannschaft umdrehte. „Ich darf dir den Rest der Crew vorstellen. Das ist Anthony Higgins, Harry Dovestone, Jimmy Barton und Simon Forsythe." Zuvorkommend reichten sich die zukünftigen Weggefährten die Hand, ehe zwei weitere Arbeiter aus dem dunklen Ofen gekrochen kamen. Ein schmächtiger, kleiner, chinesisch aussehender Mann klopfte sich den klebrigen Ruß von der Kleidung. Aus dem anderen kam ein großgewachsener, kräftiger Kerl heraus, dessen Gesichtszüge an einen Osteuropäer erinnerten. Early stellte ihn vor: „Das ist Ho Lee und unser Piotr. Nenn ihn einfach beim Vornamen, es sei denn du hast Spaß an Zungenbrechern."

„Kommst du zurecht?", fragte Cliff besorgt. „Ich muss nämlich los. Die Gepäckstücke der Reisenden warten nicht. Wir sehen uns, Stu." Daraufhin verließ er eilig das Kohlelager.

„Los, Junge. Ich zeige dir alles, was hier wichtig ist." Early führte ihn daraufhin herum, wies Irving gewissenhaft ein und machte ihm auch die Sicherheitsmaßnahmen deutlich. Aber er merkte, dass dem Burschen der Abschied von seiner Heimatstadt sichtlich schwerfiel. „Du verlässt Liverpool mit einem weinenden Auge, nicht wahr?" Stu nickte. Behutsam, tröstend nahm Charles ihn bei den Schultern. „Wirf keinen Blick zurück. Schneide die alten Zöpfe ab und mach einen Neuanfang."

„Wahrscheinlich haben Sie Recht", wisperte Stuart und fragte: „Wann soll ich meinen Dienst antreten, Sir?"

„Rede mich nie mit Sir an. Wir sitzen hier alle im gleichen Boot." Charles wurde ernst. „Ich denke, du willst Abschied von deiner Heimat nehmen. Außerdem brauchst du noch ein wenig Ruhe, ehe die schwere Arbeit auf dich wartet. Heute Abend um sechs Uhr musst du anwesend sein." Da der Junge nicht wusste, wie er sich verhalten sollte, salutierte er vor Early, was diesen überraschte. „Lass den Mist. Grüße auf diese Weise den Captain, aber nicht mich." Peinlich berührt nickte Irving erneut, bevor er sich noch einmal der Uhrzeit versicherte.

„Also dann, bis um sechs?"

„Ja. Jetzt geh." Mit Argwohn sah der Rest der Heizermannschaft zu, wie Early den Burschen behandelte. Ihnen missfiel die verständnisvolle Weise, welche auch sie stellenweise von ihrem Vorgesetzten erwarteten. Doch niemand brachte es ihm gegenüber zur Sprache. Stattdessen regte sich schon zu dem Zeitpunkt die Wut auf den Neuankömmling. Nichts ahnend begab sich Stu an die Reling. Sein Blick schweifte über das rege Hafentreiben. Wieder stellte sich ihm die Frage, ob diese weitreichende Entscheidung die richtige war. Gedankenversunken beobachtete Irving einen Schwarm Möwen, der schreiend einem auslaufenden Fischkutter folgte.

Die Freiheit ist das Ziel. Aber auch wenn wir Amerika erreichen, ist es noch ein langer, beschwerlicher Weg, bis wir uns ein Stück von dem versprochenen Wohlstand sichern können. Ich bete darum, dass Penny eine Zukunft haben wird.

Aus den Augenwinkeln sah er, wie die Decksmänner um Clifford die Reisetruhen der Passagiere in die Kabinen der ersten Klasse brachten. Als sie verschwunden waren, folgten die Gäste. Erst erschienen die Männer, Frauen und Kinder, die in der dritten Klasse reisten. Ihnen standen Leid, Hunger, Verzweiflung und Erschöpfung in die Gesichter geschrieben. Stu wusste genau, was in ihren Köpfen vorging. Mit leerem Blick schlichen die Armen, wie Geister, an ihm vorüber und verschwanden hinter einer weiteren dicken Stahltür. Nur einige Minuten später füllte sich das Deck erneut. Es waren die feinen Herrschaften der ersten Klasse. Im Gegensatz zu den armen Seelen, die sich die Überfahrt vom Mund abgespart hatten, war bei diesen Reisegästen die Leichtigkeit des Lebens spürbar. Während die, in schickes Tweed gekleideten Herren sich den Begrüßungschampagner schmecken ließen und genüsslich Zigarre rauchten, standen die noblen Damen ein Stück abseits. Auch ihnen war der Reichtum förmlich anzusehen. Sie trugen teure Kleider, welche durch edle Perlen verziert waren. Stu erfüllte dieses Bild nicht mit Neid, sondern purer Gleichgültigkeit. Er wollte sich gerade wieder dem Hafenleben zuwenden, da rannte Kapitän Anderson schnellen Schrittes an ihm vorbei. Sämtliche Passagiere freundlich grüßend neigte sich der leitende Offizier über die Reling. Plötzlich erschien eine rüstige Dame, der er höflich an Bord half. Sie trug ein langes, schwarzes Kleid, welches von weißen Stickereien gesäumt war. Das ebenfalls schwarze Strickjäckchen bedeckte ihre perlfarbene, rüschenbesetzte Bluse. Auf dem, mit Ornamenten versehenen, Kragen prangte ein funkelndes Goldcollier. Das Antlitz wurde von einem dunklen Schleier verdeckt, welcher an ihrem kleinen schwarzen Hut befestigt war. Vorsichtig reichte die ältere Dame dem Kapitän ihre in weißen Handschuh gehüllte Hand.

„Darf ich Ihnen behilflich sein, Misses McDormand?"

„Vielen Dank, Captain Anderson. Das raue, kühle Wetter verursacht zusehends Schmerzen und macht mich langsamer", sprach sie und ihr lautes, raues Lachen hallte über das Deck. Unter einem tiefen Atemzug schloss sich der kleine Schirm. Die Dreiundsiebzigjährige streifte den Schleier nach hinten. Schockiert starrten die feinen Herren Misses Paula McDormand an, als sie die kleine Handtasche öffnete. Langsam zog sie ein vergoldetes Etui hervor. Ungeachtet der verächtlichen Blicke zündete sie sich genussvoll eine Zigarette an. Obwohl die rüstige Dame einen liebevollen, umgänglichen, charmanten und auch witzigen Charakter hatte, konnte sich Paula hin und wieder einen provokanten Seitenhieb gegen die betuchte Gesellschaft nicht verkneifen.

„Haben Sie Ihre Angelegenheiten erledigen können?", erkundigte sich Anderson zuvorkommend, während Misses McDormand den Rauch in die Höhe blies.

„Ja. Doch es fiel mir nicht leicht den Nachlass meines geliebten George zu regeln. Nun bin ich froh endlich nach New York zurückzukehren. Hier scheint mir nach so vielen Jahren alles fremd geworden zu sein." Der Kapitän der Southwestern verneigte sich und erwiderte: „Ihr Gepäck befindet sich bereits in Ihrer Kabine. Ich hoffe Sie genießen die Rückreise an Bord unseres Schiffes."

„Natürlich", sprach Paula mit einem Lächeln. „Können Sie mir sagen, wann wir ablegen?" Schnell schaute Anderson auf seine Taschenuhr und sprach leise: „In einer halben Stunde, Misses McDormand."

„Dann verweile ich noch eine Weile an Deck. Ich will ein letztes Mal den Anblick Liverpools genießen."

„Jawohl. Ich sehe Sie dann zum Abendessen." In diesem Augenblick stürmte Penny heran und blieb schwer atmend neben ihrem Bruder stehen. Die Dame lauschte interessiert ihrem Gespräch.

„Warum hast du mich nicht geweckt?"

„Entschuldige Schwesterchen. Aber woher sollte ich bitte schön wissen, wo der Captain uns untergebracht hat?" Während die feine Gesellschaft ihre Gläser geleert hatte und im Inneren des stählernen Riesen verschwand, schlich Paula an die Reling. Als hätte sie kein Sterbenswörtchen gehört stellte sich die Witwe an den kalten Stahl. Sie hielt jedoch zwei Meter Abstand, so dass sich die Geschwister nicht belauscht fühlten.

„Sie tragen ein hübsches Kleid, junge Frau", flüsterte Paula mit einem mütterlichen Lächeln. Wie vom Blitz getroffen stand das Geschwisterpaar da und niemand wusste, wie auf diese Situation zu reagieren war. Penny machte einen Knicks, traute sich aber nicht der Dame ins Gesicht zu schauen. Ihr Bruder bewies hingegen mehr Schneid.

Er trat vor, küsste vorsichtig ihre Hand und sprach: „Darf ich mich vorstellen, mein Name ist Stuart Irving und dies ist meine kleine Schwester Penny."

„Stu und Penny", wisperte Misses McDormand gerührt. „Warum seid ihr an Bord der Southwestern?" Zögerlich berichtete Stu von ihrem Vorhaben, doch verschwieg er die Details. Paula lauschte den Ausführungen und je mehr sie erfuhr, umso stärker wurde ihr Mitleid.

„Mein Name ist Paula McDormand. Aber sag mir, wo du dieses schöne Kleid gekauft hast", fragte sie erneut, während das Mädchen immer noch zu Boden schaute.

„Es ist selbst genäht, Misses McDormand", wisperte Penny verlegen, denn sie hatte den Eindruck es handele sich nur um einen Fetzen Stoff. Prüfend beugte sie sich herunter, zog sich den Handschuh aus und fuhr mit ihren rauen Fingern über die Saumnähte.

„Das hast du wirklich selbst genäht?", fragte Paula skeptisch. Ein zögerliches Nicken der kleinen Irving war ihre Antwort. „Großartig. Du hast eine Gabe mein Kind. Der Stich, die Nähte und sogar der Stoff sind fantastisch." Ungläubig sahen sich die Geschwister an. Plötzlich dröhnte das Schiffshorn in seinem brummenden Ton laut über den gesamten Hafenabschnitt hinweg. Der erste Rauch stieg aus den breiten Schornsteinen. Der Anker wurde gelichtet und die schweren Taue gelöst. Unter dem Rauschen der Wellen, die sich am Rumpf brachen, entfernte sich die Southwestern langsam aus dem Hafen. Vom Anblick gefesselt schauten die beiden noch einmal auf ihre Stadt, die unter den aufkommenden, dichten Wolken am Horizont verschwand. Eine Träne lief über Pennys Wangen, denn es bedeutete einen Abschied für immer.

Auch Stu durchfuhr diese Trauer, doch er schaute nach vorne. Misses McDormand ließ sich von den Gefühlen anstecken und auch sie konnte sich ein Schluchzen nicht verkneifen. Mütterlich legte sie die Hände auf die

Schultern der Geschwister. Sie fühlte sich für die Kinder verantwortlich.

„Sagt eurer Heimat Lebewohl, denn wenn es euch ernst ist, werdet ihr niemals wieder hierherkommen. Das gleiche haben mein George und ich uns damals auch geschworen."

„Verzeihung, Misses McDormand. Darf ich fragen, wo sich ihr Ehemann befindet?", fragte Stu mit leiser Stimme.

„Er ist von uns gegangen", wisperte die alte Dame und rang um Fassung. Irving neigte sein Haupt und wisperte: „Das tut mir sehr leid."

„Es war nett. Aber ich glaube es ist uns nicht gestattet mit jemandem der ersten Klasse so lange zu sprechen", flüsterte Penny demütig. Sie wollte gerade ihrem Bruder die Unterkunft zeigen, als Paula sie echauffiert aufhielt.

„Ich wünsche, dass ihr beiden mich heute Abend zum Essen begleitet."

„Oh nein. Vielen Dank. Aber das schickt sich nun wirklich nicht", versuchte Stu sie von dem Gedanken abzubringen. „Außerdem haben wir nicht die richtige Kleidung bei uns." Stu wandte sich an seine Schwester. „Du musst mir unsere Kajüte zeigen, damit ich mich vor der Arbeit noch ein bisschen ausruhen kann." Nun wurde Paula hellhörig.

„Sie arbeiten auf diesem Schiff?"

„Im Maschinenraum. Ich schaufle die Kohlen." Sie wollten gerade gehen, da hielt Misses McDormand die Kleine am Handgelenk fest.

„Darf Ihre Schwester mir noch eine Weile Gesellschaft leisten?"

Die Witwe erzählte, dass das Nähen ebenso ihre Leidenschaft war und sie auf diese Weise nicht allzu allein wäre. Fragend schaute er Penny an, welche mit weit aufgerissenen Augen nickte.

„Wie könnte ich mich über den Willen meiner kleinen Schwester hinwegsetzen? Sie kommt gleich. Aber vorher musst du mir unsere Kajüte zeigen."

„Sie finden mich auf Zimmer 110. Ich freue mich. Das beste Mittel gegen Einsamkeit ist die Gesellschaft junger Menschen." So verließen die Geschwister das Deck. In der Kajüte ließ sich Stu erschöpft auf das Bett fallen, während Penny mit verschränkten Armen in der Ecke des Zimmers stand. Nur das wenige Licht, welches durch das kleine Bullauge den Raum erhellte, schien auf den schmalen Kleiderschrank.

„Du misstraust ihr."

„Ist das ein Wunder? Ich will dich nur vor einer Enttäuschung bewahren."

„Überlass diese Entscheidung bitte mir", raunte Penny mit entschlossener Stimme. „Dann gehe ich zu Misses McDormand." Stuart war stolz, denn seine Schwester zeigte auf einmal den Schneid, den sie zum Leben benötigte. Er dachte nur an die bevorstehende Schicht und antwortete, während er sich auf die Seite drehte.

„Ich brauche noch ein wenig Schlaf. Pass auf dich auf, Schwesterchen." Unzufrieden mit den beiläufigen Worten wisperte das Mädchen: „Wir sehen uns Morgen. Viel Glück."

„Dir auch." Enttäuscht über das Gehabe ihres Bruders stieß sie die Tür in die Angeln und schlich die Gänge entlang, auf der Suche nach Zimmer 110. Als sie die Etage der ersten Klasse entlangging, standen die schweigenden Herrschaften entsetzt vor ihren Unterkünften. Abwertend, kopfschüttelnd und echauffiert stierten sie dem jungen Mädchen nach, so dass sich Penny immer unwohler fühlte. Sie spürte, dass sie hier fehl am Platz war. Unter einem erleichterten Seufzer erreichte sie endlich die fragliche Tür. Mit pochendem Herzen klopfte die kleine Irving sachte an. Wuchtig öffnete sich die Pforte und Misses McDormand sah ihr lächelnd, voller Freude ins Antlitz.

„Schön, dass du so schnell Zeit für mich gefunden hast, liebe Penny. Komm doch rein und mach es dir bequem." Nachdem das Mädchen in der Kajüte verschwunden war, donnerte Paulas raue Stimme, wütend, durch den gesamten Flur. „Sie sollten sich schämen auf die Armen der Gesellschaft mit Übermut herabzuschauen. Ich bete zu Gott, dass er Ihrer aller schäbiges Verhalten eines Tages bestrafen wird. Guten Tag." Mit einem gewaltigen Ruck warf die rüstige Witwe die Holztür hinter sich zu und ließ die Gesellschaft pikiert draußen stehen. Unterdessen trat die kleine Irving in die gut ausgestattete Unterkunft der Dame. Einen solchen Prunk hatte sie noch nie zuvor gesehen. Sämtliche Möbel waren aus den besten Hölzern gefertigt. Das große Bücherregal ließ sie genauso sprachlos zurück, wie das einladende, mit rotem Damast bezogene Sofa. Ebenso die beiden gemütlichen Sessel. Auf dem kleinen Beistelltisch stand eine Silberschale voller Pralinen. Vorsichtig schlich Penny über den nussbaumholzbeplankten Boden.

Ein handgeknüpfter Teppich verlieh der Unterkunft eine wohlige Wärme. Neben dem großen, schweren Bett, welches mit ägyptischer Baumwolle bezogen war, befand sich ein faltbarer Raumteiler, hinter dem Misses McDormand zu gewissen Gelegenheiten ihre Kleidung wechseln konnte. In einer Ecke, unter den dicken Fensterscheiben, befand sich Paulas teure, große Reisetruhe, die mit verzinkten Leisten versehen war und über zwei eiserne Vorhängeschlösser verfügte. Dieses feine Stück war ich ganzer Stolz.

„Nimm doch bitte Platz, meine Kleine", sprach die Witwe, ehe sie sich erneut eine Zigarette anzündete. Behutsam setzte sich Penny auf das weiche Sofa, die Hände vor dem Schoß gefaltet. Als die rüstige Dame plötzlich hinter dem Paravent verschwand, beschlich das Mädchen ein mulmiges Gefühl. „Noch einen Moment", flüsterte Paulas rauchige Stimme. „Ich bin gleich bei dir." Schließlich erschien Misses McDormand mit einer Rolle purpurnen Damaststoff, auf einem handrückengroßen Kissen aufgereihten Nähnadeln und zwei Rollen dünnen Nähgarns. Penny schien überrascht, während sie die Utensilien mit Obacht auf den Tisch legte. „Du nähst also deine Kleidung selbst? Bitte verzeih mir, aber das würde ich gerne sehen."

„Entschuldigen Sie, Misses McDormand", wisperte die Kleine. „Ich bräuchte Ihre Maße, um etwas Vernünftiges aus diesem edlen Stoff zu fertigen. Er ist außerdem viel zu wertvoll. Ich könnte nicht mehr in den Spiegel schauen, wenn ich mich vermessen oder gar verschneiden würde." Sie hatte noch nicht ausgesprochen, da zog die reiche Dame ein Maßband aus der Tasche.

„Dann legen wir mal los. Stell dich hin." Wie angewurzelt saß die kleine Irving überrascht da. Sie hielt die Luft an, während Paula anlegte und ihre Größe nahm. „So junge Lady. Jetzt wirst du dir selbst ein Abendkleid nähen." Aufregung gepaart mit unsäglicher Freude überkam das Mädchen. Ohne ein weiteres Wort zu verlieren, nahm sie Misses McDormand in den Arm. Selbst die gestandene Dame rang um Fassung, als sie die leisen Tränen auf ihrer Schulter spürte. „Ist ja gut, meine Liebe. Aber lass uns anfangen, denn ich habe Großes mit dir vor." Neugierig, was ihre Gönnerin meinte, begann Penny den Stoff auszurollen, die Maße zu übertragen und mit ruhiger Hand die Abschnitte zurechtzuschneiden. Doch die Kleine wollte mehr über die Witwe erfahren. Sie nahm allen Mut zusammen und sprach Paula direkt an.

„Erzählen Sie mir ein wenig von Ihrem Leben?" Voller Freude, endlich jemanden gefunden zu haben, der Interesse an ihrem Dasein hatte, nahm die Witwe noch einen kräftigen Zug, bevor der weiße Filter den Weg in den gläsernen Aschenbecher fand.

„Genau wie du habe ich meine Wurzeln in der Arbeiterschicht von Liverpool. Mein Vater arbeitete einst als Fleischer. Auch er verdiente wenig und hatte Mühe uns alle satt zu bekommen." Zitternd griff sie erneut nach ihrem Zigarettenetui. „Du musst wissen, dass wir sieben Kinder waren. Aber zu meinen Geschwistern besteht, traurigerweise, keinerlei Kontakt mehr. Das ist meine Schuld gewesen." Aufmerksam lauschte Penny und schwang gar beiläufig die Nähnadel.

„Das ist wirklich traurig. Auch ich vermisse meinen Bruder James und Mum." Sie wartete kurz, ehe sie fortfuhr. „Wie lernten Sie eigentlich Ihren Gatten kennen?"

„Ach, George", flüsterte Misses McDormand und schaute wehmütig zur Decke. „Er zog mit seinen Eltern und Geschwistern in die Nachbarstraße. Sie stammten aus Schottland." Beiläufig zündete sie sich noch eine Zigarette an, während das Funkeln in ihren Augen bei den Erzählungen über ihren Ehemann immer stärker wurde. „Wir trafen uns heimlich, da unsere Elternhäuser etwas gegen die enge Freundschaft hatten. Doch George und ich verliebten uns und beschlossen durchzubrennen. Wie ihr beiden, besaßen wir nichts, außer unserer Kleidung."

In sich gekehrt saß Penny da und flüsterte nachdenklich: „Mein Bruder will mit der Goldsuche sein Glück finden. Ist das realistisch? Sie müssen wissen, dass er sich auf die Erzählungen von Fremden verlassen hat."

„Amerika ist das Land der unbegrenzten Möglichkeiten, mein Kind. Doch eure Chancen sind in Bezug auf Gold begrenzt. Fast alle Mienen in Kalifornien schließen allmählich. Aber gib nicht auf. Sieh dir an, was aus mir geworden ist. Mein George und ich haben anfangs von der Hand in den Mund gelebt. Letztendlich reichten unsere Ersparnisse, um unseren Traum zu verwirklichen."

„Darf ich fragen, was Ihr Traum war?", wisperte Penny, die sich immer mehr für das Leben der rüstigen Dame interessierte. Mit einem Lächeln antwortete Misses McDormand: „Ich habe das gemacht, was auch du am besten kannst, Kleine. Während mein Gatte sich um das Finanzielle kümmerte, machte ich anfangs die Schneiderarbeiten. Als sich der Erfolg einstellte, befasste ich mich mit der Einstellung fähiger Leute. Jede neue Näherin wurde auf Herz und Nieren geprüft. Schon nach kurzer Zeit war die McDormand Schneiderei in ganz New York bekannt. Selbst einige der höchsten Politiker gehörten zu unserer Kundschaft. Wir waren schließlich so gut aufgestellt, dass weitere Läden in Washington D.C, Philadelphia und Maryland eröffneten." Auf einmal wurde Paula still. Ihr Blick schweifte aus dem Fenster und sie wischte sich mit ihrem weißen Taschentuch eine Träne von der Wange. Penny sah sie verunsichert an.

„Misses McDormand? Fühlen Sie sich nicht wohl?"

„Nein, mein Kind", flüsterte Paula. „Nun folgt die dunkle Seite der Geschichte. George wollte ein neues Geschäft in Richmond, Virginia aufbauen. Wochenlang sahen wir uns nicht. Nach einer Weile florierte auch dort der Markt. Ausbesserungen, Reparaturen, eigene Kreationen… Dann kam der Bürgerkrieg und damit das Aus für Richmond." Peggy sah sie fragend an. Andächtig lauschte sie weiter den Worten der Witwe. „In diesen schlimmen Jahren sollten wir mehr verdienen denn je zuvor. Der Zuschlag zur Fertigung der Uniformen brachte immensen Umsatz. Aber das Blut, welches an unseren Händen klebte, ließ mich nachts nicht mehr schlafen. Am schlimmsten waren die zerfetzten Uniformreste, die gesammelt wurden, um Ausbesserungsarbeiten vorzunehmen. Auch heute leide ich noch mit jedem der Burschen, die für uns kämpften, geblutet haben und gestorben sind."

„Ich habe von diesem Bürgerkrieg gehört. Aber nur aus den Erzählungen. Doch, dass es so grausam gewesen ist, wusste ich nicht", flüsterte die Kleine betroffen. Paula zog unterdessen ein letztes Mal an ihrer Zigarette und versuchte sich emotional zu sammeln, als Penny bereits die nächste Frage stellte. „Diente Ihr Ehemann in der Unionsarmee?" Sie nickte.

„George ließ sich 1863 einschreiben. Er sah es als seine Pflicht und wurde nach der Schlacht von Gettysburg zum Leutnant befördert. Die Ereignisse, welche er miterleben musste, ließen ihn nie mehr los. Selbst kurz vor seinem Tod ist George des Nachts schweißgebadet aufgewacht." Misses McDormand stockte kurz. „Nun hat er endlich seinen Frieden gefunden." Stille herrschte zwischen den beiden, bis Paula lächelnd das Schweigen brach. „Sehr gut, meine Kleine."

Die alte Schneiderin nahm das nicht einmal halbfertige Kleid und begutachtete es sorgfältig. „Deine Stichtechnik ist beispiellos. Die Naht ist kaum erkennbar. Du hast, wie ich es mir bereits dachte, eine wahre Gabe." Geschmeichelt durch diesen ungewohnten Zuspruch, verneigte sich das Mädchen höflich und antwortete: „Haben Sie vielen Dank." Zusehends verdunkelte sich der Abendhimmel. Das feurige Rot der untergehenden Sonne wich der Dunkelheit der Nacht und das Mondlicht mischte sich mit dem der Öllampen.

„Wollen wir noch ein bisschen auf Deck spazieren gehen, ehe das Dinner auf uns wartet?" Wie vom Blitz getroffen schaute die junge Irving sie an. Eine Mischung von Aufregung, Furcht und Nervosität durchfuhr ihren zarten Körper.

„Nein", wisperte sie verunsichert. „Das gehört sich nicht. Ich habe nichts zwischen diesen feinen Herrschaften zu suchen."

„Ich genieße jeden Augenblick deiner Gesellschaft", antwortete die Witwe empört. „Du würdest mir eine riesige Freude bereiten. Sorg dich nicht um die anderen. Mit mir legt sich besser niemand an." Daraufhin dröhnte ihr lautes, raues Lachen durch den Raum. Paula löschte das Licht und so machten sie sich auf, das Abendessen in Zweisamkeit zu sich zu nehmen.

Während die Damen ihren appetitanregenden Rundgang über das Deck vollzogen, ging Stu bereits seit einer Stunde seiner Arbeit nach. Mit dem Willen alles richtig zu machen, schaufelte der hagere Bursche die Kohlen in den brennend heißen Ofen. Schon nach kurzer Zeit entledigte er sich dem Hemd, um die sengende Hitze besser zu ertragen. Schweiß lief ihm in die Augen, doch er wollte unter Beweis stellen, dass die Entscheidung ihm diese Chance zu geben, die richtige war. Aufgrund seines fokussierten Arbeitens bemerkte Stuart nicht einmal die zornigen Blicke der anderen Heizer. Jimmy Barton und Simon Forsythe hätten ihn am liebsten den Kohlen hinterhergeschoben. Nur Anthony Higgins fühlte sich für den Neuankömmling verantwortlich. Mit Sorge sah er, wie seine Kameraden den Jungen schnitten und dieser sich zusehends verausgabte. Während Anthony die Druckanzeige kontrollierte, behielt er Stu im Auge. Schließlich kam Early hinzu. Prüfend schaute er sich um.

„Higgins? Komm her", versuchte der leitende Heizer den ohrenbetäubenden Lärm zu übertönen.

„Was gibt es, Early?", fragte Anthony und wischte sich das Schmieröl von den Händen.

„Wie macht sich der Neue?"

„Er ackert, bis zum Umfallen. Wir sollten ihn ein wenig bremsen, ehe er vor Erschöpfung in einer Ecke liegt." Zustimmend nickend rief Charles den jungen Irving zu sich. Bevor dieser die Arbeit niederlegte, wandte sich der Vorarbeiter noch ein weiteres Mal an seinen Heizer. „Irre ich mich, oder ist die Stimmung etwas gereizt?"

„Ja. Sie denken, du würdest Stu bevorzugen."

„So ein Blödsinn. Aber kümmere dich um ihn, sonst ist er schon bald fertig." Inzwischen war Irving zur Stelle.

„Was gibt es?", erkundigte er sich. Die Angst versagt zu haben, stand ihm in sein rußverschmiertes Gesicht geschrieben.

„Alles in Ordnung?", hallte Earlys laute Stimme durch den Raum. „Du bist zu schnell. Auf diese Weise hältst du nicht lange durch. Mach öfter eine Trinkpause und gewöhn dir einen stetigen Rhythmus an. Wenn du Fragen hast, wende dich an Anthony."

Daraufhin verließ der Vorarbeiter wieder den Heizraum. Higgins nahm derweil Stu zur Seite, reichte ihm Wasser und wies ihn abermals auf die Wichtigkeit hin, es etwas langsamer angehen zu lassen. Der junge Bursche ging wieder an seine Arbeit. Unterdessen hatte Misses McDormand genügend frische Luft geschnappt und wies

Penny den Weg zum Speisesaal. Ihr Herz schlug wild in der schmalen Brust, als die Witwe die Pforte öffnete. Gesenkten Hauptes schlich die kleine Irving hinter Paula her. Gekleidet in das schlichte Blumenkleid, wagte sie es nicht, auch nur einem der empörten Anwesenden in die Augen zu schauen. Während Paula die ersten feinen Herrschaften freundlich grüßte, erntete sie nur Verachtung. Die beiden nahmen an einem kleinen Tisch, der ein bisschen abgelegen von all dem Trubel stand, Platz.

„Ich weiß nicht, ob das eine gute Idee war", wisperte Penny verlegen und legte sich vorsichtig die bestickte Serviette auf den Schoß.

„Unsinn", zischte die Dame und sah sich strafend um. „Du bist mein Gast. Da dulde ich keine Widerrede." Das entsetzte Flüstern der feinen Gesellschaft störte sie am meisten. Es verging eine viertel Stunde, in der sich kein Ober an ihren Tisch gesellte. Bis ein Mann ihn zu sich rief und etwas ins Ohr flüsterte. Dem in schwarz gekleideten Herrn missfiel die Anwesenheit einer solch schäbig aussehenden, jungen Frau, woraus er auch keinen Hehl machte. Seine abwertenden Gesten unterstrichen diese Meinung. Eine höfliche Verneigung des Kellners folgte und er kam mit bedaurender Miene an Paulas Tisch.

„Verzeihung, Misses McDormand", flüsterte der Angestellte leise, nachdem er sich kurz geräuspert hatte. „Ich fürchte diese schlechtgekleidete Dame ist hier fehl am Platz." Höflich, bestimmend wandte er sich Penny zu. „Darf ich Sie bitten dieses Etablissement umgehend zu verlassen?"

Das Mädchen stand beschämt auf, da brachen sämtliche Emotionen aus Misses McDormand heraus. Wuchtig donnerte ihre Faust auf die Tischplatte nieder und wütend stierte sie den überraschten Kellner an.

„Was fällt Ihnen ein? Das ist eine Frechheit. Statt diesen Unmenschen zu gehorchen, sollten Sie uns lieber etwas Gescheites zu essen bringen." Ihre Stimme schallte so laut durch den großen Raum, dass die Musiker, welche für eine gemütliche Atmosphäre sorgten, auf einmal verstummten. Paula geriet immer mehr in Rage, bis Captain Anderson den Offizierstisch verließ, um zu erfahren, was geschehen war. Er nahm den jungen Ober ein Stück zur Seite und flüsterte: „Worum geht es hier?"

„Das kann ich Ihnen sagen", fauchte Paula echauffiert. „Meine Begleiterin soll den Saal verlassen, nur weil diesen Heuchlern ihre Gesellschaft nicht passt." Noch ehe Anderson darauf reagieren konnte, polterte die alte Dame weiter. „Ihr widert mich an. Nimmt man euch all euer Geld, seid ihr nichts Besseres. Möge Gott euch eines Tages gnädig sein."

„Bitte, Misses McDormand", versuchte der Kapitän seine Passagierin zu beruhigen. „Natürlich werden wir in diesem Fall eine Ausnahme machen. Ich möchte Sie um Verzeihung bitten." Er drehte sich zu dem Kellner und zischte diesen mit stolzer Brust an. „Servieren Sie Misses McDormand und Ihrer Begleitung gefälligst das Dinner. Nach der Überfahrt werde ich mir reiflich überlegen, ob Sie an Bord dieses Schiffes noch eine Zukunft haben." Während sich der Angestellte entfernte und die anderen Gäste sich beschämt ihrem Essen zuwendeten, verbeugte sich der Kapitän, ehe er an seinen Tisch zurückkehrte.

„Das hätten Sie nicht tun müssen", wisperte Penny. „Ich schäme mich."

„Wofür?"

„Sie haben es doch gehört. Ich gehöre hier nicht hin. Entschuldigen Sie bitte die Unannehmlichkeiten." Sie wollte gerade den Raum verlassen, als Paula aufstand.

„Setz dich wieder hin", sprach die rüstige Dame mit entschlossener Stimme. „Lass uns den Abend zusammen genießen." Wie hätte Penny diesen Wunsch nicht erfüllen sollen. Also nahm die junge Irving wieder Platz und sie warteten noch eine Weile, bis plötzlich ein anderer Kellner erschien. In seiner Hand trug er ein funkelndes Silbertablett auf dem sich eine Karaffe Wasser, zwei leere Gläser, sowie eines gefüllt mit dem besten Whiskey, befand.

„Ich hoffe, es ist alles zu Ihrer Zufriedenheit?", erkundigte sich der Ober und erntete ein zustimmendes Nicken. „Ihr Menü folgt in wenigen Minuten, Misses McDormand."

„In Ordnung. Haben Sie vielen Dank." Allmählich beruhigte sich die Lage. Nachdem die Musiker wieder aufspielten, fiel Penny ein Stein vom Herzen. Endlich kam auch das Abendessen an den Tisch. Nie zuvor hatte die Kleine solch üppige Teller gesehen. Vor ihr lag ein saftig gebratenes Stück Fleisch, Soße mit Kartoffelstampf, sowie in frischen Speck gerollte Bohnen. Paula nahm das Besteck, wünschte ihrer Begleiterin einen guten Appetit und wollte gerade das Messer durch das köstliche Steak gleiten lassen, als sich Penny nervös umschaute. Zitternd nahm auch das Mädchen sein Besteck. In diesem Augenblick wurde der Witwe bewusst, warum sie sich so verunsichert verhielt. Wie ein Holzfäller hielt sie die Gabel. Ebenso die Führung des Messers glich dem eines groben Werkzeugs.

„Penny", wisperte Misses McDormand leise, während sie ihr die korrekte Handhabung des Bestecks wies.

Verlegen richtete sich die junge Irving nach den Vorgaben. Ein Lächeln stahl sich auf ihre Lippen und zusehends wuchs Pennys Selbstbewusstsein. So vergingen die Stunden, in denen sich die beiden viel zu erzählen hatten. Mittlerweile war es schon kurz vor Mitternacht, als sie das letzte Glas leerten.

„Seit langer Zeit fühle ich mich wieder satt und überglücklich. Danke, Misses McDormand für diesen schönen Abend." Nachdem der Rest der Gäste sich bereits zur Ruhe begeben hatte, verließen auch sie den Speisesaal.

„Es würde mich sehr freuen in Zukunft jedes Abendessen mit dir zusammen einzunehmen." Wie versteinert stand die Kleine im rauen Wind und erneut kamen ihr Zweifel.

„Verzeihen Sie mir, aber so gerne ich Ihre Einladung auch annehmen würde… Das Angebot kann ich nicht annehmen."

„Du fühlst dich doch wohl in meiner Gesellschaft, oder?"

„Natürlich. Sie bringen mich auf andere Gedanken und trösten mich in gewisser Weise über meine Trauer hinweg." Sie wollte gerade auf die Ereignisse dieses Abends zu sprechen kommen, da konterte Paula.

„Das freut mich zu hören. Wenn wir in New York sind, braucht ihr beiden Arbeit. Sonst werdet ihr nie in die Nähe einer Goldmiene kommen." Darüber hatte sich Penny bislang noch keine Gedanken gemacht. So starrte sie nachdenklich auf das schwarze Wasser hinab. Die Geschäftsfrau legte die raue Hand auf ihre schmale Schulter und fuhr fort. „Ich weiß, dass dieses Angebot voreilig erscheint, da ich dich, wie auch deinen Bruder erst einige Stunden kenne. Aber ich habe euch ins Herz geschlossen. Ihr seid offene, ehrliche und liebenswerte junge Menschen, die eine Chance verdienen. Daher möchte ich dir und Stu eine Unterkunft anbieten. Ihr könnt bleiben, solange ihr wollt. Zumindest, bis das Geld ausreicht, um die

Weiterreise zu finanzieren. Dann wird sich euer Traum verwirklichen." Zurückhaltend antwortete Penny: „Diesen Vorschlag sollten Sie Stu unterbreiten. Mir wäre es lieber, wenn sie mit ihm sprechen. Er wird eher auf die Worte eines erfahrenen Menschen hören, statt auf die meinen."

„Dann sehen wir uns morgen Nachmittag in meiner Kajüte. Ich freue mich darauf ihn zu überzeugen." Noch eine Weile blieben sie in der Kälte stehen, bevor Penny sich verabschiedete und auf das gemeinsame Zimmer ging. Während Stus Schicht noch lange nicht vorüber war, legte sich seine Schwester auf eines der schmalen Betten. Das Rauschen der Wellen, welche sich wuchtig am Schiffsrumpf brachen, ließen sie, trotz dieses aufregenden Tages, schnell einschlafen.

3. Kapitel

In den frühen Morgenstunden kehrte Stu in die zugewiesene Arbeiterkajüte zurück. Ihm schmerzte jeder Knochen seines schmalen Körpers. Von dem Gefühl beseelt, sein Bestes gegeben zu haben, sank er todmüde auf die schmale Pritsche. Dies tat er jedoch nicht, ohne einen Blick auf seine Schwester zu werfen, die zur Rechten des Raumes selig schlief. Ein zufriedenes Lächeln huschte über seine Lippen. So ließ Irving die vergangenen Stunden noch einmal Revue passieren. Er war stolz auf seine erbrachte Leistung, doch die ablehnende Haltung der neuen Kameraden wurde ihm erst jetzt, in diesen ruhigen Augenblicken, bewusst. Als er schließlich einschlief, verging die Zeit wie im Flug. Der Bursche verschlief sogar das hart verdiente Frühstück, welches den Angestellten vor die Türen gestellt wurde. Keiner der Männer sollte Hunger leiden, daher gab es dickbelegte Sandwiches. Penny legte die in Papier eingewickelten Brote auf den schmalen Tisch, der zwischen den Betten stand. Gerne hätte sie alles für ihren Bruder übriggelassen, aber beim Anblick der mit Wurst, Käse und Fisch belegten Gaumenschmeichler fing ihr Magen an zu rebellieren. Also nahm sie sich eine Hälfte und verschlang diese heißhungrig, ehe sie die Unterkunft verließ, so dass Stu weiterhin die Nachtruhe nachholen konnte. Gegen Mittag kam sie erst zurück. Mit einem Lächeln bedachte sie ihren Bruder, der sich das Essen beidhändig in den Mund stopfte.

„Die Arbeit scheint wirklich anstrengend zu sein", neckte ihn die Kleine und erntete nur ein Kopfnicken. „Sag schon, wie war die erste Schicht?"

„Härter, als ich es für möglich gehalten habe. Mir schmerzt jeder Muskel im Körper. Aber ich werde mich schon daran gewöhnen." Noch einmal biss er kräftig zu und fuhr fort. „Wie war dein Abend?" Unsicher schaute Penny drein, denn sie war sich nicht sicher, ob sie ihrem älteren Bruder von dem Essen berichten sollte. Doch Stu bemerkte schnell, dass Penny etwas unter den Nägeln brannte. „Sag schon. Ist etwas passiert, wovon ich wissen sollte?"

„Nein. Es war ein schöner Abend. Ich habe viel gelacht und für ein paar Stunden die letzten Tage völlig ausgeblendet."

„Das freut mich sehr", sprach Stu. „Und wie war das Essen? Bestimmt hast du dich wie ein Tier im Zoo gefühlt." Obwohl sie ihm gern die Wahrheit erzählt hätte, verschwieg Penny das meiste.

„Wie schon gesagt, war es ein sehr schöner Abend. Aber da ist noch etwas anderes." Stu sah seine Schwester mit vollem Mund fragend an. „Misses McDormand möchte dich sprechen."

„Was will sie denn?" Er erntete ein Schulterzucken.

„Keine Ahnung. Ich bin selbst schon gespannt." Sie hoffte, dass Stuart nichts von dieser Notlüge erfahren würde.

„Hat sie gesagt, wann wir bei ihr vorbeischauen sollen?"

„Wir können gleich los." Nun war Stus Neugier geweckt. Er sprang auf, wischte sich über die Lippen und antwortete: „Dann lass uns hören, was Misses McDormand zu sagen hat." Nervös folgte Penny ihrem Bruder durch die Gänge und hoffte, dass er das Angebot der rüstigen Dame annehmen würde. Es bereitete ihm Unbehagen, als sie vor Paulas Kajüte standen. Immer wieder schweifte sein Blick umher.

„Hoffentlich hat uns niemand gesehen", flüsterte der junge Mann. „Ich will die Misses nicht vor den anderen Gästen in Verlegenheit bringen." Zittrig pochte seine Hand gegen die Tür. Ruckartig öffnete die rüstige Geschäftsfrau und Stu zuckte erschrocken zusammen. Ein zufriedenes Lächeln stahl sich auf ihre Lippen.

„Stuart, Penny, schön euch zu sehen. Bitte, tretet ein."

„Sehr gerne, Misses McDormand", antwortete Stu und betrat die geräumige Kajüte. Sprachlos über den Luxus, den die Witwe genoss, strich seine Hand sachte über die gepolsterten Stühle.

„Nehmt doch Platz." Während sich die Geschwister auf das weiche Sofa setzten, schenkte die betagte Schneiderin zwei Gläser Wasser ein. Sie selbst hingegen nahm trotz der frühen Stunde einen kräftigen Gin zu sich. Es dauerte nur kurz, bis Stu auf den Punkt kam.

„Sie wollten mich persönlich sprechen?"

„Ja", antwortete Paula lächelnd. Sie nahm auf einem der Sessel Platz, genehmigte sich einen Schluck und zündete eine Zigarette an. „Ich habe euch einen Vorschlag zu unterbreiten." Verwundert schaute Stu drein, als er von der Idee hörte.

„Das Angebot ist wirklich verlockend, Misses McDormand. Doch ich habe ein schlechtes Gewissen, wenn wir Ihre Gastfreundschaft auf Dauer missbrauchen sollten."

„Davon kann keine Rede sein", erwiderte sie ernst. „Ihr sollt nur ein Dach über dem Kopf haben und nicht mit leeren Bäuchen des Abends zu Bett gehen. Außerdem wäre es schön wieder Leben in meinen kargen vier Wänden zu haben." Fragend sah Stu seine Schwester an, deren Augen funkelten.

„Was sagst du dazu, Penny?"

„Mir gefällt der Vorschlag. So haben wir die Möglichkeit Fuß zu fassen, was allein kaum zu schaffen wäre."

„Also gut. Aber wir wollen Ihnen wirklich nicht zur Last fallen. Wenn unsere Gesellschaft zu viel für Sie wird, geben Sie bitte Bescheid." Vorsichtig klopfte sie ihm auf die Schulter.

„Keine Sorge. Es freut mich, wenn ich euch helfen kann." An den Mienen war für Paula ersichtlich, welch riesiger Stein ihnen vom Herzen fiel. Die Überraschungen waren jedoch noch nicht zu Ende. „Penny wird ebenfalls ein Gehalt bekommen." Die Kleine hielt mit großen Augen den Atem an. „Sie kann mich bei der Geschäftsführung unterstützen. In meinem Alter ist es nicht mehr so einfach, alles allein zu bewältigen." Während sie in Stus Gesicht schaute, wusste sie genau, was ihm noch Kopfzerbrechen bereitete. „Es gibt gute Freunde, die ich dir vorstellen werde. Einige von ihnen sind Bauunternehmer und suchen fähige Mitarbeiter. New York wächst rasend schnell. Wäre das etwas für dich?"

„Natürlich", antwortete Stu überrascht, angesichts dieses großzügigen Angebotes. „Ich bin dankbar für jede Möglichkeit Geld zu verdienen."

„Dann sind wir uns einig", antwortete die rüstige Witwe zufrieden und genehmigte sich noch einen Schluck Gin. „Wenn ihr euch genügend angespart habt, werde ich euch ebenso unterstützen, damit der Traum vom Gold in Erfüllung geht." Ein erleichtertes Lächeln stahl sich auf Stus schmale Lippen. Aber ein beiläufiger Blick auf die Uhr riss ihn schnell wieder in die Realität zurück. Er flüsterte leise: „Verzeihung, doch die Arbeit ruft."

„Ist es schon so spät?", fragte Misses McDormand, die von der Freundlichkeit der Geschwister sehr angetan war. Durch eine leichte Verneigung verabschiedete sich Stu, um gewissenhaft seiner Tätigkeit nachzugehen. Penny blieb indessen bei ihrer Gönnerin. Immerhin waren die Nähereien an dem Abendkleid noch fertigzustellen. Nachdem der Himmel sich verdunkelte, machten sich die beiden wieder zum Speisesaal auf. Als sie diesen betraten wurde es plötzlich still und jeder schaute gebannt zu den Damen herüber. In den feinen Stoff gekleidet, einer Lady gleich, geleitete Penny Paula zu ihrem Tisch. Die Witwe flüsterte leise: „Siehst du? Es stimmt, was man sagt. Kleider machen Leute." Zum ersten Mal genoss die kleine Irving die Blicke. Nun fühlte sie sich gleichberechtigt.

„Schau dich um, Penny. Sie alle bewundern deine grandiose Arbeit." Sie hatte ihren Satz kaum beendet, da näherte sich vorsichtig eine der Damen.

„Miss, darf ich mir die Frage erlauben, wo Sie dieses wundervolle Kleid gekauft haben?" Das Mädchen wusste nicht, was sie ihr antworten sollte. Misses McDormand sah die Unsicherheit in Pennys Miene und erwiderte: „Dieses Werk ist der schöpferischen Kreativität meiner Begleitung, Miss Penny Irving, geschuldet." Die erfahrene Geschäftsfrau witterte neue Kundschaft und ehe sich die Dame versah, gab Misses McDormand ihr eine Visitenkarte in die Hand. „Sie sind doch auf dem Weg nach Amerika, oder irre ich mich?" Kurzes Schweigen herrschte.

„Ja", antwortete die gut gekleidete, junge Frau überrumpelt von der Schlagfertigkeit Misses McDormands, die sofort merkte, dass sie sie am Haken hatte: „Dann schauen Sie doch mal in einer meiner Schneidereien vorbei. Wir sind in der Lage Ihnen ein Abendkleid anzufertigen, welches Sie so noch nie gesehen, geschweige denn getragen haben."

„Ich werde bei Ihnen vorbeischauen. Haben Sie vielen Dank und ich wünsche Ihnen beiden einen schönen Abend." Während sich die blonde Dame an ihren Tisch begab, schaute Paula zufrieden drein.

Unterdessen war Stu wieder fleißig. Nach fast zwei Stunden des Kohle Schaufelns wurden seine Arme schwer. Gezeichnet von der ihm ungewohnten Arbeit des Vortages musste der stramme Bursche auf die Zähne beißen, um den Schmerz zu ertragen. Die Blöße zu versagen wollte er sich jedoch nicht geben. Je später es wurde, umso rauer wirkte die See. Nicht nur die Wellenschläge gegen die Seitenwände beunruhigten die Männer, sondern auch die starken Schwankungen des Schiffes.

„Versucht euch aufrecht zu halten", rief Anthony Higgins. Im selben Augenblick verlor Piotr das Gleichgewicht und stürzte gegen den glühenden Heizkessel. Seine gellenden Schreie ließen die Kameraden erstarren. Bevor einer von ihnen realisierte, was geschehen war, sprang Stuart vor und zog den stämmigen, großen Kerl zurück. Ohne medizinische Kenntnisse riss er ihm den schwarz verkohlten Ärmel des Hemdes vom Körper. Beim Anblick der Verbrennungen schreckte Irving auf. Der Ofen war so heiß, dass er den Stoff mit der Haut verschmolz.

„Hier, Stu", brüllte Anthony, der einen Eimer kaltes Wasser und einen Lumpen brachte. „Du musst die Wunde kühlen." Simon Forsythe und Jimmy Barton starrten regungslos zu ihrem Kameraden. Angestachelt vom überschießenden Adrenalin legte Stu den kühlen Stofffetzen auf das unterarmgroße Brandmal, als Higgins

Jimmy anschrie: „Geh und hol den Schiffsarzt. Beeil dich." Dieser stürzte die stählernen Stufen hinauf. Nun schnappte sich auch Anthony eine Schaufel und befüllte weiter den Kohlenofen. „Forsythe, mach weiter. Sonst kommen wir nie aus diesem verdammten Sturm heraus." Widerwillig half Simon Earlys Stellvertreter. Es vergingen nur wenige Minuten, da kam Barton in Begleitung von Doktor Amos in den Kesselraum.

„Treten Sie ein Stück zur Seite, junger Mann", sprach der fünfzigjährige Mediziner mit beruhigender, tiefer Stimme. Die Stirn in Falten gelegt, nahm Amos das Tuch von Piotrs Arm und sein Blick verhieß nichts Gutes. „Können Sie aufstehen?", fragte der Schiffsarzt den versehrten Heizer. Der Schlesier nickte verbissen, während Stu ihm aufhalf. „Stützen Sie ihn", befahl Amos. Doch Stu schaute verunsichert zu Higgins.

„Tu, was Doktor Amos sagt." So stützte Stu seinen Kameraden auf dem Weg in den Behandlungsraum. Nachdem sich der Schock gelegt hatte, sorgten Anthony und Simon für das Vorankommen der Southwestern. Aber der Anblick des verletzten Hünen ließ Forsythe nicht mehr los. Er wollte nicht als nächster bei Doktor Jeremy Amos landen. Nach einer weiteren Stunde kehrte Stu zurück. Jedoch ohne Piotr.

„Wie steht es um unseren Riesen?", erkundigte sich Charles Early, der mittlerweile auch am Ort des Geschehens war.

„Der Arzt sagt, er hatte Glück, dass wir so schnell reagiert haben. Aber Piotr soll noch zur Beobachtung bleiben." Besorgt fragte er: „Wie lange?" Stu zuckte mit den Schultern.

Damit hatte Early nicht gerechnet. So stand er grübelnd da. Dieser Verlust, auch wenn er vielleicht nur für einen einzigen Tag war, bereitete ihm Kopfzerbrechen. Entschlossen wandte sich Charles an die anderen.

„Solange Piotr ausfällt, müssen wir Sonderschichten einlegen. Stu, schnapp dir das Werkzeug und mach weiter."

„Ja, Early." Schweigend machten sie weiter. Nur Simon Forsythe schaute grimmig zu seinem Vorgesetzten. Er war mit der Entscheidung, noch mehr Arbeit zu übernehmen, nicht einverstanden.

„Mach ein anderes Gesicht, Forsythe", raunte der alte Seebär, dem der Unmut seines Heizers nicht verborgen blieb. „Du bist momentan nicht der Einzige, dem es hier schlecht ergeht." Das Raubein stierte ihn herausfordernd an. Mit geballten Fäusten erwiderte Simon: „Halt doch dein Maul, Early. Für diesen Mist kannst du deinen Liebling Irving einsetzen. Der Kleine scheint eh, wie ein Sohn für dich zu sein." Plötzlich stoppten Anthony und Stu. Erschrocken über dieses Gehabe warteten sie, was nun geschehen würde. Zornig trat Charles nahe an seinen Arbeiter heran. Energisch packte er ihn am Kragen und fauchte: „Verpiss dich. Ich will dich hier nicht mehr sehen. Falls doch, werde ich deinen faulen Körper in die raue See werfen. Hast du das verstanden?" Unbeeindruckt schlug Simon die Hände weg.

„Mal sehen, was Captain Anderson dazu meint. Vielleicht brauchen sie noch einen kompetenten Mann für die Tagschicht."

„Du vergisst, dass die Tagschicht auch unter meinem Kommando steht. Ich kann genauso gut meinen Vertreter Stevens auf dich ansetzen. Er wird dir das Leben zur Hölle machen, du fauler Kerl", rief er Forsythe nach, während dieser wütend die schwere Stahltür hinter sich schloss. Danach wandte er sich an den Rest der Truppe.

„Will sonst noch jemand von hier verschwinden?" Außer einem bedrückten Kopfschütteln erntete er nichts. Als sie weiterschaufelten, wandte sich Early an Higgins. „Geh schlafen. Du wirst mit Ho Lee und Harry Dovestone die beiden in vier Stunden ablösen. Wir splitten die Nachtschicht."

„Wenn du meinst, Charles", antwortete Anthony und verließ den Heizraum. Jimmy Barton wandte sich kurze Zeit später an Irving.

„Du hast dir unseren Respekt verdient, mein Freund. Das war eine reife Leistung." Überglücklich sich der Freundschaft dieser eingeschworenen Gemeinschaft sicher zu sein, machte der Hafenarbeiter weiter. So verstrichen weitere Tage, in denen sich die Geschwister kaum zu Gesicht bekamen. Piotr hingegen war auf dem Weg der Besserung und die Verbrennungen heilten, wenn auch nur langsam. Nichtsdestotrotz meldete er sich wieder zum Dienst, so dass keine Sonderschichten mehr abgeleistet werden mussten. Da gab es nur ein Problem, welches die Gruppe der Heizer beschäftigte. Ihr Freund, Simon Forsythe, musste schon kurz nach dem Streit mit Early seinen Posten räumen. Er wurde weder in der Nacht- noch in der Tagschicht eingesetzt und sollte bis zum Anlegen in New York unbezahlt an Bord bleiben. Dies war die strikte Anweisung von Kapitän Anderson. An jenem fraglichen Morgen beruhigte sich endlich das tosende Meer. Leichte Wellen brachen sich am Rumpf und selbst die Sterne waren an den Stellen zu erkennen, wo die dichte Wolkendecke aufriss. Inzwischen gehörte die körperliche Anstrengung zu Stus Alltag. Schon jetzt spürte er voller Stolz, wie seine Muskulatur zunahm. Todmüde schlich er in der Morgendämmerung über das Deck. Er wollte noch ein bisschen frische Salzluft atmen, ehe er sich zur Ruhe begab. Von der Reling aus galt seine Aufmerksamkeit dem schwarzen Wasser, welches nur durch die weißen Schaumkronen zu erkennen war. Dem Wellenrauschen lauschend schloss Irving die Augen. Plötzlich vernahm er ein klirrendes Geräusch, welches ihn zusammenzucken ließ.

„Ist da wer?", rief Stu leise in die Dunkelheit und versuchte irgendetwas zu erkennen. Aus dem tiefen Schwarz, das noch immer die Southwestern umgab, stolperte Simon Forsythe in einen leichten Lichtkegel. Mit einer leeren Flasche Gin torkelte er auf den Burschen zu. Der Geruch des Alkohols wurde durch den leichten Wind zu Stu herübergeweht.

„Du kleiner Bastard", lallte der gefeuerte Heizer ihm entgegen. Er schien Bleigewichte an seinen Füßen zu haben, denn jeder seiner Schritte wirkte unsicher. „Wo sind denn deine neuen Freunde?" Simon lächelte ihn zynisch an.

„Ich unterhalte mich nicht mit Angetrunkenen", erwiderte Stuart angewidert von dem Geruch. „Lass uns reden, wenn du wieder nüchtern und Herr deiner Sinne bist." Diese abwertende Haltung trieb sein Gegenüber zur schieren Weißglut. Eine schnelle Handdrehung ließ die Flasche klirrend auf der stählernen Reling zerschellen. Stu sah nur noch die funkelnden Glasspitzen auf sich zukommen.

„Ich werde dich aufschlitzen und dann den Haien zum Fraß vorwerfen." Forsythe holte schwungvoll aus und die zertrümmerte Flasche sauste knapp an Stus Gesicht vorbei. Geistesgegenwärtig riss Irving den Arm schützend nach oben. Doch ein brennender Schmerz trieb den Jungen zwei Schritte zurück. Warmes Blut lief über sein Handgelenk. Erneut huschte das scharfe Glas an seinem schmalen Gesicht vorbei. Der einstige Heizer verlor das Gleichgewicht und prallte mit dem Rücken gegen das eiserne Geländer. Stu hoffte, dass er nun von ihm ablassen würde, aber dies war nur ein frommer Wunsch. Getrieben von blankem Hass stürzte Simon wieder auf ihn los. Auf einmal tat Irving einen unerwarteten Schritt zur Seite, drehte die Hand seines Kontrahenten um und presste diese geschwind, unter Todesangst, gegen dessen Körper. Er sah den überraschten Blick. Während sich das cremefarbene Hemd in der Dunkelheit schnell schwarz färbte, stieß Stu ihn wuchtig von sich weg. Im nächsten Augenblick war Forsythe verschwunden. Ein lauter Schrei, gefolgt von dem Aufschlag in die raue See, war noch zu hören, ehe sich eine Totenstille breit machte. Panisch stürzte Stu an die Reling und versuchte noch etwas zu erkennen. Doch die pechfarbenen Fluten hatten Simon bereits verschluckt.

Um Gottes Willen. Was habe ich getan?

Mit pochendem Herzen und kreidebleich stand der junge Irving da. Er sah sich hektisch um. Niemand hatte das Geschehen beobachtet. Eilig verließ Stuart das Deck in Richtung seiner Kajüte. Penny schlief schon eine Weile, als ihr Bruder vorsichtig eintrat. Sie bemerkte nicht einmal, wie dieser sich auf sein Bett legte und still betete. Nach einer Weile erwachte die junge Irving. Besorgt nahm sie auf der Pritsche Platz und legte behutsam ihre schmale Hand auf Stus Schulter.

„Kannst du nicht einschlafen?", fragte die Kleine. „Du siehst aus, als wäre dir ein Geist begegnet."

„Es ist alles in Ordnung", antwortete Stu abwesend. Daraufhin sprang er in die Höhe und verließ, ohne eine weitere Erklärung, den Raum. Selbst das Essen, welches vor der Tür abgestellt wurde, interessierte ihn nicht im

Geringsten. Sprachlos sah seine Schwester ihm nach und fragte sich, was ihm widerfahren war. Währenddessen schlich Stu über das Deck. In der frischen Luft versuchte er einen klaren Gedanken zu fassen. Der Blitz schien ihn zu treffen, als seine Freunde eilig, suchend umherrannten. Schweißperlen standen ihm auf der Stirn und er zitterte am ganzen Körper. Vor einer der schweren Türen unterhielten sich Early und Captain Anderson. An ihren Mienen war bereits zu erkennen, dass es sich um eine ernste Lage handeln musste.

„Sie sollten wissen, wo sich Ihre Leute aufhalten, Early", raunte der Offizier, die Arme vor dem Brustkorb verschränkt.

„Ich weiß wirklich nicht unter welchem Stein er sich verkrochen hat." Doch Anderson war mit der Rechtfertigung des Oberheizers unzufrieden.

„Ein Vöglein hat mir gezwitschert, Sie hätten einen heftigen Streit gehabt. Sie sollen ihm auch angedroht haben, ihn über Bord zu werfen." Wild gestikulierend versuchte Charles sich zu erklären.

„Ja, Sir. Das habe ich im Zorn gesagt. Aber Sie wissen genau, dass ich nie im Leben einem meiner Männer etwas zuleide tun könnte." Skeptisch sah der Kapitän ihn an und flüsterte: „Falls sich doch der Vorwurf Ihrer Schuld an seinem Verschwinden erhärten sollte, werde ich Sie dafür belangen. Haben Sie mich verstanden?"

„Jawohl, Sir." Während die Männer weiterhin nach einer Spur suchten, wandte sich Charles salutierend ab und starrte in das erschrockene Gesicht des jungen Irving. „Hast du Simon gesehen?"

„Nein, Charles", stotterte Stu. „Was ist mit ihm?"

„Er muss in den frühen Morgenstunden verschwunden sein. Hoffentlich ist er nicht über Bord gegangen."

„Keine Ahnung. Meinen Weg hat Forsythe jedenfalls nicht gekreuzt."

„Anthony", donnerte die Stimme des Vorgesetzten zur Backbordseite.

„Er ist, wie vom Erdboden verschluckt", flüsterte Higgins, wartend auf eine zündende Idee von Early. Dieser schüttelte bedrückt den Kopf.

„Wenn er sich nicht in einer Ecke verkrochen hat, haben wir ihn verloren. Stellt die Suche ein und geht an eure Arbeit." Das schlechte Gewissen, welches Stu nicht losließ, wurde immer stärker. Gerne hätte er die Wahrheit gesagt, aber dann wäre dem Burschen eine harte Strafe sicher gewesen. Dies wollte er schon wegen Penny tunlichst vermeiden. Auch wenn ihn keine Schuld an den Ereignissen traf. Weitere Tage auf See verstrichen, in denen Stus Ängste sich verstärkten. Bei jedem Geräusch zuckte er zusammen und schaute sich erschrocken um. Dies blieb auch Anthony Higgins nicht verborgen. Während einer kleinen Pause, in der die Männer Zeit hatten, einmal Luft zu holen, verwickelte Earlys Stellvertreter den Burschen in ein Gespräch.

„Bedrückt dich etwas?" Überrascht erwiderte er: „Nein, Anthony. Warum fragst du?"

„Du wirkst in den vergangenen Tagen unkonzentriert. Manchmal habe ich den Eindruck, dein Herz würde stehen bleiben. Dann starrst du, wie ein Toter, auf einen Punkt."

„Unsinn", antwortete Stu kopfschüttelnd. „Ich mach mir nur Gedanken." Higgins nickte verständnisvoll.

„Wegen eurem Neuanfang in Amerika, nicht wahr?"

„Ja. Ich will meiner kleinen Schwester eine sichere Zukunft bieten und weiß nicht, was uns erwartet." Anthony hakte nach.

„Ist das wirklich alles?"

„Natürlich. Mach dir keine Sorgen um mich. Ich komme zurecht." Misstrauisch verschwand sein Vorgesetzter zwischen den Kohlehaufen. Plötzlich stand Charles vor ihm. Er hielt Higgins auf, der gerade wieder an die Arbeit gehen wollte.

„Anthony?", flüsterte Early leise und schaute sich um. „Hast du mit Stu gesprochen?"

„Das habe ich. Ist dir sein Verhalten aufgefallen?" Der Oberheizer nickte.

„Er wirkt dünnhäutig. Als ob ihn jemand verfolgen würde."

„Ja. Aber er sagt, das sei seinen Zukunftsängsten geschuldet."

„Glaubst du, er weiß, was Forsythe widerfahren ist?" Der Stellvertreter schüttelte energisch den Kopf.

„Stu? Nein, das glaube ich keineswegs. Er könnte keiner Fliege was zuleide tun. Dafür leg ich meine Hand ins Feuer."

„Dann verbrenn dich nicht. Behalt ihn trotzdem im Auge. Ich kann nicht noch mehr Scherereien gebrauchen." Higgins schaute nachdenklich zu Irving, ehe er sich als Erster wieder eine Schaufel schnappte.

Nachdem die Schicht zu Ende war, wollte Irving endlich die Augen schließen, als er plötzlich von Clifford in eine dunkle Ecke gezogen wurde.

„Hallo, Cliff", wisperte er überrascht. „Du hast mich zu Tode erschreckt. Wie geht es dir? Ich habe dich lange nicht gesehen." Hastig legte der Seemann seine raue, große Hand auf Stus Mund und sprach leise: „Man munkelt, du hättest dich mit Forsythe angelegt." Cliffs Augen waren weit geöffnet und seine Stirn lag, obwohl er erst Zweiundzwanzig war in tiefen Falten. Furcht durchfuhr den Körper des Burschen. Er versuchte das panische Gefühl zu unterdrücken, aber seine Hände zitterten wie Espenlaub. So versteckte er sie tief in den Hosentaschen und versuchte über die Angst hinwegzutäuschen.

„Warum denkt jeder, dass ich etwas damit zu tun hätte? Gut, er mochte mich nicht, aber ich habe ihn weder zur fraglichen Zeit gesehen noch mit ihm ein Wort gewechselt."

„Ich glaube dir. Aber Gerüchte halten sich hartnäckig. Pass auf dich auf. Es sind nur noch ein paar Tage, bis wir New York erreichen." Sie schüttelten sich die Hand, ehe Cliff Jones in der Dunkelheit verschwand.

Oh Herr, hilf mir. Diese Schuld bringt mich um. Es zerfrisst mich, niemandem die Wahrheit sagen zu können. Bitte, lass den Kelch an mir vorüber gehen und schütze uns auf unserer weiteren Reise. Amen.

Stu bekreuzigte sich und begab sich auf seine Kajüte. Während den folgenden Schichten sprach niemand mehr über Simon, so dass Irving wieder zur Ruhe kam. Schließlich brachen die letzten Stunden an Bord der Southwestern an. Es war zehn Uhr in der Früh, als die Geschwister aufgeregt auf ihren Betten saßen. Stu nahm noch ein deftiges Frühstück zu sich. Unterdessen kämmte Penny ihr langes Haar und flocht es zu einem dichten Zopf.

„Ich bin so aufgeregt."

„Geht mir genauso, Schwesterherz", erwiderte ihr Bruder. „Willst du wirklich nichts essen?" Die Kleine schaute ihn fragend an.

„Wie kannst du dir dermaßen den Bauch vollschlagen? Ich bekomme vor Aufregung keinen Bissen runter." Stu lächelte, schluckte und fuhr fort: „So fröhlich habe ich dich lange nicht mehr gesehen." Auch Penny huschte ein verlegenes Lächeln über die Lippen, bevor sie aufschrak, ihren Bruder anschaute und fragte: „Wie spät ist es?"

„Es müsste bald elf Uhr sein", antwortete Stu, wischte sich den Mund ab und begann seinen kleinen Koffer zu packen.

„Ich würde gern an Deck gehen, um einen Blick auf unsere neue Heimat zu werfen."

„Das ist eine gute Idee. Verstau deine Kleider, dann gehen wir rauf." Nicht viel später standen die beiden mit ihren wenigen Habseligkeiten an der Reling. Ein rauer Wind wehte in Richtung der Küste und schob einen dichten Nebel vor sich her.

„Wie lange wird es noch dauern?", fragte die junge Irving gespannt." Ehe ihr Bruder eine Antwort geben konnte, ertönte eine raue Stimme aus dem Hintergrund.

„Vielleicht eine halbe Stunde." Es war Misses McDormand, die mit ihrem leichten Reisegepäck zu den beiden stieß. Mütterlich legte sie ihre Arme um die Irvings und schaute in den weißlichen Dunst. „Nicht mehr lange, dann werdet ihr eure neue Heimat sehen." Das Schiff verlangsamte die Fahrt, während sich die Wellen nur noch leicht am Bug der Southwestern brachen. Ein Schock fuhr ihnen in die Glieder, als das dröhnende Signalhorn ertönte. Wie ein Schleier huschte der Nebel an ihnen vorüber und es klarte auf. Sie hatten es geschafft. Vor ihren Augen lag New York City. Das Schiff fuhr in langsamer Geschwindigkeit an einer vorgelegenen, breiten Insel vorbei.

Ihnen stockte der Atem, bei diesem imposanten Anblick. Sämtliche Häuser, welche dicht aneinandergepresst dalagen, verfügten über mindestens vier Stockwerke und waren meist aus rotem Backstein erbaut. Ihre

Giebel waren mit einladenden Erkern und die Dächer durch schwungvolle Rundungen geziert. Die Southwestern bog in die Mündung des Hudson-Rivers ein.

„Seht, dort", wisperte die alte Dame, der dieser Anblick noch immer den Atem rauben zu schien. „Auf der Westseite befindet sich Richmond County und zur Ostseite erheben sich die Bauwerke des Stadtteils Queens." Sprachlos und mit offenen Mündern bestaunten sie die Größe dieser Metropole. Nur einen Wimpernschlag später erreichte das Passagierschiff den Hafen in der Upper Bay. Stu konnte nicht einmal die Kaimauern erkennen, so dicht pressten sich die Menschenmassen. Neugierige mischten sich unter diejenigen, die ihre Liebsten sehnsüchtig erwarteten. Nachdem die Southwestern durch mächtige Taue befestigt war, erschien Kapitän Anderson in Begleitung seines Zahlmeisters.

„Mister Irving", sprach der Captain. „Nun sind Sie Ihrem Ziel ein gewaltiges Stück nähergekommen. Ihre Schuld ist durch die vortreffliche Arbeit, die Sie geleistet haben, getilgt. Ich wünsche Ihnen beiden alles Gute." Dankbar für diese Chance, reichte Stu ihm die Hand. Doch Anderson salutierte vor dem Burschen. Ohne weitere Worte verschwand er wieder im Innenraum. Nun fiel ihm der Abschied schwer. Alle Heizer, die er in diesen Wochen als Freunde gewinnen konnte, versammelten sich, um ihm alles Gute zu wünschen. Zuerst nahm Charles in fest in den Arm, so dass dem jungen Irving fast die Luft wegblieb.

„Es war eine Bereicherung, dich bei uns zu haben. Ich wünsche euch alles Glück auf dieser Welt. Mach es gut, Stu." Darauf folgte Piotr, der ihm respektvoll seine gesunde Hand reichte. Er lächelte und sprach: „Du meinen Arm gerettet. Ich dir auf Ewig dankbar sein." Daraufhin umarmte auch der Schlesier den Burschen. Penny beobachtete diesen Augenblick voller Stolz, denn sie sah, wie sehr ihr Bruder den Männern inzwischen am Herzen lag. Als der letzte von ihnen seine besten Wünsche versichert hatte, stand plötzlich Clifford vor ihm. Doch er umarmte Stu nicht. Stattdessen streckte er ihm seine Hand entgegen. Irving wusste nicht, warum sein alter Kamerad auf einmal so zurückhaltend reagierte.

„Clifford", flüsterte er leise und versuchte die Emotionen im Zaum zu halten. Immerhin war Jones derjenige, dem er all dies zu verdanken hatte.

„Ich sage nicht lebe wohl, sondern auf Wiedersehen, mein Freund. Viel Glück."

„Danke, Cliff", wisperte Stu, dem die Trennung ebenso schwerfiel. Jones erinnerte sie an einen wesentlichen Punkt, welchen selbst die Witwe aus ihrem Gedächtnis gestrichen hatte.

„Denkt daran, euch beim Department of Immigration Statistic zu melden. Um hier Fuß fassen zu können, braucht ihr eine Aufenthaltsbestätigung. Die wird euch dort ausgestellt." Diese entscheidende Hürde hatte Paula über ihre Freude ganz verdrängt.

„Das habe ich vergessen", flüsterte die Dame. „Gut, dass Sie mich daran erinnert haben, Mister Jones." Stu fügte hinzu: „Alles, was du für uns getan hast, wird niemals in Vergessenheit geraten." Mit einem Lächeln küsste Cliff Pennys Hand, ehe er weiter seiner Beschäftigung nachging.

Ihr Bruder atmete noch einmal tief durch. Allmählich wurde ihm bewusst, dass sie jegliche Verbindung mit ihrer alten Heimat durch diesen Schritt aufgaben.

Leise versuchte Misses McDormand ihnen Mut zu machen und sprach: „Lasst uns gehen. Wir haben noch einiges zu erledigen." Als sie die Planke entlang schritten, blieb Stuart plötzlich stehen.

„Ihr Gepäck, Misses. Warten Sie, ich gehe es holen." Bevor der Bursche losstürmen konnte, hielt ihn die Geschäftsfrau zurück.

„Dafür ist bereits gesorgt, Stu. Mein Kofferschrank wird mir nachgesendet." So quälten sich die drei durch die dichten Menschenmassen. Irving nahm seine kleine Schwester an der Hand, um sie in dem Gedränge nicht aus den Augen zu verlieren. Wohin sie auch sahen, herzten und küssten sich die Bürger New Yorks. Diese offene Art gefiel Stu. Selbst die Gerüche unterschieden sich zu denen, die die Geschwister gewohnt waren. Die frische Meerluft mischte sich mit dem beißenden Gestank der Fabrikschornsteine und dem Geruch der vielen verschiedenen Speisen, welche an jeder Ecke angeboten wurden. Beeindruckt von der Bauweise der meist vierstöckigen Wohnhäuser, folgten sie Misses McDormand die gepflasterte Straße entlang, bis diese vor einem aus roten Ziegeln errichteten Gebäude stehen blieb.

„Hier ist es", sprach die alte Dame leise und auch ihr war die Nervosität anzumerken. Über dem Eingang hing ein gut befestigtes, lesbares Schild, auf dem in verzierten Lettern Department of Immigration Statistic stand. Nun durchfuhr auch die Geschwister eine steigende, sichtbare Unsicherheit. Die Eingangstür sprang auf und ein gut gekleideter Gentleman trat heraus, griff an seinen schwarzen Hut und grüßte höflich, ehe er um die nächste Ecke bog.

„Was wollen die von uns wissen?", wisperte Penny besorgt.

„Ihr müsst ihnen euren Namen mitteilen, ebenso den Niederlassungsort, die angestrebte Beschäftigung und zum Beispiel euren Gesundheitszustand. Mit mir als Leumund dürfte dies aber kein Problem darstellen", sprach die Witwe beruhigend auf ihre Schützlinge ein. Aber Stu fühlte sich keineswegs in Sicherheit. Er ahnte, dass noch so viel schief gehen konnte.

„Sie werden uns begleiten?", flüsterte er leise, mit zittriger Stimme.

„Natürlich", erwiderte Paula zuversichtlich. Die Sonne brach durch den dichten, grauen Wolkenteppich und brachte sämtliche Fensterscheiben der umliegenden Häuser zum Funkeln. Es schien ein gutes Omen zu sein. Trotz allem betrat Stu die Wartehalle unter gehörigen Bauchschmerzen. Geblendet von den schimmernden, weißen Fliesen, mit denen der Saal ausgekleidet war, schlichen sie ihrer Gönnerin nach. Penny schaute sprachlos an die hohe Decke und hatte kein Auge für die armen Menschen, die zu beiden Seiten auf ihre Anhörung warteten. Sie saßen auf unbequemen Holzbänken. Das laute Knurren ihrer Mägen hallte durch den ganzen Raum. Dieser Anblick ließ Stuart erschaudern. In abgenutzte Kleidung gehüllt und samt einer Miene, die Aussichtslosigkeit widerspiegelte, starrten sie ihnen nach. Paula ließ sich nicht beirren. Sie ging weiter entschlossen voran. Schließlich blieb sie vor einem der Meldebüros stehen.

„Mister J.C. Morgan", sprach sie erleichtert, während dutzende Augen sie argwöhnisch musterten. Auch vor Morgans Tür warteten die Menschen auf ihre Anhörung. Dies störte Penny weniger. Ihr missfiel die Unhöflichkeit der Menschen. Anstatt der betagten Dame einen Platz anzubieten, blieben selbst junge Männer und Frauen auf ihren Stühlen sitzen. Im selben Augenblick öffnete sich ruckartig die milchglasversehene Tür zu Mister Morgans Büro. Heraus schaute ein alter, grauer Mann mittlerer

Statur. Der in einen schwarzen Anzug gekleidete Herr hatte lichtes Haar und seine Brille, welche er auf der Nasenspitze trug, ließ nichts Gutes erahnen. Wie ein Adler starrte er die Leute an. Doch seine Miene erhellte sich, als er Misses McDormand sah. Unter dem dichten, weißen Bart war sein Lächeln nur zu erahnen. Eilig ging Jeremy Clarke Morgan auf die Witwe zu, nahm ihre Hand und küsste diese.

„Paula", sprach der Staatsbedienstete mit seiner tiefen Stimme. „Es ist eine Ewigkeit her, da wir uns zum letzten Mal sahen."

„Oh, ja, Jerry. Ich habe dich auf der Beerdigung meines geliebten Georges vermisst."

„Es tut mir leid, meine Liebe. Ich hätte meinem Freund gerne die letzte Ehre erwiesen. Aber seit ich aus der Armee ausgetreten bin, stecke ich hier bis über beide Ohren in der Arbeit."

„Das verstehe ich. Doch nun könntest du mir helfen." Fragend schaute der gestandene Mann über den Brillenrand. „Diese beiden jungen Menschen möchten in den Vereinigten Staaten ein neues Leben beginnen."

„So, so", murmelte Mister Morgan, nahm Federkiel sowie ein Stück Papier und sah die beiden Immigranten fordernd an. „Wie ist Ihr Name, Mister?"

„Irving, Stuart, Sir."

„Und Ihrer, werte Lady?"

„Penny Irving, Sir", flüsterte die Kleine eingeschüchtert.

„Erster Wohnsitz?"

„Liverpool, England", antwortete Stu auch im Namen seiner Schwester. Nun wandte sich der alte Freund an Paula.

„Hast du bereits Arbeit für sie?"

„Ja, Jerry. Penny wird mir bei den administrativen Tätigkeiten, den Laden betreffend, zur Seite stehen."

„Gut, Paula", flüsterte Morgan und schrieb die Aussagen nieder. „Was ist mit dem Burschen?"

„Ich habe für ihn schon einen Arbeitsplatz in Aussicht. Erinnerst du dich an Francis J. Cunningham?"

„Machst du Witze, Paula? Er diente mit mir unter George im Bürgerkrieg." Plötzlich wurde er still und starrte unter Tränen aus dem Fenster. „Gettysburg war die Hölle."

„Ich weiß... Ich weiß. Er hat das Bauunternehmen, welches Manhattan aufstockt. Dort könnte Stu einen gutbezahlten Job erhalten." Es dauerte einen Moment, bis sich der Staatsbedienstete wieder gesammelt hatte und fortfuhr.

„Bis zur Aufenthaltsgenehmigung werden fast zwei Monate ins Land gehen." Die Gesichter der Geschwister wurden kreidebleich und sie wandten sich Misses McDormand zu. „Angesichts eures Leumunds entscheide ich den Vorgang als beendet. Wir verzichten auch auf eine gesundheitliche Begutachtung. Ich denke, dass ist in deinem Interesse, Paula." Sie nickte zustimmend. Schwungvoll setzte Morgan seinen Stempel sowie die Signatur unter die Unterlagen. Sodann reichte er Stu und Penny ihre Genehmigungen. Zufrieden schüttelte er den beiden die Hand. „Geben Sie darauf acht. Dieses Schreiben öffnet Tür und Tor. Für die Zukunft wünsche ich alles Gute und Gottes Segen."

4. *Kapitel*

Ihnen fiel ein Stein vom Herzen, als sie das Bürogebäude verließen. Erst jetzt konnten die Geschwister frei und sorglos durchatmen. Selbst Paula wirkte überglücklich beim Anblick der beiden. Im leichten Wind dieses Märztages stand Stu regungslos, gar fragend da. Bei all den hohen Gebäuden hatte er die Orientierung verloren. Unsicher schaute der Bursche auf die ebenso stark bebaute Insel, welche sich in einiger Entfernung hinter dem Hudson-River erstreckte.

„Wenn mich nicht alles täuscht, ist dort Ihr Haus, Misses McDormand."

„Das stimmt", antwortete sie mit einem Lächeln.

„Doch wie kommen wir da rüber?", wisperte Penny, während die Witwe ein Stück Fluss aufwärts wies.

„Wir nehmen die Fähre. Das ist die günstigste Methode nach Manhattan zu gelangen. Eine weitere, leichte Handbewegung genügte und ein Zweispanner hielt direkt vor ihren Füßen. Der Begleiter des Kutschers sprang herab, verneigte sich und verstaute das Gepäck der Irvings mit seinen weißen Handschuhen.

„Darf ich fragen, wohin Sie möchten?", erkundigte sich der glattrasierte, feingekleidete, junge Mann aufs Höflichste. Als er der Witwe die Stufen hinaufhalf, antwortete sie bestimmend: „Second Street, Manhattan, junger Mann."

Nachdem auch Penny und Stu Platz genommen hatten, setzte sich die Kutsche unter einem lauten Hüa in Bewegung. Obwohl der Anblick der Metropole sie immer noch in ihren Bann zog, schliefen die Geschwister schon nach kurzer Fahrt ein. Das monotone Rumpeln über die grobgepflasterte Straße unterstrich den anstrengenden Tag. Langsam verdunkelte sich der Himmel und die Sonne versank am Horizont. Paula schaute auf die schlafenden Kinder. Gerne hätte sie ihnen die nötige Ruhe gegönnt, doch sie sollten die Schönheit dieser Stadt, gerade bei Dunkelheit, bewundern können. So legte sie sanft die Hand auf Pennys Haupt und tippte Stu leicht an.

„Seht, das ist der Central Park." Hastig rieb sich die Kleine die Augen und sprang mit ihrem Bruder an die Scheibe der Kutsche. Im hellen Licht der Straßenlaternen erstrahlte der Park, dessen Größe unermesslich schien. „Ihr müsst ihn im Hellen sehen. Er ist wunderschön und ein Wahrzeichen New Yorks." Es dauerte nicht lange, bis wieder die Häuserfassaden erschienen. Stu staunte, als die Kutsche plötzlich anhielt. Zu ihrer Rechten erhob sich das, aus roten Ziegeln gefertigte, Haus. Im Verglich zu ihrer Heimat erschien dies pompös und riesig. Neben der langen Treppe, die zu einer weißen Eingangstür führte, schob sich ein Erker nach vorne, welcher bis in den vierten Stock reichte. „Dies ist euer neues Zuhause." Ein leichtes, sprachloses Nicken erntete die alte Dame, bevor sie zusammen das Gefährt verließen. Zwar war es schon März, aber die Nächte waren trotz allem sehr frisch. Durch die Häuserschluchten Manhattans heulte ein grimmiger Wind. Sie griffen nach ihren kleinen Koffern und folgten Misses McDormand die Stufen hinauf.

„Darf ich Ihnen behilflich sein, Misses?", sprach Stu, der sah, wie die alte Lady schweren Schrittes nach oben schlich.

„Du hast das Herz am rechten Fleck, mein lieber Junge." Feste hakte sich die Geschäftsfrau ein, ehe sie mit einem lauten Klacken die schwere Tür aufschloss. Mittlerweile stieg in Penny die Aufregung. Sie starrte in die düstere Wohnung und wusste nicht, was auf sie wartete. Bis Paula die Öllampen anzündete. Als sie den Vorraum betraten, wirkten die beiden Irvings sprachloser denn zuvor. Die Räume waren holzgedielt und durch große, schwere, handgeknüpfte Teppiche geziert. Das Wohnzimmer wirkte sehr einladend. Neben einem langen Sofa befanden sich auch vier Sessel, in denen das Versinken drohte. Ein kleiner Tisch bot Paulas Aschenbecher den nötigen Platz. An den Wänden befand sich eine Vielzahl von Bildern, deren Wert Stu nicht einmal erahnen konnte. Alle Zimmer waren mit, aus warmem, dunklem Holz gefertigten, Möbelstücken versehen. Darunter ein Wandregal, welches von alten Büchern nur so wimmelte. Darüber hinaus verfügte das Haus über eine imposante Küche, doch der Einlass war nur den Bediensteten gestattet.

„Ich bin wieder da", rief Misses McDormands prägnante Stimme durch den Flur, während sie ihren Mantel an der gusseisernen, geschwungenen Garderobe aufhing. Es vergingen nur wenige Sekunden, da stand ein älterer Herr mit weißem Hemd und schwarzem Anzug vor ihnen. In seiner Hand hielt er ein Silbertablett, auf dem ein Glas Cherry für Paula bereitstand. Sein Name war Frederic Tillmore. Er arbeitete schon ewig als Butler im Hause der Geschäftsleute und fungierte früher auch als rechte Hand von Mister McDormand.

„Hatten Sie eine angenehme Reise?", erkundigte er sich höflich, aber sein Blick galt mehr den Fremden, die in ihrer Begleitung waren.

„Es war alles zu meiner Zufriedenheit, Frederic. Danke. Ich darf Ihnen Stuart und Penny Irving vorstellen? Die beiden haben mich auf der beschwerlichen Reise unterstützt." Der Angestellte wirkte skeptisch und hakte nach.

„Werden die Herrschaften hier nächtigen?"

„Ja, für ungewisse Zeit." Tillmore verbeugte sich vor der Witwe.

„Dann werde ich die Gästezimmer im ersten Stock herrichten."

„Das wäre nett", fügte sie hinzu und nahm einen kräftigen Schluck des alkoholischen Getränks. „Wo ist Magret?"

„In der Küche, my Lady. Sie bereitet das Abendessen vor. Nichts Besonderes, denn wir hatten nicht mit Ihrer baldigen Rückkehr gerechnet." So verschwand der Diener im obersten Stock.

„Nehmt doch schon mal am Esstisch Platz. Ich werde euch gleich Gesellschaft leisten." Daraufhin verschwand auch Paula in der anliegenden Küche. Langsam betraten die Geschwister das teuer eingerichtete Esszimmer. Dort befand sich ein langer Tisch mit geschwungenen Beinen, große, einladende Vitrinen, in welchen sich das noble Geschirr befand und samtüberzogene, dick gepolsterte Stühle. Mit offenen Mündern schauten sie sich verwundert um.

„Stell deinen Koffer ab", flüsterte Stu. Nachdem die beiden ihr Gepäck neben dem Durchgang abgestellt hatten, setzten sie sich. Stille herrschte. Nur das Ticken der alten Standuhr war zu vernehmen. Penny stieß ihrem Bruder in die Seite und zischte: „Sitz gerade. Wir sind hier in gutem Hause."

Überrascht von diesen harten Worten tat Stuart, was sie ihm sagte.

Plötzlich stand Misses McDormand in der Tür und nahm lächelnd am Kopfende Platz.

„Ihr habt sicher Hunger", flüsterte ihre raue Stimme, während sie sich eine der weißen Stoffservietten auf den Schoß legte. Im gleichen Augenblick erschien die Hausdame und Stu stockte der Atem. Miss Magret Smith war nicht, wie Stu es erwartete, eine Dame mittleren Alters, sondern eine wunderschöne, blauäugige Frau in seinem Alter. Wie auch Penny hatte sie einen zarten Körperbau und war sich dennoch für harte Arbeiten nicht zu schade. In ihrer Hand trug sie ein großes Tablett, samt eines großen Topfes, welcher einen herrlichen Duft verströmte. Gebannt von der Anmut der jungen Bediensteten, sprang Stu auf und nahm ihr das schwere Servierutensil ab.

„Vielen Dank", flüsterte Irving und verneigte sich kurz, ehe er das Essen auf den Tisch stellte. Mit weit aufgerissenen Augen stand Magret da und erwartete ein tosendes Donnerwetter seitens Misses McDormand. Doch diese zündete sich unbeirrt eine Zigarette an.

„Ja, danke Magret. Decken Sie noch kurz den Tisch ein, dann können Sie und Frederic in den wohlverdienten Feierabend gehen." Die Haushälterin verbeugte sich kurz, tat, wie ihr geheißen und machte sich mit dem Butler auf den Weg nach Hause. „Bedient euch. Mein Leibgericht. Es geht nichts über ein hausgemachtes Irish Stew." Während Stu zuvorkommend die Teller füllte, schaute Penny fragend drein. Noch nie zuvor hatte sie dieses Gericht genossen. Paula sah ihren Blick und lachte. „Du weißt nicht, was das ist, oder?"

„Nein, Misses McDormand."

„Es ist ein Eintopf aus Lammfleisch, Kartoffeln, Zwiebeln, Möhren und frischer Petersilie. Lasst es euch schmecken."

Seit langer Zeit hatten sie nicht mehr so gut gegessen und die Suppenschüssel, war schneller geleert, als die

Witwe dachte. So verstrichen die Stunden. Die Dunkelheit der Nacht umfasste New York. Nur die hellen Straßenlaternen erhellten noch die Gehwege.

„Stu, du musst morgen früh aufstehen. Ich werde dich Mister Francis J. Cunningham vorstellen. Er schuldet mir noch einen Gefallen. Also bitte, blamier mich nicht. Es ist sehr wichtig für euer beider Zukunft."

„Jawohl, Misses McDormand. Ich werde zeitig zur Stelle sein. Versprochen." Sie zündete sich noch eine Zigarette an. Plötzlich fing Paula entsetzlich an zu husten und rang um Luft. Panisch sprangen die Geschwister auf, doch keiner von ihnen wusste, was zu tun war. Es dauerte einen Augenblick, bis sich ihr Anfall beruhigte.

„Alles in Ordnung, Misses McDormand?", fragte Penny, der bereits die Tränen in den Augen standen. Dieses Ereignis riss die frischen Wunden wieder auf. Hanks Tod war auf einmal wieder präsent. Die Witwe nickte zustimmend und hielt sich die Kehle. „Hier, nehmen Sie einen Schluck Wasser." Nur widerwillig trank Paula das Glas aus und schaute Penny angewidert an.

„Ich hasse pures Wasser. Misch beim nächsten Mal einen Spritzer Gin darunter." Stu wirkte erleichtert. Immerhin ging es ihr besser und sie hatte anscheinend den bissigen Humor nicht verloren. „Es ist schon spät und morgen haben wir viel vor. Ich würde sagen, wir gehen nun zu Bett."

„Lassen Sie uns noch den Tisch abräumen", sprach die kleine Irving und stellte schon die Teller zusammen.

„Das kann aber Magret tun, wenn sie zum Dienst erscheint."

„Verzeihung, das ist nicht unsere Art. Wir wollen nicht undankbar erscheinen." Misses McDormand war begeistert von so viel Selbstlosigkeit und wartete noch einen Augenblick, bis die beiden das Geschirr in der Küche verstaut hatten. Dann nahmen sie ihre Koffer.

„Folgt mir." Wiederum befiel Stu ein schlechtes Gefühl, als sie der alten Dame in den ersten Stock hinterherliefen. Schwer atmend blieb die Witwe vor zwei gegenüberliegenden Türen aus hellem Holz stehen. „Dies sind eure Zimmer. Rechts schläft Stu, auf der linken Seite Penny." Zufrieden lächelnd sahen sie ihre Gönnerin an und wünschten ihr eine gute Nacht. „Ihr seid das Beste, was mir seit langer Zeit widerfahren ist. Ich möchte, dass ihr mich Paula nennt. Dann fühle ich mich nicht all zu alt."

„Wir wünschen dir auch eine Gute Nacht, Paula", antwortete Penny und gab ihr noch einen Kuss auf die Wange, ehe die Irvings die Zimmer betraten. Ungläubig schauten sie herum und fragten sich, ob das nur ein Traum war. In den Räumlichkeiten befand sich ein robuster Kleiderschrank, eine verzierte Kommode, ein kleiner Tisch samt aus Porzellan gefertigter Waschschale, sowie ein Schreibtisch mit einem gemütlichen Stuhl. Der hölzerne Boden machte die Zimmer zu etwas Besonderem. Doch damit nicht genug. In einer Nische standen die Betten. Sie verfügten über gefederte Matratzen und die flauschige Bettwäsche war mit feinstem Stoff bezogen. Während die Geschwister ihre Taschen auspackten, drang immer wieder das laute, kratzige Husten der Witwe durch die Wände. Ein eiskalter Schauer fuhr Stu angesichts dieser Geräusche über den Rücken. Er hoffte, dass es sich um einen schlichten Husten handelte. Schlaflose Stunden verstrichen, bis Penny auf einmal in Stuarts Unterkunft stand.

So nahm die Kleine auf der Bettkante Platz und schaute ihren Bruder fragend an.

„Kannst du auch nicht schlafen?", erkundigte sich Stu und erntete nur ein Kopfschütteln.

„Ich glaube die vergangenen Wochen sind wirklich nicht spurlos an mir vorübergegangen", wisperte Penny, die Tränen unterdrückend. „Dieser grässliche Husten. Er erinnert mich an Dad." Tröstend nahm Stu seine Schwester in den Arm.

„Paula hat sich wahrscheinlich nur verschluckt. Oder es kommt vom Rauchen. Mach dir keine Sorgen. Du weißt, dass der Blitz nie zweimal an der gleichen Stelle einschlägt. Gott ist bei uns und bei Paula. Denn das würde er uns nicht noch einmal antun." Penny strich über den Anhänger ihrer Kette.

„Wahrscheinlich hast du recht. Ich mache mir zu viele Gedanken."

„Das stimmt", sprach Stuart, während Penny ihren älteren Bruder herausfordernd anschaute. „Ich habe gesehen, wie du Magret angesehen hast. Dein Herz ist fast stehengeblieben." Stuart fühlte sich ertappt. Sein Gesicht rötete sich vor Scham und er stotterte: „Was? Ich… Nein. Gut, sie ist hübsch, aber…"

„Ich finde sie sehr nett. Falls du sie kennenlernen möchtest, erfährt niemand ein Wort von mir." Angesichts dieses Versprechens atmete Stu erst einmal tief durch. So unterhielten sich die beiden noch eine Weile, bevor Pennys Augenlider schwer wurden. Aber ehe sie zu Bett gehen konnte, lauschten sie den Geräuschen aus dem Nachbarzimmer.

„Der Anfall scheint vorüber zu sein", sprach Stuart.

„Hoffentlich bleibt es so", antwortete die Kleine und öffnete die Tür. „Bis morgen. Schlaf gut."

Irving fand in dieser Nacht wieder nicht zur Ruhe. Seine Aufregung war so stark, dass er den Stuhl vor das große Fenster stellte und dem Treiben auf Manhattans Straßen zusah.

„Im Vergleich zu Liverpool ist hier sogar in der Dunkelheit mehr los. Die Menschen machen die Nacht zum Tag. Daran werde ich mich erst gewöhnen müssen", wisperte er leise vor sich hin und lauschte den Stimmen, die durch die dicht bebauten Straßenzüge hallten. Nur das laute Klacken der Räder auf den Pflastersteinen unterbrachen diese. Stu war heilfroh, als endlich die Sonne aufging. Noch bevor Magret Misses McDormand beim Ankleiden behilflich war, befand sich der junge Engländer im Esszimmer. Sein Nervenkostüm schien angeschlagen. Immer wieder lief er auf und ab. Da erschien plötzlich die alte Dame in Begleitung seiner Schwester sowie der jungen Haushälterin, die bereits das Tablett mit Köstlichkeiten servierte. Aufgeschreckt wagte Stu es nicht ihr ins Antlitz zu schauen. Stattdessen schob er verlegen den anderen die Stühle zurecht.

„Wenn Sie noch etwas brauchen, klingeln Sie bitte, Misses McDormand", sprach Magret und verneigte sich leicht.

„Danke, meine Liebe. Aber ich glaube, wir kommen zurecht." Ehe sie wiederum in der Küche verschwand, schenkte die junge Frau Stu ein Lächeln, welches ihn völlig aus der Fassung brachte. „Ich sehe, du bist bereit dich vorzustellen." Paula schenkte sich eine Tasse des wohlduftenden Kaffees ein.

„Ja. Ich hoffe, dass alles gut ausgeht." Der Duft von frischem Brot und der Aufschnittplatte lenkte ihn vom weiteren Gespräch ab. Schon einen Augenblick später wandte sich die Witwe der Kleinen zu und fragte: „Penny? Während ich mit Stu unterwegs bin, könntest du vielleicht Magret zur Hand gehen? Wenn ich wieder zu

Hause bin, werden wir uns meinen Geschäftsunterlagen widmen."

„Das wäre mir eine Freude", antwortete die kleine Irving. Es war erst sieben Uhr in der Früh, da zog die Witwe ein silbernes, flaches Fläschchen aus der Tasche und mischte sich einen Schuss Whiskey unter den Kaffee. Da das Geschwisterpaar Gast in ihrem Hause war, wagten sie es nicht ein Wort darüber zu verlieren.

Letztendlich machten sie sich auf, um eine geeignete Stelle für Stuart zu finden. Als er, gekleidet in denselben Anzug, welchen er zur Beerdigung seines Vaters trug, neben der Geschäftsfrau um die Ecke verschwand, ging Penny in die Küche. Sie räusperte sich kurz, was Magret vor Schreck zusammenzucken ließ.

„Sie haben mich zu Tode erschreckt, Miss Irving." Ein zufriedenes Lächeln stahl sich auf Pennys Lippen.

„Entschuldige. Aber lassen wir bitte die Förmlichkeiten. Ich bin Penny."

„Magret, Magret Smith", erwiderte die Küchenmagd und reichte ihr die Hand.

„Paula sagt, ich solle dir bei der Hausarbeit behilflich sein."

„Das ist nett", antwortete das Hausmädchen überrascht. „Aber ich glaube, das schaffe ich auch allein."

„Ich helfe dir. Schließlich will ich die Dame des Hauses nicht enttäuschen."

„Du kannst mit mir die Betten machen. Dann habe ich mehr Zeit, um Staub zu wischen." So verschwanden die beiden jungen Frauen erst in Pennys neuem Domizil. Als sie das Laken richteten, konnte die schmale Engländerin ihre Neugier nicht mehr im Zaum halten.

Auch, um ihrem Bruder ein paar wichtige Informationen geben zu können.

„Magret ist aber kein typisch englischer Name. Darf ich fragen, woher du stammst?"

„Natürlich darfst du fragen, Penny. Meine Vorfahren stammen aus Westfalen. Sie sind schon vor achtzig Jahren hier eingewandert." Magret stockte einen Moment, ehe sie fortfuhr. „Nachdem mein Vater gestorben war, gerieten wir finanziell in Not. Auch meine Mutter gab ihr Bestes, um Geld zu verdienen. Doch sie starb ein Jahr später. Ich denke, an gebrochenem Herzen. Es war ein glücklicher Zufall, dass Misses McDormand eine neue Haushaltskraft suchte. Seither bin ich hier beschäftigt." Sie unterhielten sich noch eine Weile, bis Penny allmählich konkreter wurde.

„Was hältst du von meinem Bruder?" Magret ließ das Kissen fallen und wusste nicht, was sie sagen sollte. Das Hausmädchen errötete und wandte sich verlegen ab.

„Er… Er gefällt mir", stotterte sie. „Aber erzähl es bitte nicht Misses McDormand. Ich wäre meine Anstellung los." Mit flehendem Blick sah sie ihr Gegenüber an. Penny nickte.

„Mach dir keine Sorgen. Ich schweige, wie ein Grab. Aber du solltest wissen, dass Stuart ein sehr sensibler Mensch ist. Wenn er dir Avancen macht, dann erwidere seine Gefühle. Spiel ihm bitte nichts vor. Das würde ihm das Herz brechen und damit auch meins." Somit wusste Magret Smith genau, woran sie war, und schüttelte den Kopf.

„Nie im Leben würde ich ihm schaden wollen. Auch dir nicht, Penny." Dies brachte der jungen Irving wieder Ruhe. So richteten sie sämtliche Betten. Unterdessen schritten Stu und Paula den Central Park entlang. Die üppigen Grasflächen, Brunnen und dichten Bäume raubten Irving den Atem. Sprachlos schweifte sein Blick über die hohen Bäume, die sich in ihr frisches Grün gehüllt hatten und im leichten Morgenwind zu tanzen schienen.

„Ein herrlicher Fleck", flüsterte Stu gebannt und lief weiterhin neben der Witwe her.

„Die grüne Seele New Yorks. Immer, wenn ich Ruhe brauche, suche ich diesen Ort auf. Danach fühle ich mich besser, erfrischt und bereit zu neuen Taten." Bis sie auf einmal stehen blieb. Ihre Faust war stark gegen die Brust gepresst. Beide Hände begannen zu zittern und färbten sich, wie auch ihre Lippen, in ein leichtes Blau. Misses McDormand blieb stehen. Ihr Gesichtsausdruck zeugte von Panik.

„Kann ich etwas tun?", sprach Stu, dem vor Besorgnis richtig schlecht wurde. Doch Paula war zäh. Sie richtete sich auf, schüttelte den Kopf, hakte sich bei ihrem Begleiter ein und flüsterte: „Es geht schon, mein lieber Junge. Ich habe dir versprochen eine Anstellung für dich zu finden und Gott sei mein verdammter Zeuge, ich kehre nicht nach Hause zurück, ehe dieses Versprechen in die Tat umgesetzt wurde." Langsamen Schrittes bewegten sich die beiden durch den Park. Stus Blick galt immer wieder seiner Begleiterin. Bis ihn eine Frage quälte.

„Warum gehen wir gerade durch den Central Park? Sie hätten besser eine Kutsche nehmen sollen." Zustimmend nickte Paula, aber ihr Augenmerk galt den Menschen, die die frühen Stunden an diesem idyllischen Ort genossen. Erschöpft antwortete sie: „Ja, das hätte ich tun können, Stu. Aber dann wäre dir dieser grandiose Anblick verborgen geblieben. Ich will nur, dass ihr euch hier wie zu Hause in Liverpool fühlt." Der Bursche wusste dies zu schätzen und geleitete die rüstige Dame weiter durch den Park. Schnell verlor er jedoch die Orientierung.

„Es ist so riesig. Ich weiß nicht mehr, wo wir sind." Lächelnd wies Misses McDormand Richtung Norden.

„Noch ein kleines Stück, dann ist auf der rechten Seite die 5th Avenue. Dort müssen wir hin." Eine weitere halbe Stunde verging, bis sie ihr Ziel erreichten. Ein fünfstöckiges, aus roten Ziegeln gebautes Haus, in welchem sich das Büro des Bauunternehmers Francis J. Cunningham befand. Schon der Anblick dieses wuchtigen Gebäudes brachte Stu zum Schwitzen.

„Keine Angst", flüsterte Paula und nahm ihn mütterlich an ihre Seite. „Du wirst sehen, dass dir das Glück hold ist. Sei einfach offen und ehrlich. Der Rest kommt von allein." Mit diesen aufbauenden Worten betraten sie die Aula. Übermannt von der überdimensionalen Größe, hielt der Bursche die Luft an. „Folge mir." Gezeichnet von ihren Gebrechen trat Misses McDormand an den Empfangstresen. Sie schaute den Herrn an, welcher sich um die Termine von Mister Cunningham kümmerte. Er wirkte in seine Schreibarbeit vertieft und bemerkte nicht einmal, wie Paula allmählich die Geduld verlor. Lautstark fuhr ihr Räuspern durch die Halle, wobei sich der Schall an den weißen Wänden brach.

„Verzeihung, Misses", entschuldigte sich der Portier und neigte demütig sein Haupt. „Ich war beschäftigt und habe Sie nicht bemerkt." Beruhigend klopfte die Witwe mit ihren weißen Handschuhen auf die Empfangstheke und flüsterte: „Machen Sie sich keine Sorgen. Ich werde es nicht an die große Glocke hängen." Sie zwinkerte ihm zu, während sie fortfuhr. „Wir haben einen Termin bei Mister Cunningham. Würden Sie unser Erscheinen ankündigen?"

„Aber sehr wohl, Misses…? Würden Sie mir bitte noch Ihren werten Namen mitteilen?"

„Paula McDormand. Francis weiß Bescheid." Stu musste tief schlucken, als der junge Mann mit einer Krücke im Treppenhaus verschwand. Sein linkes Hosenbein war bis zum Knie hochgekrempelt und festgenäht.

„Hast du das gesehen, Paula?", fragte Stuart kleinlaut.

„Natürlich. Er ist ein Veteran. Mister Cunningham hat sich ihnen verschrieben. Jeder andere sieht weg, wenn ein Mann, der für die Freiheit dieses wunderbaren Landes gekämpft hat, vorbeigeht. Diese Menschen verdienen mehr als jeder andere unseren Respekt." Erneut atmete Misses McDormand erschöpft durch.

„Nimm doch ein wenig Platz, solange wir hier warten", sprach Stu besorgt und führte die Dame zu einer Sitzbank im Foyer.

„Danke. Ich weiß nicht, was mit mir los ist. Diese permanente Atemnot macht mich wahnsinnig."

„Bleib ein bisschen sitzen. Es wird gleich besser, davon bin ich überzeugt." Er wusste nicht, ob er seinen Worten Glauben schenken sollte, doch solange es Paula die Angst nahm, war ihm jedes Mittel recht. Im selben Moment erschien der junge Rezeptionist in Begleitung von Mister Francis J. Cunningham. Ehrfürchtig sprang Stuart in die Höhe und verneigte sich, während die Geschäftsfrau sich mit einem Lächeln erhob. Cunningham hatte Stil. Seine Kleidung war dem Stand entsprechend aus dem nobelsten Stoff maßgeschneidert. Ein großer, schmaler Gentleman, dem seine Position in der Gesellschaft anzusehen war. Er trug einen modischen Kurzhaarschnitt und einen grauen, gepflegten Oberlippenbart, welcher das großzügige Lächeln kaum verdeckte. Erst beim zweiten Hinsehen fiel das leichte Hinken auf. Diese Kriegsverletzung schränkte ihn jedoch kaum ein. Freudig nahm er die, doch im Vergleich zu seiner eigenen Statur, kleine Dame in den Arm. Nach den obligatorischen Begrüßungsküssen wandte sich der Bauunternehmer Stu zu. Francis reichte ihm die Hand und sprach: „Mit wem habe ich die Ehre? Mein Name ist Francis J. Cunningham."

„Stuart Irving, Sir. Es freut mich, dass Sie so schnell Zeit für mich gefunden haben."

„Ein höflicher, junger Mann", antwortete er und sah Paula zufrieden nickend an.

„Der Junge sucht Arbeit, Francis und der erste an den ich denken musste, warst du." Geschmeichelt bat Cunningham die beiden in sein prunkvolles Büro.

„Dann will ich sehen, was ich für dich tun kann, werte Paula." Stu folgte ihr und es verschlug ihm glatt die Sprache. Hinter dem riesigen Eichenschreibtisch befand sich ein großer, schwarzer Ledersessel. Die einladenden Fensterscheiben sorgten selbst an trüben Tagen für ausreichend Licht. Zur rechten Seite bedeckte ein Bücherregal die ganze Wand, so dass Stu sich eher wie in einer Bibliothek fühlte. Zur Fensterseite stand ein geräumiges Board, in dem Mister Cunningham sämtliche Arbeitsunterlagen, Baupläne und geschäftliche Schriftstücke aufbewahrte. Aber Stuarts Aufmerksamkeit erregte hauptsächlich die linke Wand, welche den Patriotismus des Unternehmers widerspiegelte.

In dicken, hölzernen Rahmen prangten die Erinnerungsstücke. Darunter die von Kugeln zerfetzten Stars and Stripes, die sein Regiment vor sich hergetragen hatte. Unter ihr hingen sämtliche Orden, mit denen er im Laufe der Kriegsjahre ausgezeichnet wurde. Neben dem Offiziersschwert befanden sich Bilder, auf denen die Führungsriege und seine Männer verewigt waren. Doch am meisten beeindruckte den jungen Irving die Uniform. Sie hing unversehrt auf einer hölzernen Schneiderpuppe.

Voller Respekt nahm er neben Paula Platz. Selbst die Gästestühle wirkten so geschmeidig und bequem, dass Stu gar nicht mehr aufstehen wollte. Bevor Cunningham sich jedoch auf ein Gespräch einließ, ging er an seine kleine Hausbar und schenkte zwei Gläser guten Whiskeys ein.

„Ich weiß, es ist noch etwas früh, aber wann habe ich schon mal solch nette Gesellschaft."

„Ach, du alter Charmeur", flüsterte Misses McDormand und nahm eines davon. Der Gentleman nahm Platz, legte die Beine übereinander und wandte sich dem jungen Mann zu.

„Wie alt sind Sie?"

„Siebzehn, Sir." Francis fuhr nach einem Räuspern fort.

„Dann darf ich wohl du sagen?" Irving nickte, während sein Blick immer wieder verunsichert Paula galt. „Du suchst also eine Arbeitsstelle?"

„Jawohl, Sir." Der Bauunternehmer nahm einen Schluck und schaute aus dem Fenster auf das Leben der Stadt.

„Engländer?" Wiederum blieb Stu nur ein Nicken übrig. „Woher?

„Liverpool."

„Hast du Erfahrung im Haus- und Gebäudebau?"

„Nein. Sir. Bislang habe ich als Hafenarbeiter und Heizer auf der Southwestern mein Geld verdient." Die Stirn in Falten gelegt antwortete Mister Cunningham: „Dann hast du keine Voraussetzungen für diese schwere, körperliche Arbeit." Die Aussage traf Irving wie ein Donnerschlag. Er sah seine Chancen schwinden hierzulande Fuß zu fassen, geschweige denn weiter nach Westen zu reisen und dem Traum nach dem großen Reichtum näherzukommen. Nun mischte sich die rüstige Witwe in das Gespräch ein.

„Francis, glaubst du im Ernst ich würde hier Vorsprechen, wenn ich nicht felsenfest von Stus Fähigkeiten überzeugt wäre?" Nachdenklich saß ihr Gegenüber auf seinem ledernen Schreibtischstuhl und grübelte.

„Nein", murmelte er. „Sag mir, welche besonderen Fähigkeiten dich für die Arbeit am Bau prädestinieren?"

„Ich arbeite hart, Mister Cunningham. Ich bin gelehrig, aufmerksam, pünktlich und wissbegierig. Diese Tugenden machen vieles wett, was mir an körperlicher Kraft fehlt." Francis war beeindruckt von dem Willen, den er in den Augen des jungen Engländers erkennen konnte.

„Also gut", sprach der Unternehmer. „Du wirst morgen anfangen. Melde dich bei meinem Polier, Mister Dwight Kent. Er wird dir alles beibringen, worauf es in diesem Metier ankommt. Sei achtsam und tu, was er dir sagt."

„Das werde ich, Sir", erwiderte Stu voller Dankbarkeit. Auch auf Paulas Lippen erschien ein Lächeln der Erleichterung. Die beiden tranken Ihr Glas aus und Francis fügte hinzu: „Sei pünktlich um acht Uhr hier. Neben dem Haus führt ein schmaler Weg in den Innenhof. Dort werden die Karren beladen." Sie schüttelten sich die Hand, dann verließen Stuart und Paula das Bürogebäude.

„Gott sei Dank", flüsterte der Bursche erleichtert.

„Ich habe dir gesagt, dass ich dir helfen werde, Stu. Nun liegt es in deiner Hand. Mach mir keine Schande."

Als die beiden am Nachmittag nach Hause zurückkehrten, duftete es schon bis auf die Straße. Penny eilte neugierig und aufgeregt zur Tür, nachdem sie das Klacken des Schlüssels vernahm. Magret folgte ihr, denn auch sie wollte wissen, ob sie erfolgreich waren. Überschwänglich nahm er seine Schwester in den Arm und flüsterte: „Ich habe es geschafft." Zu gerne hätte das Hausmädchen ihr nachgeeifert, doch so kam nur ein glückliches Lächeln über ihre Lippen.

„Das freut mich, Mister Irving", wisperte sie leise und wandte sich an Misses McDormand, die direkt hinter ihm stand.

„Soll ich den Kaffee zubereiten, während Sie es sich im Salon gemütlich machen?"

„Ja, Danke Magret. Eine kleine Pause wäre angemessen, nach diesem beschwerlichen Gang."

Schließlich brach der nächste Morgen an. Stu war schon vor Sonnenaufgang auf den Beinen. Da er nicht wusste, was ihn erwartete, stieg seine Nervosität. Noch bevor seine Schwester oder Misses McDormand aufgestanden waren, machte sich der junge Mann mit pochendem Herzen auf den Weg zu seiner neuen Arbeitsstelle. In der Morgendämmerung durchquerte er den Park. Begleitet von einem unsicheren Gefühl, drehte sich Stu immer wieder um. Dieser Ort war ihm trotz des Ganges mit Misses McDormand unbekannt und er wusste nicht, welche Gefahren hier auf ihn lauern würden. Umso erleichterter wirkte Irving, als er endlich die 5th Avenue und das Bürogebäude erreichte. Inzwischen war die Sonne aufgegangen, welche New York in ein gleißendes, gelblich weißes Licht tauchte. Nachdem er den Seitengang in den langen Hof betrat, kam ihm ein bulliger, kleiner Mann entgegen. Er war fast vierzig, trug ein gerippptes Unterhemd, schwarze Hosenträger und eine schmutzige Arbeitshose. Sein Haupt schmückte eine Glatze. Das Gesicht wirkte aufgedunsen, dennoch gut rasiert. In seinem Mundwinkel hing eine glimmende Zigarre, die sich bei jeder Lippenbewegung auf und ab bewegte. Klatschend kam er auf den jungen Engländer zu.

„Du bist der Neue?", murmelte er und streckte ihm die Hand entgegen. „Dwight Kent. Du musst Stuart Irving sein."

„Ja, Sir." Ohne ein weiteres Wort mit ihm zu wechseln, donnerte seine harte Stimme über den Platz.

„Hier ist er! Wer kümmert sich um den Neuen? Ich habe keine Zeit für solche Lappalien." Niemand reagierte. Stattdessen verluden sie sämtliche Werkzeuge und Materialien auf die Pferdehänger. Diese Gleichgültigkeit brachte Dwight so richtig zur Weißglut. Mit seiner mächtigen Faust schlug er krachend gegen den ersten Hänger, so dass selbst die Pferde aufschraken. „Ist hier einer, der unserem Neuen zeigt, wie wir arbeiten, ihr faulen Kerle?" Erst nach einigen Minuten erschien ein junger, muskulöser Mann. Richard Barnes, den alle nur Ricky nannten, nahm sich seiner an. „Du wirst dem Burschen in der Eingewöhnungsphase helfend zur Hand gehen. Ist das klar?"

„Jawohl, Sir."

„Bring ihm bei, was es heißt, ein waschechter New Yorker zu sein. Wenn er einen Fehler macht, bestrafe ich dich dafür, Ricky." Beiläufig blies er den grauen Rauch in die frische Morgenluft, ehe er Richard zur Seite nahm. „Wie ich gehört habe, ist er Liverpooler. Also halt ihn von unserem Kleeblatt fern. Du weißt, wie Sheamus auf Engländer reagiert." Also nahm sich Ricky Barnes dem jungen Mann an. Wie auch die anderen, war er mit einem kräftigen Körperbau gesegnet. Die Tätowierungen auf seinen Unterarmen erinnerten ihn an Cliff. Wie auch der Seemann hatte Richard eine korrekte Art im mitmenschlichen Umgang. Sie hatten das Gespräch kaum beendet, da trat er freundschaftlich an Stu heran.

„Richard Barnes. Ich soll dir zeigen, wie es am Bau von statten geht." Irving folgte ihm, denn diese ermutigende Art nahm ihm die Furcht. „Hilf den anderen das Holz auf den Wagen zu laden. Dann nehmt ihr auf dem zweiten Wagen Platz. Der Weg zur Baustelle ist nicht gerade um die Ecke." Ehe sich Stuart an die Arbeit machen konnte, fügte Rick eine Mahnung hinzu. „Halt dich besser von Sheamus O`Connor fern. Er ist irischer Abstammung und hegt einen immensen Hass gegen euch Engländer."

„Woher weißt du, dass ich Engländer bin?"

„Man hat uns einen Neuen aus Liverpool angekündigt. Außerdem erkennt man es an deinem Akzent", merkte der Maurer an, während er den Burschen zur Ladefläche führte. Ein letztes Schulterklopfen bereitete ihn auf seine Aufgabe vor. Nachdem er sich allen Männern vorgestellt hatte, wurde er sofort eingebunden. Es verstrich nur eine halbe Stunde, bis der Wagen voll beladen angespannt wurde. Nun bestiegen die Handwerker den Zweiten. Als letzter schwang sich Sheamus O´Connor auf die Ladefläche. Sofort galt seine Aufmerksamkeit Irvings schmalem Gesicht. Er war dreiunddreißig Jahre alt, hatte feuerrotes Haar und der gleichfarbige Vollbart ließ, neben seinen tiefbraunen Augen, auf seinen impulsiven Charakter schließen. Ohne ein Wort, nahm der kräftige Hüne aus Belfast neben Stu Platz. Der Wagen setzte sich in Bewegung und durchfuhr die weiten Häuserschluchten Manhattans. Immer wieder bemerkte der Bursche, wie Sheamus musternde Blicke über ihn wanderten.

„Hey, Sheamus", sprach ihn einer der Männer zynisch an. „Du warst zu spät. Gestern wieder zu tief in die Flasche geschaut?" Mit gefletschten Zähnen und weitaufgerissenen Augen starrte er sein Gegenüber an.

„Halt dein Maul, du Wicht", raunte seine raue Stimme. „Oder ich breche dir das Genick, wie ein Streichholz." Stuart begann am ganzen Leib zu zittern, denn er wusste um die fortschreitenden Spannungen zwischen seiner Heimat und Nordirland. Wenn er diesem Riesen im Dunkeln begegnen würde, hätte er keine Chance. So gab der Engländer auch keinen Mucks von sich, um nicht durch seinen Dialekt aufzufallen.

„Wohin geht es eigentlich heute? Ich habe schon den Überblick verloren", sprach ein anderer der Mauerer. Rick drehte sich ein Stück zu ihm und flüsterte: „7th Avenue, im Süden." Während der Fahrt stierte O`Connor immer wieder mit verschränkten Armen zu Stu hinüber. Seine Fahne war unausstehlich. Er roch nach Gin, Whiskey und abgestandenem Bier.

„Was ist los mit dir?", raunte der stämmige Ire und hauchte Irving demonstrativ an. „Du hast wohl noch nie den Duft der weiten Welt gerochen?" Ricky wusste, worauf diese provokante Unterhaltung hinauslaufen würde. Mit Schweißperlen auf der Stirn hoffte er, dass Stu nicht auf die Sticheleien reagieren würde. Immer wieder trafen Sheamus brachiale Ellenbogenschläge den schmalen Körper des Liverpoolers. Nach einer Weile hatte Irving genug und stieß mit voller Wucht zurück.

„Was bildest du dir ein?", fauchte Sheamus den Burschen an. Als sich seine Fäuste ballten, konnte Stu nicht mehr stillhalten.

„Hör auf mit dem Mist", raunte er und stierte seinen Nachbarn vorwurfsvoll an. Nach kurzem Schock über diese unerwartete Reaktion, realisierte Sheamus Stus Herkunft anhand seines Dialektes.

„Du dreckiger Inselbewohner", zischte der Ire. „Woher stammst du stinkendes Häufchen Elend?"

„Liverpool", erwiderte Irving im Zorn, ohne sich Gedanken zu machen, was dies für ihn bedeuten konnte. Ehe sich Stu versah, packte ihn O´Connor am Kragen und versetzte ihm einen heftigen Hieb auf die Nase. Benommen fiel Stuart zurück. Es dauerte einen Moment, bis er wieder bei Sinnen war. Eilig wischte er sich das Blut ab. Die Wut in seinem Blick ließ den anderen dieses in den Adern gefrieren. Sheamus wartete förmlich darauf, dass der Bursche sich zur Wehr setzte. Doch in diesem Augenblick ging Richard Barnes entschlossen dazwischen.

„Hört auf", schallte seine laute Stimme durch die Straßenschlucht. „Ihr seid wohl irre? Macht eure Arbeit und geht euch gefälligst aus dem Weg." Als der Wagen die 7th Avenue erreichte, sprangen die Männer von der Pritsche. Während sie sich sammelten, um die Anweisungen zum Tagesablauf entgegenzunehmen, erschien plötzlich der Polier. Dwight Kent brauchte keine Aufklärung. Er wusste genau, was passiert war und nahm die beiden Streithähne zur Seite.

„Ich dachte, ich hätte mich deutlich ausgedrückt, Sheamus", knurrte er rasend vor Zorn. „Was hast du beim letzten Mal nicht verstanden, du irischer Bastard?" O´Connor schwieg. Auch über Stus Lippen kam kein Wort. „Ihr beiden werdet nach unserer Rückkehr bei Mister Cunningham vorstellig. Dann werden wir sehen, wie es weitergeht. Und jetzt an die Arbeit, ehe ich euch in den Hintern trete." Der Tag verging ohne erneute Streitigkeiten. Jede Tätigkeit, welche Irving gezeigt wurde, erledigte er zur Zufriedenheit seiner Vorgesetzten. Er fegte Staub zusammen, mischte Zement an und verlegte die ersten Steine seines Lebens. Schon nach kurzer Zeit hatte Stu den morgendlichen Zwischenfall vergessen. So lange, bis der Abend anbrach und sie zurückfuhren.

Nachdem der Karren entladen war, folgten die beiden Kontrahenten Ricky ins Firmengebäude. Nervös standen sie nebeneinander, während Barnes mit ernster Miene anklopfte.

„Herein" rief Francis laut. An seiner Stimmlage war zu erkennen, dass seine Laune nicht zum Besten stand. Sie blieben ein Stück zurück, als ihr Vorarbeiter an den Schreibtisch herantrat.

„Mister O´Connor und Irving sind anwesend, Sir."

„In Ordnung, Barnes. Lassen Sie uns nun allein." Stu sah seinen Arbeitsplatz bereits in weite Ferne rücken. Sheamus hingegen schien unbeeindruckt. „Ihr seid eine wahre Schande", zischte Cunningham und zündete sich eine Zigarre an. „Welcher Teufel hat euch da draußen geritten?" Stu wollte sich gerade dazu äußern, doch er wurde harsch unterbrochen. „Das war eine rhetorische Frage, ihr beiden Genies. Nun hört mir gut zu, denn ich sage es nur noch einmal. Falls mir so etwas ein weiteres Mal zu Ohren kommt, kann sich derjenige, der so ein Chaos verursacht, seine Papiere abholen und wird ohne Leistungsanspruch gefeuert. Noch eins", raunte der Unternehmer. „Ihr solltet euch bewusst sein, was dieses Verhalten für meine Firma bedeutet. Ich habe alles getan, um mir einen guten Ruf zu erarbeiten. Das lasse ich mir keinesfalls zerstören."

„Ich bitte vielmals um Verzeihung, Mister Cunningham", sprach der junge Irving entschlossen und trat ein Stück vor. „Es war meine Schuld. Es wäre nicht so weit gekommen, wenn ich Sheamus O´Connor nicht provoziert hätte."

„Sie nehmen also die Schuld auf sich, Mister Irving?"

„Ja, Sir." In einem kräftigen Stoß blies Francis den Rauch in die Höhe.

„Damit sind Sie schon an ihrem ersten Tag angezählt, junger Mann. Nun gehen Sie mir beide aus den Augen." Sie verneigten sich kurz und verließen das Büro. Als Stu bereits die Ausgangstür erreicht hatte, rief ihm der Ire nach.

„Stu? Warte einen Augenblick." Der Junge rechnete mit weiteren Beschimpfungen. So drehte er sich entnervt um und zischte: „Was ist denn noch?" Unverhofft streckte der rothaarige Hüne ihm die Hand zur Versöhnung entgegen.

„Das war ein feiner Zug von dir. Es hätte mich meine Stelle gekostet. Danke." Stuart nahm die Entschuldigung an. „Wenn ich irgendwann einmal etwas für dich tun kann, sag einfach Bescheid."

„Alles klar, Sheamus." So trennten sich ihre Wege, bis zum nächsten Morgen.

Inzwischen waren Stu und Penny das zweite Jahr in New York City. Während der Bursche am Bau Karriere machte, begleitete seine Schwester Misses McDormand regelmäßig zu Soiréen, auf welchen die beiden Kontakte knüpften. Durch Pennys Hilfe florierten die Schneidereien. So wuchsen auch stetig die Ersparnisse der Geschwister. Die Beziehung zwischen Stu und Magret entwickelte sich, wenn auch nur im Geheimen. Regelmäßig machte Irving einen Abendspaziergang und brachte die junge Angestellte bis zu ihrer Haustür. Paula ahnte, dass sich etwas zwischen den beiden abspielte, sah dies aber, allen Befürchtungen zum Trotz, mit einem Schmunzeln. Sie ließ sie gewähren und brachte es nicht zur Sprache. Endlich schien das Leben der Geschwister in geregelte Bahnen zu kommen, bis dunkle Wolken aufzogen. Denn Misses McDormands Gesundheitszustand verschlechterte sich zusehends.

5. Kapitel

Es war in den Nachmittagsstunden des 8. Juli 1882. Paula ging es schon eine ganze Weile nicht gut. Ihre Kurzatmigkeit wurde stärker und sie klagte des Öfteren über eine nie dagewesene Schwäche. An manchen Tagen war es so schlimm, dass sie nicht einmal den Antrieb hatte aus dem Bett aufzustehen. Hinzu gesellte sich der kratzende Husten, der sich, trotz Honig, heißem Tee und anderen Methoden, zu keinem Zeitpunkt besserte. Während Stu sorgevoll seiner Arbeit am Bau nachging, kümmerten sich Mister Tillmore, Penny und Magret wechselnd um ihr Wohlergehen.

„Gehst du zu Misses McDormand?", fragte das Hausmädchen und brühte gerade einen Tee auf. Penny nickte abwesend. „Nimm ihr bitte das Heißgetränk mit. Vielleicht hilft es."

„Das mache ich. Sag mal, was kochst du? Es riecht so verführerisch."

„Es gibt Hühnersuppe", antwortete Magret.

„Danke." Sie nahm das Tablett und schlich nachdenklich die Treppe zu Paulas Schlafzimmer hinauf. Leise öffnete die junge Irving die Tür. „Wie geht es dir?"

„Schon besser", hauchte die Geschäftsfrau erschöpft. „Wenn du das Zimmer betrittst, strahlt die Sonne."

„Du Schmeichlerin", erwiderte Penny. „Hier, ein heißer Tee. Danach fühlst du dich sicher besser." Widerwillig nahm die Witwe einen Schluck und knurrte: „Ekelhaft. Nicht mal ein Spritzer Bourbon ist drin."

„Trink es einfach. Du wirst auch mal einen Tag ohne etwas Hochprozentiges auskommen."

„Das fällt schwer, angesichts dieses Geschmacks."

„Falls du noch einen Wunsch hast, sag Bescheid. Ich gehe und helfe Magret ein wenig in der Küche." Paula nickte, doch ehe das Mädchen seiner Wege ging, sprach Misses McDormand: „Kannst du das Fenster einen Spalt öffnen? Ich will die frische Luft genießen und die Großstadt hören." Als dies erledigt war, gab es einen weiteren Punkt, der der Dame am Herzen lag. „Bringst du mir bitte Stift und Papier."

„Du sollst dich nicht so sehr anstrengen", sprach Penny, aber wie hätte sie ihr diesen Gefallen verweigern können. Daraufhin nahm die Kleine die gewünschten Schreibutensilien von Paulas Schreibtisch und legte diese behutsam auf die Anrichte neben dem breiten Doppelbett.

„Das ist lieb von dir, meine Kleine", sprach sie erschöpft und küsste Penny dankbar auf die Wange.

„Ich komme später noch einmal. Dann mit einer kräftigen Hühnersuppe." Leise schloss sie die Tür hinter sich. Stunden vergingen, bis die alte Standuhr im Wohnzimmer Sechs schlug. Während Magret die Teller füllte, tätigte Penny den Abwasch. Die beiden erschraken, als Tillmore plötzlich die Küche betrat. Er tupfte sich gerade den Schweiß von der Stirn und sprach: „Ich werde mich für heute empfehlen. Oder ist noch etwas zu erledigen?"

„Nein, Mister Tillmore. Danke, aber wir kommen zurecht." Ein Lächeln huschte über seine Lippen.

„Dann bis morgen."

„Du kannst ebenfalls ruhig nach Hause gehen, Magret. Es ist nicht mehr viel zu tun. Oder wartest du auf Stu?" Verlegen schaute das Hausmädchen drein.

„Normalerweise begleitet er mich noch ein Stück. Aber ich habe gemerkt, wie erschöpft Stu bei diesem heißen Wetter ist. Sag ihm einen Gruß von mir. Er soll sich ein bisschen ausruhen."

„Bis morgen."

„Ja, Penny. Ich wünsch dir eine gute Nacht." Daraufhin verließ auch das Hausmädchen das Gebäude in Richtung der Bronx. Die Kleine richtete noch die Suppenschale her, da betrat ihr Bruder das Haus. Ihm waren die Strapazen des Tages anzusehen.

„Ist jemand da?", rief er laut durch den Flur.

„Ich bin in der Küche", rief die Kleine.

„In der Küche?", murmelte Stu und bewegte sich nur langsam zu ihr. Jeder Knochen im Leib schmerzte ihn. So nahm er erledigt auf einem der robusten Holzstühle Platz. „Wie geht es Paula?"

„Schwer zu sagen. Sie lässt sich nichts anmerken. Ich werde ihr etwas zu essen bringen. Nimm dir schon einen Teller. Ich komme gleich zu dir."

„Ist Magret schon nach Hause gegangen?"

„Ja. Sie sagte, du sollst dich ein wenig ausruhen", antwortete Penny mit einem Lächeln. Stu schüttelte den Kopf und sprach zufrieden: „Sie ist einmalig. So selbstlos."

„Du liebst sie", flüsterte seine Schwester. „Ich sehe es am Funkeln in deinen Augen."

„Vielleicht. Aber nun bring Paula das Essen. Sie hat bestimmt Appetit." Als Penny die Stufen nach oben schritt, bediente sich Stuart an der Hühnersuppe. Gerade hatte er Platz genommen, da fuhr ein gellender Schrei durch das Treppenhaus. Ihm folgte das Geräusch von zerspringendem Porzellan. Eilig sprang er in die Höhe, so dass sein Stuhl in die Ecke flog. Sein Puls raste, während der Bursche die Stufen hochsprang. Im Türrahmen stand Penny. Die Kleine war kreidebleich und zitterte am ganzen Körper. Ihre Augen waren weit geöffnet, als hätte sie dem Leibhaftigen ins Antlitz geschaut.

„Penny?", flüsterte der ältere Bruder und schob sie leicht zur Seite. Da sah Stu, was seine Schwester schockierte. „Bleib dort stehen." Vorsichtig machte er einen weiten Schritt über die verschüttete Suppe. Paula lag regungslos da. Die Hände steif auf dem Oberkörper gefaltet. Er griff nach ihrer Schulter und rüttelte sie leicht, in der Hoffnung, dass Paula die Augen aufschlagen würde. Doch das tat sie nicht. Ganz im Gegenteil. Ihre sonst so prallen Wangen wirkten furchtbar schmal. Ein dünner, getrockneter Streifen Blut lief seitlich aus ihrem geschlossenen Mund. „Sie ist tot", wisperte Stu geschockt und versuchte, nicht die Nerven zu verlieren, während Penny die Tränen über die Wangen liefen.

„Ich gehe los und rufe Doktor Fallon." Im selben Augenblick drehte sich ihr Bruder um. Entschlossen sah er die Kleine an.

„Du bleibst, wo du bist. Auch der Leibarzt macht sie nicht mehr lebendig. Wir müssen jetzt Ruhe bewahren." Entsetzt von der anscheinenden Gleichgültigkeit nahm sie schwer atmend auf einem der Stühle Platz.

„Was machen wir nun?" Stu reagierte nicht darauf, sondern ging zum Fenster. Zur Absicherung schaute er auf die Straße hinunter. Niemand schien den lauten Schrei registriert zu haben. Also schloss er es sachte und sah den Brief, welcher neben Misses McDormand auf der Matratze lag. „Es ist ihr Testament." Hastig überflog der junge Mann die Zeilen und sprach: „Sie vermacht uns das Haus und möchte, dass du die Leitung der Geschäfte übernimmst." Überfordert mit der Gesamtsituation saß

Penny da, schüttelte den Kopf und vergrub ihr Gesicht in den schmalen Händen.

„Wie soll ich das bewerkstelligen? Ich war nur an ihrer Seite unterwegs und habe keine Ahnung, wie eine Schneiderei zu führen ist."

„Vergiss, was sie hier aufgeschrieben hat", sprach Stu und zerriss den letzten Willen. „Wir müssen weg. So schnell es geht." Fragend schaute die Kleine ihren Bruder an, während sie sich die Tränen abwischte. „Geh. Pack das Nötigste ein. Niemand soll Rückschlüsse auf unseren Verbleib schließen können."

„Aber wieso? Du kannst Paula nicht einfach so liegen lassen." Daraufhin nahm er Penny bei den Schultern und zischte: „Das ist unsere einzige Möglichkeit. Spätestens morgenfrüh werden Tillmore und Magret sie finden."

„Wie kannst du so herzlos sein? Nach allem, was sie für uns getan hat? Ich kann sie nicht allein lassen." Stu ging vor ihr in die Hocke.

„Sie werden denken, dass es unsere Schuld war. Man wird uns ins Gefängnis stecken und danach des Landes verweisen. Das wäre das Ende für unser neues Leben."

„Ernsthaft? Magret und Mister Tillmore würden uns nie in den Rücken fallen. Außerdem bist du mit Magret zusammen. Willst du sie so einfach im Stich lassen?" Er schwieg kurz, ehe er antwortete.

„So sehr ich sie auch liebe und schätze. Unsere Zukunft liegt mir mehr am Herzen. Nun geh packen. Wir verschwinden, wenn die Dunkelheit hereinbricht."

Penny warf noch einen Blick auf Misses McDormand, bevor sie wütend wegen Stuarts Entscheidung und fassungslos über den plötzlichen Tod ihrer besten Freundin den Raum verließ. Ihr Bruder fuhr sich nervös durch die Haare.

Ich muss einen kühlen Kopf bewahren. Uns darf kein Fehler unterlaufen. Gott steh mir in dieser schweren Lage bei.

Plötzlich fiel ihm eine alte Holztruhe mit Eisenbeschlägen auf, die neben dem Kleiderschrank stand. Von Neugier getrieben zog er sie ein Stück nach vorne. Die Truhe war unverschlossen, so dass Stu einfach einen Blick riskieren musste. Es verschlug ihm den Atem, nachdem er den Deckel gehoben hatte. Im Inneren befanden sich die militärischen Erinnerungsstücke von Mister George McDormand. Neben seiner Uniform, dem Säbel, Orden und Tagebüchern lag dort eine Pistole. Eine Remington New Model Army in fast neuem Zustand. Mit zittriger Hand nahm Irving die Waffe an sich. Unter einem lauten Klacken ließ sich die Trommel öffnen. Sein Herz schlug wild, denn sie war durchgeladen. Ohne weiter nachzudenken, steckte er das Schießeisen ein. Doch seine Suche war noch nicht beendet. Als Stu die säuberlich gefaltete Uniformjacke beiseitegeschoben hatte, fielen ihm zwei Päckchen Munition in die Hände. Auch jene wanderten in seine Tasche. Zu guter Letzt lag dort noch ein vergilbter Umschlag, dessen Gewicht den Burschen verwunderte. Dieser war gefüllt mit druckfrischen einhundert Dollar Noten. Irving konnte nicht anders und zählte sie durch.

Verdammt. Es sind fast Tausend. Verzeih mir, Paula. Bitte verzeih mir.

Auch die Geldscheine fanden den Weg in seine Tasche. Nachdem alles wieder den gewohnten Platz gefunden hatte, ging der Bursche seine Sachen packen. Nur wenig später saßen die beiden im Flur auf ihren Koffern und warteten, dass endlich die Dunkelheit hereinbrach. Allmählich dämmerte es und die laute Standuhr schlug zur zehnten Stunde. Es war so leise, dass das Fallen einer Stecknadel immensen Krach verursacht hätte. Die Geschwister löschten langsam die Lichter im Haus. Nur das Flurlicht leuchtete noch. Immer wieder schaute Stu durch einen geöffneten Spalt der Haustür. Seine Hand fuhr nervös über die Pistole, welche er unter der Jacke, im Hosenbund versteckt hielt. Ebenfalls sprang er von einem Fuß auf den anderen, um den Sitz seiner Schuhe zu testen, in denen er das Geld aus Mister McDormands Truhe versteckte. Penny sprach kein Wort. Sie konnte das Verhalten ihres Bruders nicht nachvollziehen, obwohl er seine Bedenken schon am Nachmittag geäußert hatte. Allmählich lichtete sich die Menge der Fußgänger auf den Gehsteigen und die Straßenlaternen begannen zu flackern. Schließlich war der Zeitpunkt der Flucht gekommen, weshalb Stuart auch die Flurlampe löschte.

„Wir müssen los", flüsterte er ernst in Richtung seiner Schwester. Penny griff nach ihrem Koffer und presste sich an ihm vorbei ins Freie. Sie riskierten einen letzten, flüchtigen Blick ins Innere des Hauses, bevor sie die Avenue schnellen Schrittes entlangliefen. So verschwanden sie hinter der nächsten Ecke.

„Wohin gehen wir?", murmelte die kleine Irving.

„Raus aus der Stadt. Das wird zwar einen Moment dauern, aber dann sind wir schon einmal aus dem Schlimmsten raus. Der Bahnhof auf der anderen Seite des Flusses ist unser Ziel." Plötzlich blieb Stu, wie versteinert stehen.

Im Schein einer Straßenlaterne sah er Simon Forsythe. Wasser tropfte von seiner Kleidung und die langen Haare hingen strähnig über das fahle, aufgedunsene Gesicht. Mit toten Augen stierte der Heizer ihn an. Schweigend hob Simon den Arm und seine knochige Hand wies auf den Hudson-River, welchen die beiden gerade überqueren wollten.

„Stu?", wisperte seine kleine Schwester beunruhigt, als sie in seine aufgeschreckte Miene schaute.

„Lauf", befahl Stu. Er nahm Penny fest am Arm und riss sie hinter sich her. Immer wieder schaute er sich um, während das Herz in der Brust hämmerte. So überquerten die beiden das breite Gewässer. Auf der Westseite blieb Irving auf einmal stehen. Vor Aufregung bekam er kaum Luft. „Hast du einen Geist gesehen, oder warum läufst du so schnell?"

„Ich dachte, ich hätte…" Er unterbrach seine Erklärung. Es erschien so unglaublich, dass sich der Bursche selbst nicht geglaubt hätte. Außerdem wollte er Penny nicht noch mit diesem Erlebnis zusätzlich belasten. „Nichts. Da war rein gar nichts. Lass uns weitergehen." Prüfend, ob der Revolver noch an Ort und Stelle war, fuhr sich Stuart an den Hosenbund. Zur Vorsicht knöpfte er seine dünne Jacke weiter zu. So schlichen sie, Dieben gleich, durch sämtliche Gassen, bis endlich der rettende Bahnhof in Sichtweite kam. Hellerleuchtet führte der Weg zu den Bahnsteigen. Selbst um diese späte Stunde tummelten sich noch viele Menschen an den Gleisen. Manche warteten auf die Ankunft, andere standen mit ihren Koffern bereit, New York City gen Westen zu verlassen. Sich immer wieder panisch umschauend näherte sich Stuart dem Kartenschalter. Hinter der dünnen Scheibe saß ein alter Mann, der in seine Arbeit vertieft, die Fahrscheine sortierte.

Nervös stierte der Bursche auf die riesige Uhr, welche in wenigen Metern Entfernung über dem Steig hing. Ehe er ein Wort verlieren konnte, ertönte der grelle Signalton eines erneut einfahrenden Zuges. Die rabenschwarze Lok unterscheid sich kaum vom nächtlichen Himmel. Während Penny zwischen den anderen Wartenden auf den harten Sitzgelegenheiten Platz nahm, räusperte sich ihr Bruder lautstark. Der alte Kartenverkäufer sah ihn erbost an und raunte: „Was wollen Sie, junger Mann? Die Jugend… Immer in Eile."

„Ich hätte gerne zwei Fahrscheine nach Westen." Der Alte lachte lautstark und antwortete: „Da müssen Sie schon genauer werden, mein junger Freund. Bis Ohio oder weiter?"

„Weiter", erwiderte Stu entnervt und trommelte mit den Fingerspitzen auf dem schmalen Tresen. Die ersten Fahrgäste stiegen in die komfortablen Wagons ein. Der Kartenverkäufer reagierte ungehalten, da sich hinter dem Burschen bereits eine lange Schlange bildete.

„Also über Kansas nach Los Angeles in Kalifornien?"

„Ja", antwortete Stuart, der immer wieder zur Bahn hinüberschaute, wo sich allmählich die Reihe der Menschen lichtete. „Hier. Das müsste stimmen", fuhr er fort, während er dem Alten einen Dollar hinlegte. Ohne ein Wort nahm dieser den Schein, stempelte die Fahrkarten ab und gab Stu das Wechselgeld. Nun war Eile geboten. Der Pfiff eines Bahnmitarbeiters ertönte, gefolgt von seiner prägnanten, lauten Stimme.

„Alle Fahrgäste nach Los Angeles bitte einsteigen."

„Sie müssen sich beeilen, junger Mann, sonst müssen Sie bis morgen warten. Dann fährt erst der Nächste." Blitzschnell nahm Irving seine Schwester an der Hand und rannte los. Die Fahrscheine in der Hosentasche, den Koffer in der Rechten, erreichten die beiden den Eingang zum Wagon Nummer 5. Als Stuart sich ein letztes Mal ruckartig umdrehte, stieß er mit einem Polizisten zusammen. Grimmig musterte der Schutzmann ihn, während sein Gegenüber vor Schreck erstarrte, und verlegen um Verzeihung bat. Stu dachte, dass die Reise hier zu Ende wäre, doch er erntete nur ein leichtes Nicken.

„Passen Sie besser auf, junger Mann. Am Bahnsteig könnte aufgrund Ihrer Unaufmerksamkeit jemand zu Schaden kommen." Erleichtert sahen die beiden zu, wie der Gesetzeshüter zwischen den Passagieren verschwand. Nach kurzem Durchatmen bestiegen sie den Wagon.

„Hier sind unsere Plätze", flüsterte er, nahm seiner kleinen Schwester den Koffer ab und legte ihn in das breite Netz über den Köpfen der Mitreisenden. Ein lautes Zischen ertönte, weißer Rauch schwebte an den Fensterscheiben vorbei und schwerfällig setzte sich der Zug in Bewegung. Das laute Klacken der Wagons auf den Schienen hatte eine beruhigende Wirkung. Obwohl Penny immer noch einen Groll auf ihren Bruder hatte, atmete sie tief durch. Nach einer Weile änderte sich die Landschaft. Dort, wo anfangs dicht bebaute Viertel in den Himmel emporragten, wechselte sich weites Farmland mit Industriebetrieben ab. Schwarzer Rauch stieg aus den Schornsteinen der Metallwerke. Dieser Anblick war für Penny etwas völlig Neues. Sie lehnte sich leicht zu ihrem Bruder und fragte: „Wo sind wir jetzt?"

„Ich habe keine Ahnung", murmelte Stu, dem langsam die Augen vor Müdigkeit zufielen.

„Das ist das Herz des Nordens", sprach ein ihnen gegenübersitzender Herr.

Er konnte nicht älter als vierzig Jahre gewesen sein, trug einen schwarzen, gepflegten Vollbart, war von dünner Statur und hatte lichtes Haar. Die braunen Augen funkelten, während der Fremde von seiner geliebten Heimat sprach. „Dies ist der Bundesstaat Pennsylvania. Hier wurden die Waffen für den Bürgerkrieg gefertigt. Wie unhöflich von mir. Darf ich mich vorstellen? Mein Name ist Andy Stone." Zuvorkommend küsste er Pennys Hand und nickte ihrem Bruder lächelnd zu.

„Erzählen Sie mir mehr von diesem Land", forderte die junge Irving Mister Stone auf, welcher überrascht dreinschaute.

„Sie sind neu in den Vereinigten Staaten, oder?" Sie nickte zustimmend. Doch Stu beobachtete den Unbekannten skeptisch.

„Ja. Wir lebten eine Weile in New York. Aber nun zieht es uns weiter nach Westen."

„Schön" antwortete Andy. „Ihr seid euch im Klaren, dass es nicht einfach werden wird. Das Western Territory ist rau. Hauptsächlich Outlaws, Rancher und Pioniere verirren sich in diese Gegend." Ohne sich etwas dabei zu denken erwiderte Penny überschwänglich: „Mein Bruder Stuart spricht seit langem von dem Wunsch dort Gold zu suchen." Plötzlich wurden alle, die drumherum saßen, hellhörig. Auch Mister Stone wirkte höchst interessiert an ihrem Vorhaben. Stu bemerkte das schnell und lenkte von diesem anscheinend heiklen Thema ab.

„Da hast du mich falsch verstanden", zischte er und sah seine kleine Schwester strafend an. „Ich sagte, dass ich eine goldene Zukunft für uns will. Von Goldsuche war nie die Rede." Umgehend wandten sich die Blicke der Menschen auf den Nachbarsitzen wieder ab.

„Ihr habt mein volles Verständnis. Denn es wäre töricht nach Kalifornien zu reisen, allein um dort nach Gold zu suchen."

Die Geschwister schauten den Mann fragend an. „Täglich schließen Minen, die ausgebeutet sind. Die einzige Chance ist im Norden, Haines, Dawson oder gar

Fairbanks sind die Hauptorte." Nun war Stus Neugier geweckt.

„Also der Norden", murmelte er leise, während Andy fortfuhr.

„Um Himmels Willen, gebt euch keinen Illusionen hin. Allein auf dem Weg dorthin sind schon Dutzende Menschen gestorben. Die eisige Kälte, Gletscherspalten, herabstürzende Felsbrocken sind nur wenige Gründe, warum ihr nicht einmal darüber nachdenken solltet." Irving traute dem Fremden nicht und grübelte über die Weiterreise. Er war für einen Moment unaufmerksam. Während sein Blick den grünen Feldern galt, knöpfte er seine Jacke auf. Der Schock fuhr Mister Stone in die Glieder, als er die funkelnde Remington in Stus Hosenbund bemerkte. Langsam beugte sich Andy mit weit geöffneten Augen vor und flüsterte ihm zu: „Wo hast du die her, Junge?" Aufgeschreckt durch diese Frage, zog Irving schnell die Jacke über den Griff und antwortete geistesgegenwärtig: „Ein Geschenk eines Freundes." Sein Gegenüber glaubte ihm kein Wort und hakte nach.

„Remington New Model Army. Diese Waffe habe ich zum letzten Mal im Bürgerkrieg gesehen. Allerdings nur im Holster der Offiziere. Ich hoffe, du sagst die Wahrheit. Denn wenn du sie entwendet hast, droht dir eine Gefängnisstrafe." Ohne mit der Wimper zu zucken, hielt Stuart an seiner Lüge fest.

„Als wir uns zu diesem Trip entschlossen haben, gab mir unser Bekannter diese Pistole. Damit soll ich im Notfall unser Leben verteidigen. Und ja, er diente in der Unionsarmee."

„Pass gut darauf auf", fügte Mister Stone hinzu, lehnte sich gemütlich zurück und schloss für eine Weile die Augen. Nun wandte sich Penny entsetzt an ihren Bruder. Sie zischte ihm leise zu: „Hast du etwa die Kiste von Mister McDormand geöffnet?"

„Ja, das habe ich", gab Stuart ihr zu Antwort.

„Wie konntest du nur? Siehst du, welche Scherereien wir bekommen können?"

„Es ist nur zu unserem Schutz. Wer weiß, was noch passieren wird. Ich tue das alles für dich, Penny. Denk bitte immer daran." Daraufhin schloss auch Stu die Lider und verschlief, unterstützt durch das monotone Klacken des Zuges auf den Schienen, die Weiterfahrt. So verging die Zeit. Nach einigen Zwischenstopps, in denen die Lok mit frischem Kühlwasser und der Kohlehänger aufgefüllt wurde, erreichten sie Kansas. Die Geschwister freuten sich auf den Halt in der kleinen Stadt Gunderson, welche nahe der Grenze zu Colorado lag. Doch als sie in den Bahnhof einfuhren, erschütterte ein dröhnender Knall die Wagons. Sämtliche Anwohner kamen auf den schmalen Bahnsteig gerannt, um zu sehen, was geschehen war. Ein uniformierter Schaffner erschien plötzlich und beruhigte die Fahrgäste.

„Machen Sie sich keine Sorgen. Es ist nichts Schlimmes geschehen." Stu stand grübelnd auf und ging auf den Zugbegleiter zu.

„Entschuldigen Sie, Sir. Haben wir einen Defekt? Wenn ja, wann wird die Fahrt fortgesetzt?" Der hagere Mann hatte nur ein Schulterzucken für ihn übrig.

„Wir tun, was wir können, damit Sie, so schnell wie möglich, an Ihr Ziel kommen, Sir." Daraufhin machte sich der Gentleman auf und informierte die Passagiere in den restlichen Wagons. Mit einem ungutem Gefühl kehrte Stuart zu seiner Schwester zurück.

„Wir steigen hier aus. Irgendetwas stimmt nicht." Die Geschwister verabschiedeten sich von Mister Stone, ehe sie ihr Abteil verließen. Draußen brannte die Sonne erbarmungslos. Kein erfrischendes Lüftchen wehte. Nur das Dach des Bahnsteiges bot ein wenig Schatten. „Penny? Du wartest hier. Ich werde mich bei dem Lokführer erkundigen, wie lange es dauern wird." Er stellte seinen Koffer ab und verschwand in Richtung des schwarzen Ungetüms, welches trotz Stillstand noch immer weiße Rauchschwaden ausstieß. Zwei Männer, in ölverschmierter, staubiger, blauer Arbeitskleidung rannten um die Front der Lok, wo sie begannen die schweren Schrauben zu lösen.

„Verzeihung? Was ist geschehen?", erkundigte sich Irving in leisem Ton. Einer von ihnen wandte sich ihm zu und raunte: „Der Kühler ist geplatzt. Das wird wohl ein längerer Aufenthalt in diesem Nest." Nun wusste der junge Mann, woran er war. Ohne weitere Fragen zu stellen, kehrte er eilig zu Penny zurück.

„Konntest du in Erfahrung bringen, was passiert ist?"

„Hier ist Endstation", knurrte Stuart, nahm das Gepäck und fuhr fort. „Komm mit. Wir suchen uns eine andere Möglichkeit." Die junge Irving konnte kaum mit ihm Schritt halten.

„Ich bin es allmählich leid, dass du mich wie ein lästiges Anhängsel behandelst. Lass den Befehlston. Unterhalte dich wie ein Bruder mit mir."

„Es tut mir leid. Ich habe das Gefühl, nicht mehr Herr der Lage zu sein." Zusammen liefen die Geschwister tiefer in den staubigen Ort hinein, bis sie die breite, sandige Hauptstraße erreichten. Zu beiden Seiten war diese gesäumt von zwei-, gar dreistöckigen Häusern. Die aus Holz gefertigten Gebäude wirkten sehr einladend. Verwundert schauten sich die beiden um. Hier gab es alles, was das Herz begehrte und zum Überleben notwendig war. Neben einem großen Saloon befand sich ein Hotel. Gegenüber lag ein Gemischtwarenhandel.

„Sieh dort", flüsterte Stuart mit einem ungläubigen Kopfschütteln. „Die haben sogar einen Tabakwarenhandel in dieser Kleinstadt." Seine Miene wurde abermals sehr ernst, als ihm das Büro des Sheriffs ins Auge fiel. „Geh bitte ein wenig schneller." Auf der Veranda vor dem rot gestrichenen Haus hatte der Gesetzeshüter seinen Posten bezogen. Sein Blick fiel sofort auf das Geschwisterpaar. Stuart gab seiner Schwester ein paar Cents und wisperte: „Geh in den Saloon. Keine Angst, ich denke, dass um diese Vormittagsstunde noch wenig los ist."

„Wohin gehst du?", fragte Penny besorgt, der ebenfalls schon der skeptische Sheriff aufgefallen war.

„Ich sehe, auf welche Weise wir schnell hier wegkommen." Die zierliche, junge Frau drehte sich um und ging zur Ortsschenke zurück, während ihr Bruder weiterhin die Straßen nach einer Reisemöglichkeit absuchte. Erst am Ende der Hauptstraße fiel ihm das Schild eines Ladens für Reitbedarf auf. „Pferde", murmelte er nachdenklich. „Das sollte gehen." Mit prüfendem Blick, ob ihm niemand gefolgt war, verschwand Stuart in dem Laden. Er erschrak kurz, denn eine laute Glocke kündigte ihn an. Der Geruch war betörend. Überall roch es nach gegerbtem Leder und den Fetten, welche es geschmeidig hielten. Plötzlich erschien der Besitzer zwischen all den Sätteln, Zaumzeug, Gerten und sogar Stiefeln. William Ford war ein fünfundvierzigjähriger, kräftiger Mann, der den Beruf zum Sattler kurz vor dem Bürgerkrieg erlernt hatte. Obwohl sich sein Gesicht hinter einem dichten, langen Bart versteckte, wirkte Mister Ford dennoch freundlich und hilfsbereit. Dies verriet der offene Blick, wie auch die strahlend blauen Augen.

„Womit kann ich behilflich sein?", fragte er mit einer hellen Stimme, die Stu nicht in Einklang bringen konnte.

„Sind Sie Mister Ford?" Der Geschäftsmann legte seinen breiten Hut auf den langen Tresen und wischte sich den Schweiß von der Stirn.

„Jawohl, Sir. Also?"

„Ich bräuchte Reitutensilien für zwei Personen und hoffe, dass Sie mir dazu einige Fragen beantworten können." Beschämt fuhr der mittlerweile Neunzehnjährige fort. „Ich habe nämlich noch nie auf dem Rücken eines Pferdes gesessen." William grinste hämisch und sagte: „Greenhorn. Alles, was Sie brauchen, finden Sie hier in meinem Laden. Dann schauen wir mal, was ich für Sie tun kann." Währenddessen betrat Penny den Saloon. Das warme, dunkle Holz bedeckte nicht nur den Fußboden, sondern auch einen Teil der Wände. Dicht nebeneinander standen kleine, runde Tische und jeweils vier Stühle. In der hintersten Ecke befand sich ein großes, schweres, rechteckiges Klavier, an dem abends zur Unterhaltung aufgespielt wurde. Schwer atmend schleifte Penny die Koffer hinter sich her, bis hin zum langen Tresen. Doch niemand schien zu dieser frühen Stunde anwesend zu sein. Ihr Blick wanderte über die Bar, wo Dutzende Flaschen gefüllt mit Spirituosen standen. Sie nahm allen Mut zusammen und rief laut Hallo. Ihre Stimme hallte beängstigend in diesem großen, leeren Saal. Auf einmal sprang die Tür hinter dem Ausschank auf. Ein junger Barkeeper eilte herbei. Der gut rasierte, schwarzhaarige Mann trat näher und verneigte sich kurz mit einem höflichen Lächeln. Penny gefiel die freundliche Art des Herren, der nicht älter als Vierundzwanzig gewesen sein konnte. Ebenso bewunderte sie sein Auftreten. Die schwarze Hose, wie das strahlend weiße Hemd, welches durch schwarze Ärmelbänder geziert wurde, hinterließen Eindruck bei der jungen Frau.

„Sorry, Misses. Normalerweise öffnen wir erst gegen Fünf. Was kann ich für Sie tun?"

„Ich hätte gerne etwas zu trinken, während ich auf meinen Bruder warte. Vielleicht eine Tasse Tee?" Der Barmann wirkte verwundert und antwortete verlegen: „Entschuldigung, aber Tee wird hier strikt abgelehnt. Aber ich kann Ihnen eine Tasse Kaffee anbieten.

„Warum nicht? Vielen Dank." Penny legte die Centmünzen auf die Theke und wandte sich ab. „Ich nehme da drüben Platz."

„Gerne, Misses." Zuvorkommend stellte der Barmann ihr die Koffer an den Tisch, ehe er das Getränk, inklusive des Wechselgeldes, servierte. „Falls ich sonst noch etwas für Sie tun kann, sagen Sie einfach Bescheid." Zur gleichen Zeit wurde Stus Einkaufsliste immer länger. Nachdem Mister Ford ihm leicht zu befestigendes Zaumzeug verkauft hatte, kamen sie zu den Sätteln.

„Da Sie noch nie zuvor geritten sind, empfehle ich Ihnen dieses leichte Modell. Es wird auch von Farmern oder Pionieren bevorzugt." Vorsichtig streifte Irvings Hand über das weiche Leder und er nickte zustimmend.

„Kann ich auch Gepäck daran befestigen?"

„Natürlich, Mister. Ich muss diese Frage stellen, Sir. Was haben Sie vor?" Stuart zögerte einen Moment, aber der Sattler wirkte so vertrauenswürdig, dass ihm der Engländer gerne Auskunft gab.

„Meine Schwester und ich wollen nach Westen. Der Zug hat einen Schaden, so dass wir hier festsitzen würden." William wusste genau, worauf es Stu abgesehen hatte, und verschränkte die Arme vor der breiten Brust.

„Sie folgen dem Ruf des Goldes, nicht wahr?"

„Woher wissen Sie?" Ford unterbrach ihn: „Wie viele junge Menschen habe ich schon hier durchkommen sehen. Sie alle wollten den schnellen Reichtum. Keinen von ihnen habe ich je wiedergesehen." Verunsichert starrte ihn der junge Mann an. „Ihr müsst durch das Western Territory. Dort gibt es unzählige Natives-Reservate. Die Ureinwohner sind eigen, was Fremde auf ihrem heiligen Boden betrifft. So mancher hat schon seinen Skalp eingebüßt." Stuart wurde richtig übel, angesichts dieser Aussichten. Aber er wollte sich nicht davon abbringen lassen. Nicht so nah vor dem Ziel.

„Darauf kann ich keine Rücksicht nehmen. Wir müssen weiter. Koste es, was es wolle." Ford hatte Respekt vor dem unerbittlichen Willen seines Gegenübers und machte ihm ein Angebot.

„Ich mag Sie", flüsterte er. „Daher biete ich Ihnen meine Hilfe an. Alles, was Ihr braucht, findet Ihr hier." Aus diesem Grund legte William noch vier Satteltaschen drauf. Als der Sattler ihm den Preis für die Reitutensilien samt Stiefeln unterbreitete, überkam Irving die Fahlesblässe. Es dauerte einen weiteren Augenblick, bis er sich gesammelt hatte und sprach: „Ein teurer Spaß. Aber ich habe keine andere Wahl. Bitte warten Sie." Hastig verschwand Stu hinter dem Raumteiler, an dem die Gerten hingen. Schnell zog er einen seiner Schuhe aus und nahm einen Schein hervor. „Hier. Das müsste ausreichen. Ich habe es leider nicht kleiner." Wie vom Blitz getroffen stand Ford da. Den Schein zitternd in Händen haltend. Behutsam strich er über die frisch gedruckte Banknote.

„Sie haben keine Bank überfallen oder einen Zug ausgeraubt?" Stuart schüttelte den Kopf.

„Der Rest ist für Ihren wohlwollenden Beistand. Ich habe keine Ahnung, was wir für unsere Reise benötigen."

Plötzlich ertönte die laute Eingangsglocke und William steckte schnell den hundert Dollarschein in die Hosentasche. Irving hatte das Gefühl gleich ohnmächtig zu werden. Denn es war der Sheriff, der sich auf seinem nachmittäglichen Rundgang befand. Der ergraute Gesetzeshüter trat an den Burschen heran. Seine Sporen schlugen bedrohlich bei jedem Schritt auf den gedielten Boden.

„Wollte nur mal sehen, ob bei dir alles in Ordnung ist, Will."

„Natürlich, Greg", sprach der Geschäftsmann, ohne rot zu werden. „Ist halt ein heißer Tag."

„Ja. Es ist heiß heute", knurrte er skeptischen Blickes, während er Stuart seine Hand entgegenstreckte. „Gestatten, Gregory Nolan. Ich bin der Sheriff in diesem schönen Ort."

„Angenehm. Stuart Irving, Sir."

„Sie sind heute mit dem Zug gekommen?"

„Ja, Sir", antwortete der junge Mann kleinlaut, denn er wusste nicht, wohin dieses Gespräch führen würde.

„Ich sehe, sie haben kräftig eingekauft. Geht es heute noch weiter?" Nun mischte sich der Handwerker ein, um den Burschen, so gut es ging, aus der Schusslinie zu nehmen.

„Ja, Greg. Er und seine Schwester wollen morgen weiter. Du weißt ja, dass es fast unmöglich ist ohne Ausrüstung da draußen zu überleben."

„Wem sagst du, dass Will." Der Blick des Sheriffs wurde ernster, als er sich zu Irving vorbeugte. Leise und bestimmend gab er ihm einen guten Rat. „Lassen Sie sich hier in Gunderson bloß nichts zu Schulden kommen, mein junger Freund. Ich traue niemandem, der nur eine lausige Nacht in meiner Stadt verbringen möchte. Ich behalte sie im Auge." Nolan strich leicht über seinen Colt, griff sich zum Gruß an den Hut und drehte sich um. „Wir sehen uns, Will. Vielleicht später in Jacks Saloon."

„Bis dann, Greg." Die beiden hielten für eine Sekunde den Atem an, bis Nolan hinter der Ecke verschwunden war. „Er ist ein harter Hund. Der Sheriff hat schon viele Outlaws getötet oder hinter Gitter gebracht. Also Vorsicht." Nachdem sich der Schock gelegt hatte, kam Ford wieder auf das Wesentliche zurück. „Ihr braucht Pferde, Kochgeschirr, Zelt, Decken, Proviant und was nicht fehlen darf… Ein Gewehr." Stu musste schlucken, denn mit der Notwendigkeit einer weiteren Waffe hatte er nicht gerechnet. Ehe er ein Wort verlieren konnte, nahm ihn der Sattler bei der Schulter und schob ihn in Richtung der Tür. William drehte das Schild auf Closed.

„Lass uns die Förmlichkeiten vergessen. Nenn mich Will."

„Stuart, aber alle nennen mich Stu", wisperte der Bursche überrascht, unsicher, was Ford nun im Schilde führte.

„Folge mir. Wir gehen zu Sam Clayton. Er ist der größte Schweinezüchter im Umkreis." Die Verwirrung stieg und Stu fragte sich, wie gerade ein Schweinezüchter ihm aus dieser Lage helfen sollte. Sein neuer Freund bemerkte den skeptischen Blick. „Keine Panik, es geht nicht um die Borstenviehcher, sondern um seine Pferde." So liefen die beiden ein Stück aus der Stadt heraus. Irving war nicht aufgefallen, wie fruchtbar der Boden um Gunderson war. Alles stand in saftigem Grün. „Siehst du? Dort ist Sams Farm." Es war ein viele Hektar großes, eingezäuntes Gebiet, auf dem fast zwei Dutzend Pferde grasten.

Zusammen schlichen sie den Weg zu den Stallungen entlang. Je näher Stu den Viehunterkünften kam, umso stärker wurde der betäubende Gestank. In einem Gatter, zwischen seinen Schweinen, stand Mister Clayton. Er war so fleißig am Misten, dass die Ankunft seines Freundes ihm nicht auffiel. Doch ein greller Pfiff reichte, um die Aufmerksamkeit des Farmers zu erlangen.

„Hey, Sam", rief William und gab ihm ein Zeichen näher zu kommen. Der Züchter verfügte über einen kräftigen Körperbau, hatte muskulöse Oberarme und versteckte seine schulterlangen Haare unter einem breiten Hut. Während er sich den beiden näherte, fiel Stu dessen Körpergeruch auf. Dieser war fast so schlimm, wie der der Schweine. William schüttelte ihm die Hand. „Was machst du gerade?" Abwertend sah Samuel den Burschen an.

„Wonach sieht es denn aus?" Ford wusste, wie er das Raubein zu nehmen hatte und lächelte kopfnickend.

„Ich brauche zwei Pferde. Sie sollen stark, aber nicht wild sein." Clayton spuckte seinen Kautabak vor Stus Füße.

„Für den Jungen?"

„Ja. Und für seine kleine Schwester."

„Mal sehen, was ich tun kann." Er öffnete das Gatter, stellte seine Mistgabel zu Seite und ging ein Stück mit ihnen zur Pferdekoppel. „Bist du schon mal geritten?", hakte der Farmer nach. Aber auch hier konnte Stu nur verneinen. „Dann habe ich die passenden Stuten für dich." Ein leichter Pfiff kam über Sams Lippen. Diesem Ruf folgten vier grazile, wohlgenährte Pferde. Zwei von ihnen waren weiß und schwarz gescheckt. Aufgrund ihrer Zutraulichkeit weckten sie sofort Stus Interesse. Dies blieb dem Sattler nicht verborgen. Während Irving den ersten, sanften Kontakt zu den Vierbeinern suchte, stellte sein neuer Freund die entscheidende Frage.

„Was willst du für die beiden?" Grübelnd stand der Farmer zwischen den Pferden.

„Ich würde sagen, zwanzig Dollar und sie gehören dir, Junge." Bei diesem Preis legte selbst der Sattler die Stirn in Falten und pustete.

„Willst du Stu ruinieren? Jetzt mal ernsthaft, Sam. Wieviel willst du?"

„Fünfzehn. Mein letztes Wort. Nimm sie oder lass es bleiben", raunte der schlechtrasierte Landwirt und schob sich erneut ein Stück Kautabak in die Wangentasche. „Denk dran, ich muss eine fünfköpfige Familie ernähren. Dazu kommen die Tiere. Oder denkst du, die Schweine gehen für ihr Geld arbeiten?" Angstschweiß bildete sich auf Stus Stirn. Immerhin hatte er genug Geld. Aber in seinen Schuhen. Würde er einen ausziehen, hätte er umgehend den Gesetzeshüter am Hals. Will ahnte es, griff in seine Tasche und bezahlte die fünfzehn Dollar.

„Stuart kommt die Pferde morgenfrüh abholen. Wäre dir das recht?" Er nickte und sie besiegelten den Kauf mit einem kräftigen Handschlag. Während Ford und Irving wieder in die Stadt zurückkehrten, wandte sich sein Freund mahnend an den Burschen. „Bevor wir in Stans Store einkaufen gehen, solltest du dir Geld wechseln lassen. Das wäre ohne meine Hilfe bereits schiefgelaufen."

„Stimmt", antwortete Irving kleinlaut und folgte Ford zur Bank, welche nur fünf Häuser vom Sheriffbüro entfernt lag. Sein Blick galt der riesigen Fassade, welche in ganz Gunderson die Einzige zu sein schien, die aus roten Ziegeln gebaut war.

Vor dem Eingang wehte die Fahne Kansas sowie die Stars and Stripes. Ehrfürchtig blieb Stu am weißen Geländer, welches die fünf Stufen hochführte, stehen. „Kannst du bitte einen Augenblick warten."

„Sicherlich", erwiderte der Lederverkäufer. „Aber beeil dich. Die Bank hat nur noch wenige Minuten geöffnet." Schnell verschwand er in der Seitengasse und kam binnen Sekunden mit einem weiteren Hunderter angestürmt.

„Hier. Würdest du das für mich erledigen? Ich will nicht, dass noch mehr Fragen gestellt werden, sondern einfach nur aus Gunderson verschwinden." Ford nahm das Geld und erschien zehn Minuten später mit einem Lächeln. Er hatte es geschafft. Der Hunderter war aufgeteilt in ein, zehn und zwanzig Dollarnoten. Ein tiefes, glückliches Durchatmen folgte. Für mehr blieb auch keine Zeit. Sie brauchten noch den Proviant. Nervös schauten sich die Freunde um. Keiner von ihnen wollte erneut auf Sheriff Nolan treffen.

„Da sind wir. Stan Willards Gemischtwarenhandel. Los. Lass uns reingehen. Die Sonne steht nun am höchsten und ich habe kein Interesse mir den Pelz zu verbrennen." Im Ladeninneren schien die Masse an Lebensmitteln, Schaufeln, Bauutensilien sowie Waffen Irving fast zu erschlagen. Ratlos sah er sich um, da ihm völlig unklar war, was sie für ihren Trip brauchten.

„Will, schön dich zu sehen. Wie geht es dir?", preschte Mister Willard vor. Er war durchschnittlich gebaut. Auch sein Äußeres schien nichts Markantes an sich zu haben, außer den Brillengläsern, die wie dicke Flaschenböden schienen.

„Ich schlage mich so durch, Stanley. Wie geht es deiner Frau?" Im selben Augenblick wandte er sich um und rief laut: „Antonita. Komm mal her. William möchte dir guten Tag sagen." Plötzlich sprang die Hintertür auf und eine bildhübsche Mexikanerin mit langen, pechschwarzen Haaren, feinen Zügen und funkelnden, schwarzen

Augen betrat das Geschäft. Höflich lächelnd verneigte sich die Schönheit.

„Buenas tardes, caballeros."

„Den wünschen wir dir ebenso, Antonita." Danach beugte sich Ford zu dem Geschäftsmann. „Nun zum Wesentlichen. Stanley, wir brauchen deine Hilfe." Behutsam schob er Stu vor, der in diesem Augenblick nur Augen für die hübsche Senorita hatte. Der Inhaber bemerkte, dass der fremde Bursche den Blick nicht mehr von seiner Frau lassen konnte und räusperte sich laut.

„Also, was wünscht der junge Gentleman?" Aus seinen Träumen gerissen stand Stu, wie angewurzelt da, so dass Will in seinem Namen sprechen musste.

„Er ist auf der Durchreise, zusammen mit seiner Schwester. Die beiden brauchen alles, was notwendig ist, um in der Wildnis des Native-Gebietes zu überleben." Stan kratze sich nachdenklich an seiner hohen Stirn und murmelte: „Mal überlegen." Der schmale Herr schlug die Anreiche schwungvoll nach oben, bevor er wortlos, grübelnd durch die Gänge seines Stores lief. Nach einer Stunde hatte er alles beisammen.

„So. Das ist sehr wichtig." Auf dem Tresen lag inzwischen Essgeschirr, ein Zelt, eine kleine Axt, Hammer, Eisenstifte zur Befestigung des Zeltes, Spaten, haltbare Nahrungsmittel für mindestens fünf Tage, zwei Öllampen und ein kleiner Eimer, um Wasser zu holen. „Mit diesen Dingen kommen Sie ein gutes Stück weit. Allerdings wird kein Weg um die Jagd nach Wild herumführen." Stu schaute zu Will hinüber, welcher nur lächelnd nickte. Daraufhin schloss Stanley den hinter sich befindlichen Glasschrank auf und nahm ein brandneues Kurzgewehr heraus. „Dieses Schätzchen sichert euch gegen Bären oder sonstiges Getier. Eine Winchester Model 1873. Die

Hauptnutzung ist als Jagdgewehr, wird aber auch gerne von Postkutschenbegleitern genutzt." Ein kurzer Griff unter den Tresen genügte und schon stand eine Packung Munition darauf. Der Geschäftsmann zeigte ihm den Ladevorgang und fügte hinzu: „Sie hat ein kurzes Magazin. Dafür können Sie schnell nachladen." Ruckartig zog Stanley den unter dem Abzug angebrachten Metallhalter nach unten und das laute Klacken der nächsten Patrone ertönte. Während sie sich unterhielten, trat auf einmal ein Fremder Mann in den Laden. Der Zweiunddreißigjährige trug langes, braunes Haar, welches er, wie all die anderen, unter einem breiten Hut verbarg. Sein schmaler, dennoch muskulöser Körper wurde von einem beigen, groben Hemd bedeckt. Über seinen abgewetzten Stiefeln trug er eine Lederhose, die an den Seiten geschnürt war und die grob gegerbten, bunten Symbole des Illinois-Stammes zeigten. Mit seinen sonnengebrannten, ledrigen Händen strich der unrasierte Mann über die Regale, die mit Mehl, Öl, Erbsen und anderen getrockneten Lebensmitteln gefüllt waren. Dies lenkte Willard dermaßen ab, dass er kein Auge mehr für seine momentane Kundschaft hatte.

„Kann ich Ihnen weiterhelfen?", fragte er fordernd, doch der Fremde schüttelte nur den Kopf.

„Danke, Sir. Aber ich schaue mich erst einmal um." Stu willigte derweil in den Kauf des kurzläufigen Gewehrs ein und ließ sich noch zwei Päckchen Patronen dazulegen.

„Darf ich fragen, wohin die Reise geht?"

„Wahrscheinlich Kalifornien", antwortete Stu. „Ich will meinen Traum leben."

„Das ist löblich", murmelte Willard. Im gleichen Moment zog er eine Landkarte hervor und breitete diese vor den Anwesenden aus. „Sehen Sie, wir sind hier. Wenn Sie nach Kalifornien wollen, empfehle ich Ihnen einen Umweg. Das dauert zwar ein wenig länger, dafür kommen Sie sicher ans Ziel." Aufmerksam schauten die Männer auf den Lageplan, als es Stu, wie Schuppen von den Augen fiel. Er wies auf die Karte und flüsterte: „Dies ist ein hohes Gebirge, nicht wahr?"

„Es sind die Rocky Mountains. Die Kälte ist am Tag, wie auch in der Nacht unerträglich. So mancher hat auf dem Weg durch diese Berge bereits sein Leben verloren." Auf einmal stand der Fremde direkt hinter Irving und sah ebenfalls auf die Karte.

„Verzeihung. Mein Name ist Raymond Brown. Ihr wollt auch in diese Richtung?" Niemand äußerte sich dem Mann gegenüber. Stattdessen musterten sie ihn genau. Die Einheimischen befürchteten aufgrund seiner Kleidung, dass er mit den Natives gemeinsame Sache machte. Ungeachtet dessen fuhr Ray fort. „Ich will mit meiner Familie nach Tucson. Ihr könntet euch uns anschließen, wenn ihr möchtet."

„Welchen Trail nehmen Sie, Mister Brown?", wollte Ford misstrauisch in Erfahrung bringen. Sein Finger fuhr über die Landkarte.

„Auf keinen Fall durch die Rocky Mountains. Wir werden die Berge umfahren und danach weiter Richtung Süden." Auch Mister Willard wirkte skeptisch gegenüber dem Fremden. Seine Augenbrauen zogen sich tief hinter den Brillengläsern hinunter und er raunte: „Mit welchem Stamm sind Sie im Bunde? Ihre Kleidung verrät Sie, Fremder." Überrascht wiegelte der Familienvater ab und versuchte sich zu erklären.

„Dies ist ein Geschenk von einer alten Frau, der ich einst das Leben gerettet habe. Sie war vom Stamm der

Illinois. Deshalb tage ich diese Hose, Mister." Die Erklärung reichte Stu und er flüsterte Will zu: „Das ist meine Chance. Mister Brown will in die gleiche Richtung. So wären wir nicht allein und könnten uns gegenseitig unterstützen." Der Sattler trat ein Stück zurück und sprach: „Wenn du meinst."

„Im Namen meiner Schwester willige ich gerne ein, Sie und Ihre Familie zu begleiten."

„Das freut mich." Die beiden gaben sich die Hand, um ihr Bündnis zu besiegeln.

„Wann reisen Sie weiter, Mister Brown?"

„Morgenfrüh. Aber wir werden gerne auf euch warten. Unser Quartier ist etwas außerhalb des Ortes." Stuart stimmte zu.

„Kann ich die Artikel bei Ihnen abholen, Mister Willard?" Er erntete ein zustimmendes Nicken.

„Ich werde alles verpackt für Sie bereitstellen. Auch das Gewehr. Doch die Bezahlung fehlt noch." So griff Irving in seine Tasche, nahm die kleinen Scheine heraus und fragte: „Was bin ich Ihnen schuldig?" Kurz rechnete der Geschäftsmann durch und erwiderte: „Zusammen sind wir bei neun Dollar und neunundachtzig Cent." Stuart sah sein ganzes Geld zusehends verschwinden. Aber ihm blieb nichts anderes übrig, als dieses Angebot zu akzeptieren. Nachdem er bezahlt hatte, verabschiedete er sich von Ray sowie von William und machte sich auf den Weg zum Saloon. Der treusorgende Bruder wollte unbedingt Penny berichten, welche Erfolge er errungen hatte. Eilig öffnete er die Tür. Sein Blick schweifte suchend durch den großen Saal.

„Da bist du ja", sprach er aufgeregt und setzte sich schwungvoll neben seine Schwester. Die Kleine kochte vor Wut.

„Wo warst du so lange?", raunte sie ihn vorwurfsvoll an. „Das ist bereits meine dritte Tasse Kaffee. Du weißt, wie ich Kaffee hasse."

„Ja, ja", antwortete ihr Bruder gelichgültig. „Ich habe alles zusammen." In diesem Augenblick kam der Barkeeper und fragte, ob auch er etwas trinken möchte.

„Danke, aber ich möchte nichts. Wären Sie so freundlich und lassen uns einen Moment allein?"

„Wenn Sie etwas brauchen, rufen Sie mich, Sir." Während der Barmann wieder hinter dem Tresen verschwand, wandte sich Stu Penny zu. Seine Augen funkelten.

„Wir haben sogar eine Begleitung." Die junge Irving reagierte, wie erwartet, erbost. Samt grimmiger Miene raunte sie: „Begleitung? Du sprichst in Rätseln. Und ich habe momentan nicht die Lust auf Ratespiele." So erklärte er, was sich an diesem Nachmittag ereignet hatte und selbst Penny regte sich allmählich ab.

„Ich habe noch nie ein Pferd geritten. Hoffentlich wirft es mich nicht ab."

„Keine Sorge. Ich saß auch noch nie zuvor auf einem Sattel, aber wie schwer kann das schon sein? Wir probieren es." Da gab es allerdings noch einen Punkt, der Penny Sorge bereitete.

„Was ist Raymond Brown für ein Mensch? Können wir ihm vertrauen?"

„Er ist Vater von drei Kindern und hat Erfahrung im Umgang mit den Natives. Wenn wir uns in seiner Nähe aufhalten, dürfte nichts schief gehen."

„Also gut. Ich vertraue dir. Jedoch wissen wir nicht, wo wir die Nacht verbringen sollen." Stu drehte sich zu dem Barkeeper um und lächelte zuversichtlich.

„Verzeihung, Mister? Kann ich Sie kurz sprechen?"

„Ja, Sir." Tuschelnd standen die beiden Männer an der Theke, was der jungen Irving unbehaglich schien. Penny wirkte enttäuscht, dass Stu sämtliche Entscheidungen ohne ihre Zustimmung traf. In ihrem Inneren brodelte es, doch sie sprach ihren Bruder nicht darauf an. Stattdessen wartete sie, ob das Gespräch zum Positiven ausging. Es war nur zu sehen, wie Stuart sich bedankte und dem gutaussehenden Herrn zwei silberne Münzen hinschob.

„Hier ist der Schlüssel, Mister Irving. Ich wünsche Ihnen eine gute Nacht."

„Können wir, falls es keine Umstände macht, noch etwas zu essen bekommen. Es war ein anstrengender Tag."

„Aber sicher, Sir. Ich lasse Ihnen später Abendessen auf Ihr Zimmer bringen." Nach dieser Unterhaltung ging er mit einem Lächeln an den Tisch, nahm die Koffer und flüsterte: „Wir haben ein Zimmer für die Nacht. Du solltest etwas schlafen, bevor es morgen zu unserem größten Abenteuer kommt." Wortlos folgte sie Stu die breiten, teppichbelegten Stufen hinauf in den ersten Stock.

„Das müsste es sein", wisperte er euphorisch und quietschend sprang die Tür auf. Allmählich beruhigte sich auch Penny. Das Zimmer war eichenholzvertäfelt, verfügte über zwei gemütliche Betten, einen Schrank und eine Waschkommode, neben welcher ein Krug mit frischem Wasser stand. „Gefällt es dir?"

„Ja. Eine gemütliche Unterkunft", flüsterte die Kleine, während ihr Blick umherschweifte. „Besser, als die ganze Zeit im Zug zu verbringen."

„Wenn du glaubst, dass der Zug eine Hürde war, dann warte bis wir uns in die Wildnis aufmachen." Auf einmal wurde er von einem lauten Klopfen unterbrochen. Vorsichtig betrat der Angestellte den Raum und stellte das Abendessen auf den Tisch.

„Ist alles zu Ihrer Zufriedenheit?" Penny nickte.

„Haben Sie vielen Dank für Ihre Mühen." Je später es wurde, umso voller wurden die Straßen der Kleinstadt. Die Musik des Klaviers, welches im Saal stand, mischte sich mit den immer lauter werdenden Stimmen der Anwohner Gundersons. Stunden vergingen und die Dunkelheit brach herein. Obwohl die Tage höllisch heiß daherkamen, kühlte es in der Nacht drastisch ab. Penny lag schon in ihrem Bett, doch an Schlaf war keinesfalls zu denken. Der Krach, welcher zu ihnen drang, wurde immer stärker und schließlich mischten sich noch einige Schüsse unter die Stimmen der Einwohner.

„Um Himmels Willen", murrte Penny völlig übermüdet. „Im Vergleich hierzu, scheint mir im Nachhinein New York seelenruhig zu sein." Stuart stand am Fenster und blickte auf die belebte Straße hinab. Er war der Meinung, dass sie dies überstehen mussten, um endlich die ersehnte Ruhe zu erlangen. Das flackernde Licht der Laternen täuschte über das rege Treiben hinweg. Plötzlich riss der Bursche die Augen weit auf und sprang in die Ecke hinter dem Vorhang. Zwischen all den Leuten erschien eine ihm bekannte Silhouette.

Erneut riskierte Stu einen Blick. Es war der leblose Körper von Simon Forsythe, der regungslos zu ihm in die Höhe stierte. Ruckartig wandte er sich zurück. Sein Herz raste und ihm wurde speiübel.

Was machst du hier? Wieso bist du an diesem Ort? Ich bin nicht schuld an deinem Tod. Also lass mich endlich in Ruhe. Verschwinde.

Vorsichtig nahm er den Vorhang zur Seite und schaute wiederum in den hellen Laternenkegel. Noch immer stand der aufgedunsene Heizer da. Er hatte sich keinen Meter bewegt. Der Körper schien langsam zu verfaulen.

Seine toten, schwarzen Augen stierten zu dem geschockten Burschen empor.

Herr im Himmel, lass es endlich ein Ende haben. Gib ihm seinen Frieden.

Langsam hob Forsythe seinen rechten Arm. Die Hand verformte sich, als würde er eine Pistole halten und auf Irving zielen. Stu war außer sich vor Furcht, denn auf einmal bewegte sich Simons Daumen. Es war der angedeutete Abzug. In einem schnellen Schwung schloss Stu die Vorhänge, legte sich ins Bett und betete, dass diese Nacht schnell vorüber gehen würde.

Soll es ein schlechtes Omen für mich und Penny sein?

6. Kapitel

Bei Sonnenaufgang hatte sich alles beruhigt. Die Straßen waren wie leergefegt. Penny erwachte langsam aus ihrem wohlverdienten Schlaf. Die junge Frau schrak auf, als sie Stu sah. Ihr Bruder saß noch immer auf dem Stuhl, statt sich gemütlich in dem weichen Bett auszuruhen. Penny wollte nicht weiter wütend auf Stuart sein. Sie zeigte Mitleid für ihn. Immerhin gab er sich die größte Mühe, damit die beiden ein besseres Leben führen konnten. Behutsam schlich sie an ihn heran und legte die Hand auf seine Schulter.

„Stu? Hast du die ganze Nacht im Sitzen verbracht?" Irving rieb sich den Schlaf aus den Augen und flüsterte, noch nicht Herr seiner Sinne: „Sieht ganz so aus."

„Warum? Es kann nicht nur an der Aufregung liegen." Schweigend öffnete Stuart den Vorhang und sah auf die Straße.

„Gott sei Dank, er ist weg." Dieser Kommentar ließ Penny mit mehr Fragen als Antworten zurück. Doch sie konnte sich ein neugieriges Nachhaken nicht verkneifen.

„Wer ist weg? Geht es dir gut?"

„Ja, Schwesterherz. Der ganze Lärm hielt mich wach." Damit war das Thema für Penny erledigt, denn sie ahnte, dass ihr Bruder anscheinend mehr Geheimnisse mit sich trug.

„Bist du bereit?", fragte er abwesend, während er sein Gepäck kontrollierte. „Wir müssen los." Stu streifte seine Jacke über, in welcher er, während seine Schwester schlief, das Geld aus den Schuhen versteckt hatte. So konnte der junge Mann später die neuen Stiefel anziehen, ohne sich erneut vor den anderen rechtfertigen zu müssen. Schließlich verließen die Geschwister das Hotel. Verwundert sahen sie sich um. Nichts deutete auf den Tumult der letzten Nacht hin. Kinder gingen zur Schule, die Männer verrichteten ihre gewohnten Arbeiten, während ihre Frauen Wäsche wuschen oder die Einkäufe tätigten. Die Morgensonne vertrieb die letzte Kälte und ließ die Temperaturen merklich in die Höhe schnellen.

„Wo müssen wir denn hin?", erkundigte sich Penny, die beide Koffer trug.

„Zum Gemischtwarenhandel. Dort holen wir die Dinge ab, die uns das Überleben sichern." Die zarte, junge Frau war heilfroh, als sie endlich Willards Laden erreichten. „Warte hier. Ich bin gleich zurück." Während Stu im Inneren des weiß gestrichenen Hauses verschwand, schlug die Glocke der kleinen Gemeindekirche zur siebten Stunde. Allmählich machte sich bei Penny Nervosität breit. Denn sie wusste nicht, was sie erwarten würde. Nach wenigen Minuten kehrte ihr Bruder zurück. In seinen Händen hielt er zwei vollbepackte Leinensäcke. „Weiter. Wir müssen aus der Stadt hinaus." Letztendlich erschien die Farm, an deren Eingang Ford schon die Pferde sattelte.

„Da sind sie ja", rief er den beiden entgegen. Stuart stellte die schweren Leinensäcke ab und reichte ihm die Hand.

„Schön dich zu sehen. Darf ich dir meine Schwester Penny vorstellen?" Die Kleine stellte die Koffer ab. „Penny, das ist William Ford. Der nette Herr, der mir die Sättel und das Zaumzeug verkauft hat." Höflich reichte ihm die junge Irving die Hand.

„Freut mich Sie kennenzulernen." Doch Stu schaute sich überrascht um.

„Wo ist Mister Clayton?"

„Er hat keine Zeit", antwortete Will und zurrte den zweiten Sattel fest. „Ihr müsst wohl mit mir Vorlieb nehmen." Vorsichtig näherte sich die junge Irving einem der Pferde und strich ihm behutsam über die dichte Mähne. Ein Lächeln stahl sich auf ihre Lippen.

„Wie heißen die beiden? Ich habe noch nie so hübsche Rösser gesehen."

„Das ist Ihres, Miss Irving. Sie heißt Rosi. Stuart, deins ist das Dunklere, Twister." Während Penny sich weiterhin mit den Pferden befasste, half ihr Bruder beim Verstauen der Habseligkeiten in den vier Satteltaschen. „Sieh her. Die Decken und die Zeltplane musst du zusammenrollen." Ford befestigte diese mit zwei Ledergurten an Twisters Sattel. „Hast du alles verstanden?" Irving nickte zustimmend, als ihm Will die Stiefel übergab. „Vergesst euer altes Schuhwerk. Da draußen braucht ihr etwas Robustes an den Füßen." So ließen die beiden ihre alten Schuhe zurück und streiften die weichen, ledernen Langschäfter über. Nun standen die Geschwister vor den Stuten. Sie schauten sich verunsichert an, was Ford in lautes Gelächter ausbrechen ließ.

„Lasst mich raten. Ihr wisst nicht, wie man ein Pferd besteigt." Stuart schüttelte erneut den Kopf. „Kommen Sie zu mir, Penny. Sie halten sich an dem Sattelknauf fest, stellen den zarten Fuß in den Steigbügel und dann ein kräftiger Ruck."

Mit nur einer Hand beförderte sie der Sattler auf den Rücken, bevor er sich dem Bruder zuwandte. „Du musst schon allein da rauf." Voller Respekt vor dem Vierbeiner nahm er allen Mut zusammen. Ehe er sich versah, saß auch Stu auf seinem Pferd. „Gut gemacht. Ihr beiden habt Talent. Ich mache mir keine Sorgen um euch." Irving wollte sich gerade von dem Sattler verabschieden, da nahm dieser das, in eine Decke gewickelte, längliche Objekt. Erschrocken starrte Penny auf den funkelnden Lauf der Winchester.

„Die hätte ich im Eifer fast vergessen", flüsterte der Bursche und hielt seine Zügel fest. William nahm sich eines der Munitionspäckchen. In Sekunden lud er das Gewehr durch. Jedes erneute Klacken trieb Penny eine Gänsehaut auf den Körper.

„So, Stu. Denk daran sie nur zu benutzen, wenn es keinen anderen Ausweg gibt."

„Danke, Will. Für alles."

„Macht es gut. Viel Glück und so Gott will, werden wir uns vielleicht eines Tages wiedersehen." Unter einem leisen Hüa ritten die Irvings in leichtem Trab los. Ford winkte ein letztes Mal zum Abschied, bis sie hinter dem Hügel verschwanden. Doch schon nach wenigen Metern bemerkte Stuart, dass seine Schwester ihn keines Blickes würdigte.

„Entschuldige, Penny. Aber ich habe nur gemacht, zu was mir die erfahrenen Männer geraten haben."

„Es ist nicht nur das Gewehr, welches mir Bauchschmerzen bereitet. Ich wüsste gern, wie du das alles bezahlt hast. Nie im Leben hat unser Geld ausgereicht."

„Die Kiste von Mister McDormand", stotterte er, während sein schlechtes Gewissen ihn plagte. „Darin lag ein Umschlag mit eintausend Dollar. Ich habe ihn genommen, ohne weiter nachzudenken." Entsetzt über diese Beichte zog das Mädchen an den Zügeln und bremste Rosi ein. Sprachlos raunte sie ihn an: „Also hast du auch noch eine Tote bestohlen?" Ein beschämtes Nicken war das Einzige, was ihm übrigblieb. „Ich bin zwar nur deine kleine Schwester, aber ich finde keine Worte für dein schändliches Verhalten. Hätte ich das gewusst, wäre ich in New York geblieben und du wärst allein losgezogen."

„Penny, ich… Bitte verzeih mir", versuchte sich Stu abermals zu entschuldigen, aber die Kleine hörte ihm nicht mehr zu.

„Sag mir nur, in welche Richtung wir müssen. Danach spreche ich kein Wort mehr mit dir."

„Wie lange?"

„Ich weiß es nicht. Keine Ahnung, wie lange." Stuart wies auf den nächsten grasbewachsenen Hügel.

„Dahinter wartet Raymond Brown und seine Familie." Daraufhin trabten sie weiter, bis der Planwagen in Sichtweite kam. Ray war gerade damit beschäftigt seine Kaltblüter vor den Prairie-Schoner zu spannen. Freudig nahm er die beiden in Empfang. Nachdem Stu Penny vorgestellt hatte, rief Brown seine Familie zusammen. Misses Jasmine Brown war achtunddreißig Jahre alt, groß und schlank gebaut. Ihr blondes, langes Haar schimmerte im Sonnenlicht. Wie auch ihr Ehemann gehörte sie der Glaubensgemeinschaft der Baptisten an. Dies schlug sich auch in der Erziehung der Kinder sowie in der Namensgebung nieder. Jasmine machte einen fröhlichen, stets gut gelaunten Eindruck, was den Irvings sehr gefiel.

„Darf ich euch unsere älteste Tochter Faith vorstellen?" Genau wie die Mutter hatte Faith eine schlanke Statur und die großen, strahlenden Augen unterstrichen die liebevolle, höfliche Art, welche Eindruck auf die Geschwister machte. Zuvorkommend machte die ebenfalls Sechzehnjährige einen Knicks, so dass der dichte, braune, geflochtene Zopf über ihre Schulter flog. Faith besaß Rays Abenteuerlust. Sie liebte das Reiten, Spuren lesen, Jagen und das damit verbundene Schießen. Danach folgte der beiden einziger Sohn. Gabriel, den alle nur Gabe nannten, hatte gerade sein dreizehntes Lebensjahr vollendet, trug schulterlanges, dunkles Haar und besaß einen offenen, gerechtigkeitsliebenden Charakter. Auch er wirkte sehr höflich, was hauptsächlich Penny zu spüren bekam. Der junge Bursche verfügte außerdem über ein handwerkliches Geschick, welches seines Gleichen suchte. Zuletzt stellten die stolzen Eltern ihr Nesthäkchen vor. Ihr Name lautete Hope. Obwohl sie erst neun war, wirkte die Jüngste sehr reif für ihr Alter. Das braunblonde Mädchen kam lächelnd auf Penny zu und überreichte ihr einen Strauß frisch gepflückter Blumen.

„Wir freuen uns sehr, dass ihr uns auf unserem Trip begleitet", sprach Jasmine mit einer ruhigen, wohlwollenden Stimme. „Ihr seid in unserer Familie herzlich willkommen."

„Die Freude ist ganz unsererseits", erwiderte Stu erleichtert und vergaß für einen Augenblick die Spannungen mit seiner Schwester.

„Faith", sprach deren Mutter. „Geh und zeig Penny, wo wir alles verstauen, damit sie sich in unserem Wagen zurechtfindet."

„Ja, Mum. Komm mit mir." So verschwanden die gleichaltrigen Frauen im Heck des Planwagens. Doch Ray war mit seinen Anweisungen noch nicht am Ende. Er wandte sich seinem Sohn zu.

„Gabe? Du lenkst den Wagen. Deine Mutter behält dich im Auge."

Der Junge gehorchte sofort. „Wir werden die Vorhut übernehmen. Los, Stu. Machen wir uns auf. Der Tag geht schneller vorüber, als uns lieb ist. Jasmine, die Mädchen sollen dem Wagen folgen. Es ist schön. Auf diese Weise hat unsere Faith die langersehnte Gesellschaft." Er drehte sich zu Stuart und fuhr fort. „Sie musste all ihre liebgewonnenen Freunde in Ohio zurücklassen. Das macht ihr noch immer zu schaffen."

„Ich kann ihre Gefühle nachvollziehen", antwortete der Liverpooler deprimiert, kam jedoch direkt wieder auf den springenden Punkt zurück. „Sag mal, wie lange seid ihr schon unterwegs?" Ray lächelte, schwang sich in den Sattel und antwortete: „Viel zu lange. Knapp zwei Monate, schätze ich. Wir wollen so viel von dem schönen Land genießen, wie möglich." Langsam setzte sich der kleine Tross in Bewegung. Während Faith und Penny sich angeregt unterhielten, lachten und den Ritt sichtlich genossen, hatte Stu noch mehr Fragen an seinen neuen Freund.

„Wie weit schafft ihr es am Tag?" Ray zuckte mit den Schultern.

„Das kommt ganz darauf an, wie die Landschaft ist. Gibt es Flüsse, Berge, Sand, in dem die Räder versinken können. All dies hat Einfluss auf unser Vorankommen." Als Irving sich umschaute war Gunderson hinter ihnen verschwunden. Die brütende Hitze erschwerte das Durchatmen. Nur ein hin und wieder aufkommender, leichter Wind machte das Reisen erträglich.

„Was ist dein Beruf?", fragte Stu, den zusehends die Neugier plagte.

„Ich habe lange in einer Holzfabrik gearbeitet. Deshalb wurde ich auch vom Kriegsdienst befreit. Doch ich verneige mich vor allen, die dieses Glück nicht hatten." Tränen sammelten sich in Rays Augen und er rang um Fassung. Es dauerte eine Weile bis er fortfuhr: „Sag, was hat euch beide hierhergetrieben?" Grübelnd ritt Stuart neben dem Siedler her. Überrascht von dieser persönlichen

Frage schwieg der junge Mann, ehe er ihm antwortete und ihre Familiengeschichte erzählte. Allerdings erwähnte er kein Wort von Paulas Tod oder der Auseinandersetzung mit Simon Forsythe. Bedrückt trabte Raymond neben ihm her. „Das klingt sehr traurig, mein Freund. Doch auf jedes Leid folgt Freude. Glaub an Gott und alles wird sich fügen." Ihr Weg führte sie tiefer ins Landesinnere. Wohin sie sahen, sprießte das grüne Gras. Kleine Wäldchen spendeten Schatten an diesen heißen Tagen.

„Warum gerade Tucson?"

„Mein Bruder hat die Vorhut übernommen. Auch er arbeitete in einem Sägewerk. Dort habe ich bessere Chancen auf ein geregeltes Einkommen."

„Glaubst du, dass du dort auf die Schnelle Arbeit findest?" Ray lächelte.

„Ich werde mit meinem Bruder ein eigenes Werk aufbauen. Dafür reichen unsere Ersparnisse. Wie du vielleicht gesehen hast, sind wir nicht reich und wollen es auch nicht werden. Die Hauptsache ist, dass wir unseren Familien ein sorgefreies Leben bieten können. Dies soll auch anderen Menschen möglich sein."

„Die Idee ist gut. Eure Einstellung finde ich wundervoll", flüsterte Stu und schaute weit voraus.

„Was erhofft ihr euch von Kalifornien?" Irving zuckte mit den Schultern.

„Ich will dort mein Glück finden und Penny eine sichere Zukunft schenken." Brown schaute ihn fragend an, denn er verstand Stuarts Intention nicht wirklich. Ray kannte die Risiken, die damit verbunden waren. So hakte er nach.

„Warum gerade Kalifornien? Das Land ist menschenüberlaufen." Der Engländer versuchte sich zu erklären und antwortete: „Ich will mich den Goldsuchern anschließen. Allein oder in einer der vielen Companies. Endlich soll einmal das Geld ausreichen, um ein sorgenfreies Leben zu führen."

„Da seid ihr viel zu spät, Stuart. Wie du bereits von anderen gehört hast, ist das Vorkommen bei Los Angeles bereits erschöpft. Hier und dort findet sich noch eine Mine im Norden, an den Gebirgsausläufern. Aber die meisten Schürfer sind auf dem Weg in dieses Gebiet."

„Das habe ich schon oft gehört", murmelte Stu, der den ganzen Aussagen misstraute. Er vermutete, dass sie ihn von der Idee abbringen wollten. Dies blieb Ray nicht verborgen und er versuchte die Wogen zu glätten.

„Tut mir leid dir das sagen zu müssen, aber ich will nur euer bestes. Nicht, dass ihr beiden plötzlich mittellos dasteht."

„Viele Leute, mit denen ich bislang gesprochen habe, sagen, dass die Vorkommen im Norden sehr ergiebig seien. Doch es kursieren auch Ammenmärchen von Kälte, Nahrungsknappheit und Tod. Was denkst du darüber?" Grübelnd schaute Raymond zu Boden. Er kratzte sich am Kopf.

„Willst du meine ehrliche Meinung hören?"

„Ja."

„Gesetz dem Fall du kannst dir die Überfahrt mit einem der Schiffe leisten, seid ihr im Norden so gut, wie tot. Bis ihr in Los Angeles seid, bricht in der Nähe von Dawson und in der ganzen Region bereits der Winter herein. Die Temperaturen sollen bis auf Minus vierzig Grad sinken. Bitte, tu das deiner Schwester nicht an. Wenn du sie wirklich liebst, bleibt im Süden."

Die starken Worte erschreckten Stu. Jeder, den er bislang gefragt hatte, zeichnete dieses grauenhafte Bild.

Grübelnd saß er auf seinem Pferd und starrte in die Ferne. Nicht einmal die frische Bergluft konnte ihn von seinen Gedanken ablenken

Soll wohlmöglich etwas Wahres an all den grausamen Geschichten sein? Ich werde ihm vertrauen. Es wäre unverzeihlich, wenn ich durch meine blinde Euphorie Penny in Gefahr bringen würde.

„Du sprichst, als hättest du Ahnung vom Goldschürfen", sprach Stuart skeptisch und erntete ein zustimmendes Kopfnicken.

„Unser Vater hat sich einen Spaß daraus gemacht", schwelgte Raymond in Erinnerungen. „Wenn er nicht im Sägewerk arbeitete, ging er sonntags, nach der Kirche, mit uns an den Fluss. Ihn beruhigte es. Doch die Ausbeute war kaum der Rede wert. Ich durfte einmal die Pfanne schwenken. Aber es waren lediglich zwei Körnchen darin. Daraufhin sagte er, dass ich niemals mein Leben oder das meiner Familie davon abhängig machen dürfte." Sie unterhielten sich angeregt weiter. Schließlich begann die Sonne langsam am Horizont zu verschwinden. Überglücklich erspähte Brown in der Ferne einen kleinen See, der zur Rechten von dichten Bäumen umgeben war. „Siehst du? Da werden wir die Nacht verbringen." Schnell gab er seiner Frau ein Zeichen und der kleine Tross hielt nahe dem Gewässer. Sie stiegen ab, während Gabe den Wagen in Position brachte, so dass der Ostwind dem Lagerfeuer nichts anhaben konnte. „Nimm dein Gewehr, Stu. Du musst mir helfen. Vier Augen sehen mehr als zwei." Irving wusste nicht, worauf sein Freund aus war, nahm jedoch seine Winchester aus der Halterung und lud durch. „Komm mit mir. Wir sehen uns um." Während die beiden kontrollierten, ob ihnen hier eine ruhige Nacht bevorstand, fütterten die Mädchen die

Pferde. Gabriel sammelte Steine vom Rand des Sees und legte die Feuerstelle an, ehe der Junge Brennholz sammelte. Eine Stunde verstrich, als Ray plötzlich im kniehohen Gras in die Hocke ging. Er hob die Hand und wisperte leise: „Geh in Deckung." Aufgeregt, nicht wissend, was sein Freund im Schilde führte, gehorchte Stuart. Der Familienvater lud sein Gewehr durch, legte an und nahm das Ziel, ohne einen Atemzug zu tätigen, ins Visier. Im Gestrüpp sah Stu zwei leuchtende Augen. Ein lauter Knall schallte durch die aufkommende Dunkelheit. Glücklich sah Brown ihn an. „Erwischt. Folge mir." Eilig rannten die beiden zu der Stelle. Mit einem beherzten Griff riss Ray einen Hasen aus dem Dickicht. „Hast du schon mal ein Tier ausgenommen?"

„Nein", wisperte Stu erschrocken.

„Dann werden wir dir das zeigen. Das ist nämlich die einzige Möglichkeit in der Wildnis zu überleben, falls die Lebensmittel unerwartet ausgehen." Er hatte seinen Satz noch nicht beendet, da schallten erneut Schüsse, die vom Camp herkamen. In regelmäßigen Abständen ertönten die Geräusche. Ohne einen weiteren Gedanken zu verschwenden, schrie Irving den Namen seiner Schwester und rannte los. Brown rief ihm noch nach, doch der junge Mann war nicht zu stoppen. Als er sich durch die Sträucher gekämpft hatte, stockte ihm der Atem. Was Stu sah, konnte er kaum glauben. Penny stand neben Jasmine und Faith. Sie hielt eine geladene Flinte in der Hand, nahm in Seelenruhe den alten Blecheimer ins Visier, den Misses Brown auf einen Baumstumpf gestellt hatte. Plötzlich kam der laute Knall. Das Gewehr spie ein helles Mündungsfeuer und Rauch aus, gefolgt von dem Scheppern des Eimers. Voller Stolz fing Penny an zu lachen, sprang immer wieder in die Höhe und umarmte Jasmine.

„Gut gemacht", sprach sie mit einem Lächeln, während ihr Bruder verärgert, regungslos dastand.

„Danke. Das macht Spaß", antwortete die Kleine aufgeregt. „Ich habe noch nie zuvor in meinem Leben eine Waffe abgefeuert."

„Was tust du?", zischte Stu erbost und riss seine Schwester von Jasmine weg, die überrascht dreinschaute. Schließlich kam auch Ray dazu. Er legte beruhigend die Hand auf Irvings Schulter. Aber noch bevor er die Lage erklären konnte, mischte sich seine Tochter Faith ein.

„Stuart, wir sind hier nicht in der Stadt. Sieh dich nur um. Überall können Gefahren lauern. Was soll sie tun, wenn du nicht da bist? Soll sich deine Schwester nicht verteidigen können."

„Entschuldige. Ich hielt es für eine gute Idee. Selbst meine jüngste Tochter Hope kann bereits mit einem Gewehr umgehen." Im selben Moment riss sich Penny los und verschwand hinter dem Planwagen. Ihr Bruder blieb zurück. Nicht wissend, wie er darauf reagieren sollte. Er machte sich Vorwürfe, sie all dem ausgesetzt zu haben. Dies merkte auch Ray. Behutsam nahm er den jungen Mann zur Seite, während die Brown-Frauen anfingen Kartoffeln zu kochen.

„Stuart?", sprach Raymond mit ernster Stimme. „Ich will dir nicht zu nahetreten oder dir Vorschriften machen. Aber du musst deine Ansichten und Lebenseinstellungen ändern." Dieser Satz traf ihn wie ein Donnerschlag. Er fiel seinem Freund ins Wort.

„Das fällt mir schwer", murmelte der Neunzehnjährige, dem immer noch das Entsetzen ins Gesicht geschrieben stand. „Kannst du dir vorstellen, was meine geliebte Mutter sagen würde, wenn sie ihre Kleine mit einem Gewehr in der Hand sehen würde?" Ray schüttelte den Kopf, bevor er antwortete: „Das kann ich mir durchaus vorstellen, aber sie ist nicht hier und muss nicht um ihr Leben kämpfen. Was geschieht, wenn du nicht da bist? Da draußen lauern so viele Gefahren, dass selbst ich meinen Töchtern den Umgang mit einer Waffe gestatte. Und du weißt, wie sehr wir Gewalt ablehnen." Allmählich kühlte sich Stus erhitztes Gemüt ab. Er verstand, worauf Raymond hinauswollte. Tränen liefen über sein Gesicht.

„Ich will sie doch nur beschützen."

„Das weiß ich. Wir wissen es."

„Kennst du dieses Gefühl, wenn du anscheinend über alles die Kontrolle verlierst? Es beschleicht mich von Stunde zu Stunde mehr." Der Familienvater hatte Mitleid mit dem jungen Engländer.

„Nun ist es an dir ein Mann zu werden. Du musst Stärke zeigen, für deine Sache einstehen und nie den Mut verlieren. Vertraue deiner Schwester. Denn auch sie muss ab jetzt ihren Weg gehen. Hier draußen überlebt nur, wer sich beweisen kann." Stuart nahm sich dies zu Herzen und wischte sich die Tränen ab.

„Wahrscheinlich hast du recht, Ray. Ich muss lernen, dass meine kleine Schwester erwachsen wird. Wenn dies dazugehört, bleibt mir wohl nichts anderes übrig, als es zu akzeptieren." Ein Lächeln stahl sich auf Browns Lippen. Zuversichtlich klopfte er ihm auf die Schulter.

„Bist du bereit deinen ersten Hasen auszunehmen?" Irving schluckte.

„Ich bin bereit."

Nachdem die gesamte Familie am Feuer Platz genommen hatte, herrschte zwischen den Geschwistern eine frostige Stimmung. Sie sprachen kein Wort miteinander. Ray zog sein langes Messer aus der Scheide und gab es

Stu, der es mit zittriger Hand festhielt. Zufrieden schaute Penny ihrem Bruder zu. Denn nun war es an ihm sich zu beweisen. Aber es war nicht Raymond, der ihm Anweisungen gab, sondern dessen Frau Jasmine. Aufgrund ihrer ruhigen Art schaffte es Irving schließlich dem Hasen das Fell abzuziehen und die Eingeweide zu entnehmen.

„Glückwunsch", lobte Misses Brown den Burschen. „Beim nächsten Mal schaffst du das auch ohne Anweisungen." Als das Essen vorüber war, spielte die kleine Hope auf ihrer Flöte. Die Stimmung wirkte ausgelassen. Bis es Zeit wurde zu Bett zu gehen. Faith konnte die Spannungen zwischen den Geschwistern nicht so einfach hinnehmen. So sprach die älteste Tochter des Ehepaars ihnen ins Gewissen.

„Euch so wütend aufeinander zu sehen, macht mich traurig. Ihr seid Geschwister, solltet zusammenhalten. Nehmt euch in den Arm. Vergesset euren Groll. Lasst uns vorrausschauen." Die beiden sahen sich an.

„Sie hat recht", wisperte Penny, stand auf und nahm ihren Bruder fest in den Arm.

„Gabriel und ich haben schon das Zelt aufgebaut. Geht schlafen. Morgen ist ein neuer Tag", sprach Jasmine. Zum ersten Mal seit einer gefühlten Ewigkeit hatten die beiden eine ruhige Nacht.

Als der nächste Morgen anbrach und die Sonne langsam aufging, wurden sie von der Helligkeit der weißen Zeltplane geweckt. Verwundert schaute Stuart drein, nachdem er das Segel öffnete. Die Browns hatten schon ihre Habseligkeiten verstaut und die Pferde angespannt. Hastig weckte er Penny. Leise flüsterte Stu: „Wir müssen los. Die anderen sind schon fertig." Daraufhin rannten sie zum See, wuschen sich und verpackten mit der Hilfe ihrer Freunde die rustikale Unterkunft.

„Seid ihr fertig zur Weiterfahrt?", fragte Ray, der schon im Sattel saß. Penny gab ihm nur ein Zeichen. Die Reise ging weiter. Nach einigen Tagen hatten sie Colorado durchquert und erreichten die Ausläufer der Rocky Mountains. Dieser Anblick ließ jeden von ihnen sprachlos dastehen. Der strahlend blaue Himmel untermalte die grünen Weiten wie auch die weißbedeckten Höhenzüge der Berge. Penny und Stuart waren begeistert von der Schönheit der Landschaft.

„Der Anblick ist atemberaubend", sprach Irving. „Hast du schon jemals etwas solch imposantes gesehen?" Ray sah sich um und schüttelte den Kopf.

„Wir sind gesegnet, dass Gott uns diese Aussicht schenkt." Doch allzu lange konnte er sich nicht daran erfreuen. Als die Sonne am höchsten stand, zückte Brown seinen Kompass. „Lasst uns aufbrechen. Da lang." Seine Hand wies Richtung Süden. „So schön diese Berge auch erscheinen, wir müssen um sie herum." Weitere Wochen gingen ins Land und der Trip wurde immer schwieriger. Zusehends veränderte sich die Landschaft. Der Boden wurde staubiger. Hier und dort waren noch einige Steppen zu sehen, welche sich hauptsächlich in der Nähe der rauen, zerklüfteten, rötlichen Bergketten befanden. Vor ihnen lag das Western Territory. Ray beschloss den Weg an einem kleinen Nebenfluss entlang einzuschlagen, der bis zum Little Colorado River führte. Dies ersparte ihnen die Suche nach Wasser. Jeden Abend nach dem Essen machte Penny zusammen mit ihrem Bruder, unter Browns Anleitung, ihre Schießübungen. Außerdem besserte sie die Kleidungsstücke aus. Obwohl es inzwischen Mitte September war, wurde die Hitze im Süden immer unerträglicher. Aus diesem Grund machten sie des Öfteren Halt, um die Wasservorräte aufzufüllen. Schließlich hielt es Faith nicht mehr aus. Sie ritt zu ihrem Vater an die Spitze und flüsterte erschöpft: „Dad? Ich kann nicht mehr weiter. Bitte, lass uns Rast machen."

„Natürlich, Faith. Dort vorne stehen ein paar Zirbelkiefern, die uns etwas Schatten spenden können." Nachdem die Familie mit den Irvings Quartier bezogen hatte, ging es Faith zusehends schlechter. Jasmine holte frisches Wasser aus dem Fluss, um ihrer Tochter die Stirn zu kühlen. Aber die Älteste glühte noch nach drei Stunden Pause und musste sich stetig übergeben. Nun machte sich auch Raymond große Sorgen. Während Stu und Gabe sich auf die Suche nach Brennholz machten, hockte sich Brown zu den Frauen.

„Wie geht es ihr?"

„Schlecht, Ray", wisperte seine Frau, deren Augen die Verzweiflung widerspiegelten. „Sie kann nichts bei sich behalten, hat hohes Fieber und redet wirr."

„Glaubst du, dass sie einen Hitzschlag erlitten hat? Immerhin sind wir den ganzen Tag schon ohne ein bisschen Schatten unterwegs."

„Ich glaube schon. Gönn ihr ein wenig Ruhe. Ich versuche ihr Fieber zu senken und morgen ist Faith, so Gott will, wieder auf den Beinen."

„Darum bete ich, Jasmine." Penny versuchte derweil Hope von der Sorge um ihre Schwester abzulenken.

„Komm mit mir, Hope. Wir erkunden mal die Umgebung und spielen ein bisschen." Dies nahm die Kleine dankbar an.

„Wir übernachten hier", sprach Ray, als die Burschen das nötige trockene Holz zum Lagerplatz brachten. Der Familienvater wirkte bedrückt.

„Wie geht es ihr?" Doch Stu erntete nur ein zögerliches Schulterzucken seines verunsicherten Gegenübers.

„Es bleibt uns nichts anderes übrig. Wir müssen abwarten. Mal sehen, was die Nacht bringt. Hoffentlich hat sie sich morgen erholt, so dass wir weiter können." Der Schreiner schaute sich um und flüsterte: „Bereitet alles zum Feuer machen vor. In den Abendstunden wird es wieder drastisch abkühlen." Während Gabe das Holz aufschichtete und die Feuerstelle anlegte, fütterte Ray die Pferde. Stu übernahm die erste Wache. Im grellen, feuerroten Schein der untergehenden Sonne, tauchten plötzlich Silhouetten auf dem hohen Bergkamm auf, der nicht mehr als sechshundert Meter entfernt war. Er konnte vor Schrecken selbst seine Winchester nicht heben.

„Ray", flüsterte Irving mit bebender Stimme und wies auf die Fremden. „Was zur Hölle wollen die von uns?" Schnell ließ der Familienvater den Wassereimer fallen. Eilig rannte er zu seinem Freund. Nun sah auch Raymond die Schatten am Horizont und ahnte nichts Gutes.

„Hope? Bring mir bitte mein Fernrohr." Als er es in Händen hielt schaute er beunruhigt hindurch.

„Die Natives. Ich kann nicht erkennen, um welchen Stamm es sich handelt. Aber wir müssen heute Nacht auf der Hut sein." Erneut sah er hindurch. „Sie tragen Kriegsbemalung." Diese Aussage versetzte alle Anwesenden in Schrecken. Die Aufregung war spürbar, doch Ray behielt einen kühlen Kopf. „Faith kann in ihrem Zustand auf keinen Fall weiterreiten. Diese Nacht ist entscheidend."

Entschlossen wandte er sich an seinen Sohn und Stu. „Wir übernehmen wechselnd die Wache. Sowie sich uns jemand nähert, wird Alarm geschlagen. Niemand entfernte sich weiter vom Wagen weg. Habt ihr das verstanden?" Sie nickten zustimmend. Auch Penny stand bereit, um ihren Beitrag zu leisten, was Stuart sorgte. Behutsam nahm er seine Schwester zur Seite und fragte leise, so dass niemand sie hören konnte: „Bist du dir sicher, dass du das kannst?" Die zierliche Irving nickte entschlossen. „Du darfst auf keinen Fall einschlafen."

„Dessen bin ich mir bewusst, Stu." So brach die Nacht herein. Ein eiskalter Wind wehte durch das kleine Camp und nur das lodernde Feuer vermochte es, die Neuankömmlinge warm zu halten. Als sich Mister Brown auf eine Decke nahe den warmen Flammen legte, um einen Augenblick zu schlafen, saß Stu aufmerksam, hellwach da. Seine Hände umfassten das Gewehr. Jedes kleinste Geräusch ließ ihn zusammenzucken. Es war weit nach Mitternacht. Die Sterne waren klar zu erkennen und auch der Mond strahlte vom dunklen Himmel. Penny übernahm die Wache von ihrem Bruder.

„Bist du bereit?", fragte er abermals.

„Ja", flüsterte die Sechzehnjährige und nahm furchtlos das Schießeisen in die Hand. Eine weitere Stunde verging, aber nichts tat sich. Auf einmal erregte ein lautes Rascheln Pennys Aufmerksamkeit. Es kam aus dem nahegelegenen Gestrüpp. Im Mondschein bewegten sich die trockenen Sträucher hin und her. Ohne weiter darüber nachzudenken, legte die junge Irving an, zielte und schoss auf die sich bewegenden Äste. Ein lauter Schrei, eines Kindes gleich, schallte durch das gesamte Tal. Wie vom Blitz getroffen schraken die Männer auf.

„Ist alles in Ordnung?", fragte ihr Bruder mit weitgeöffneten Augen.

„Ich bin okay, Stu", wisperte die Kleine, während sie die Winchester verkrampft, zitternd in Händen hielt. „Aber ich habe etwas erwischt."

Ray griff nach seinem Fernrohr und versuchte die Natives zu entdecken. Doch von ihnen fehlte plötzlich jede Spur.

„Das ist nicht gut", sprach Brown nervös. „Lasst uns gehen. Wir müssen sehen, was Penny da erwischt hat. Können wir dich einen Moment allein lassen, Jasmine?"

„Natürlich. Geht." Im Schein der Öllampe schlichen sie voran. Je näher sie den kniehohen Büschen kamen, umso wilder pochten ihre Herzen. Stuart ging voran. Nervös strich er die Sträucher zur Seite und dort lag er. Ein drei Jahre alter Präriehund. Er hatte eine breite Schusswunde zwischen den Augen und das Blut lief ihm langsam über die Schnauze. Erst jetzt wurde ihnen die Gewalt dieses Tieres bewusst. Der Steppenwolf hatte die Zähne gefletscht, welche im Schein der Lampe blitzten. Tief atmend hielt Penny das Gewehr fest gegen ihren Körper gepresst und fragte: „Ist er tot?" Ihr Bruder ging vorsichtig in die Hocke und fuhr dem wilden Tier über das weiche, grauschwarze Fell.

„Er hat es hinter sich. Ich hätte nie im Leben gedacht, dass du eine solch präzise Schützin wirst", antwortete ihr Bruder voller Stolz, während er die Schönheit des prächtigen Wolfes bewunderte. Nur Ray konnte diese Begeisterung nicht teilen. Immer wieder schweifte sein Blick über die Berge, die Steppe und die dahinterliegenden Berge.

„Auf", zischte Brown aufgebracht, bevor er schnell seine Pistole aus dem Halfter zog. „Wir stellen Abmarschbereitschaft her. Bloß weg von hier." Stu zeigte Unverständnis für seinen Freund und fragte: „Dieser Wolf ist tot. Können wir ihn nicht ausnehmen? Das würde ein paar Tage ausreichen." Mit weit aufgerissenen Augen starrte Raymond den unwissenden Burschen an.

„Auf gar keinen Fall. Diese Tiere, so gefährlich sie uns auch erscheinen mögen, sind spirituelle Wesen für all die indigenen Stämme. Sie sind wie Gottheiten. Also kannst du dir vorstellen, was sie uns antun werden." Daraufhin machte er ein paar Schritte zurück und fuhr leise, aber bestimmend, fort: „Kommt. Das ist kein gutes Omen." Schnell rannten die drei zum Planwagen zurück. Faith lag immer noch benommen in den Armen ihrer Mutter und fand nur langsam wieder zur Besinnung. Aufgeregt klärte Ray seine Familie auf, woraufhin sie das Feuer löschten und Abmarschbereitschaft herstellten.

Während langsam die Morgendämmerung anbrach und sich die ersten Sonnenstrahlen über die Bergkette erstreckten, war alles bereit zur Abfahrt. Die Pferde waren binnen kurzer Zeit gesattelt. Vorsorglich erkundigte sich der Familienvater, ob Stus Gewehr durchgeladen an seinem Sattel hing. Er überprüfte noch einmal seine Waffe und hob den Daumen zum Zeichen, dass alles in Ordnung war. Faith ritt diesmal nicht an Pennys Seite. Sie war noch zu schwach, um den beschwerlichen Ritt zu vollziehen. Ihre Mutter richtete ihr ein provisorisches Bett im Wagen ein, damit sie sich weiter ausruhen konnte. Ihren Platz übernahm Gabe. So gab Ray das Zeichen zur Weiterfahrt. Sie hatten erst wenige Kilometer zurückgelegt, da hallten plötzlich dumpfe Trommeln über die weite Ebene. Ihr Klang erschien so düster, dass es selbst den Männern die Gänsehaut auf den Körper trieb.

„Wir werden unsere Formation ändern", sprach Brown aufgeregt und schaute sich hektisch um. „Gabriel?" Im leichten Trab kam sein Sohn angeritten. Der junge Brown erkundigte sich, was er tun sollte. „Penny und du, ihr reitet voran. Stuart und ich übernehmen die Nachhut. Bleibt dicht am Wagen, damit wir sofort reagieren können." Stuart beschlich erneut ein ungutes Gefühl, als er mit Ray den Rückraum sicherte. Noch immer dröhnten die dumpfen Trommeln und die Sorge um das

Wohlergehen seiner kleinen Schwester stieg. Langsam bewegte sich der kleine Tross vorwärts, bis Irving zur Rechten wies.

„Sieh da. Sie reiten auf unserer Höhe." Mit weit aufgerissenen Augen, die seine Furcht widerspiegelten, sah Raymond ebenfalls in diese Richtung. Neben ihnen, im Abstand eines halben Kilometers, begleitete der Stamm die Reisenden. Langsam schlugen ihre Hufe in den trockenen Boden und wirbelten genügend Staub auf, so dass man nur noch wenig von ihnen erkennen konnte. Brown gab indessen die Anweisung, in gleicher Geschwindigkeit weiterzufahren. Stus Hand war stets in der Nähe der Winchester, um direkt reagieren zu können. Doch es tat sich nichts. Die Krieger trabten in sicherer Entfernung neben ihnen her. Aufs Neue warf Mister Brown einen Blick durch sein altes Fernrohr und blieb unverhofft stehen.

„Was ist, Ray?", fragte Stu leise, während er die Ureinwohner immer im Auge behielt. Sein Freund zitterte am ganzen Körper. Es schien, als würde er dem Teufel persönlich ins Antlitz schauen.

„Sieh selbst. Der Zweite von Links." Er gab seinem Freund das Fernrohr und fügte leise hinzu. „Schau nicht zu lange. Sie fühlen sich sonst herausgefordert." Nur einen Moment nahm der junge Mann die Krieger in Augenschein. Was er sah, ließ ihm das Blut in den Adern gefrieren. Ihr Anführer trug den Skalp des Wolfes über die langen, schwarzen Haare gezogen. Immer wieder starrten die Einheimischen zu den Fremden. Sie schienen förmlich auf eine unachtsame Handlung zu warten. „Wir reiten langsam weiter und würdigen sie keines Blickes. Dann ist unser Überleben wahrscheinlich." Die Anspannung stieg. Plötzlich tat sich zur rechten Seite ein breiter

Canyon auf. Der immer noch kalte Wind heulte durch die Schluchten und mischte sich mit den dumpfen, furchterregenden Trommellauten der Stammeskrieger. Dies war zu viel. Penny verlor die Nerven. Eilig ließ sie sich zurückfallen. Tränen liefen über ihre schmalen Wangen und sie schrie ihren Bruder an.

„Wir werden sterben. Sei ehrlich." Auch Stuart hatte panische Angst, welche er nicht zeigte. Angesichts der Gefahr fand er jedoch keine tröstenden Worte. Ray hingegen blieb ruhig. Er ritt nahe an die junge Irving heran und flüsterte: „Du darfst keine Furcht zeigen. Bleib stark, reite weiter. Der Spuk ist bald vorbei. Wenn wir die Grenze ihres Territoriums erreicht haben, werden sie von uns ablassen." Mister Brown hatte nicht einmal ausgesprochen, da donnerten Schüsse, deren Schall sich in der Schlucht brach. Ein Beobachtungstrupp der US-Armee näherte sich im schnellen Galopp. Erneut schossen sie in die Luft. Auf einmal blieben die Stammeskrieger stehen. Damit hatten sie nicht gerechnet. Die Stammeskrieger wendeten und ergriffen ebenfalls im Galopp die Flucht. Den Siedlern fiel ein Stein vom Herzen, als der Kommandeur der Einheit auf sie zukam. Ein großgewachsener, stolzer Soldat, dessen funkelnde Augen seine Entschlossenheit widerspiegelten. Die neue Uniform ließ erkennen, dass es sich um einen Major handelte. Er stoppte vor Ray und seine grauen Reithandschuhe fassten zur Begrüßung an den breiten, dunkelblauen Hut, der von einem goldenen Band umschlossen wurde.

„Mein Name ist Major Jonathan R. Nesser, drittes Kavallerieregiment der Western Territory Unionsarmee. Darf ich erfahren, mit wem ich die Ehre habe?", fragte der Kommandeur höflich und nahm seine Kopfbedeckung ab. Während Stu schweigend auf die Remington des Soldaten starrte, erwiderte Ray: „Vielen Dank für Ihre Hilfe, Sir." Nacheinander stellte er jeden vor, bis der Major fortfuhr.

„Sie sind in einer gefährlichen Gegend unterwegs. Wilde Tiere und die einheimischen Völker. Es war Ihr Glück, dass wir gerade in der Nähe waren." Ray nickte, doch ehe er antworten konnte, mischte sich Stu ein.

„Verzeihung, Sir. Aber können Sie uns sagen, wie weit es noch zur nächsten Ortschaft ist?" Nesser fuhr sich nachdenklich über den rostbraunen Bart. Unterdessen hatten seine Männer die Umgebung gesichert.

„Da ist eine Kleinstadt namens Kingston, zwei Tagesmärsche von hier entfernt. Warum fragen sie, junger Mann?"

„Seine Tochter hatte anscheinend einen Hitzschlag und ich denke, es wäre gut, wenn wir sie von einem Arzt untersuchen lassen, bevor wir weiterziehen."

„Ich würde Ihnen gerne helfen, aber ob Sie dort einen Arzt auffinden werden, entzieht sich meiner Kenntnis." Raymond war skeptisch, denn er hatte bislang nur schlechte Erfahrungen mit Medizinern gemacht. Stu sah darin jedoch eine Chance und schaute ihn fordernd an.

„Also gut. Wenn du es für das Richtige hältst, werden wir in Kingston einen Doktor aufsuchen." Aber der Familienvater hatte noch eine Frage an den Major. „Würden Sie uns auf dem Weg ein Stück begleiten, Major Nesser?" Der Offizier musterte sein Gegenüber. Ihm fiel sofort die Kleidung der Natives auf. So fuhr er mit einem ablehnenden Lächeln fort.

„An Ihrer Kleidung ist deutlich zu sehen, dass Sie genügend Erfahrung haben, Mister Brown. Außerdem habe ich strikte Befehle zu befolgen. Sie sind von nun an wieder auf sich allein gestellt."

Ray reagierte gefasst, da er mit dieser Reaktion des Offiziers bereits gerechnet hatte.

„Das verstehe ich. Haben sie dennoch vielen Dank für Ihren Einsatz, Sir."

„Ich wünsche Ihnen alles Gute und Gottes Segen." Als sich die Einheit von ihnen entfernt hatte, beruhigte sich Penny allmählich. Sie war sich im Klaren, dass sie, um sich zu beweisen, hier draußen noch härter werden musste. Ganz im Gegensatz zu Raymond. Bevor sie die Reise fortsetzten, sprang er von seinem Pferd und ging zu Jasmine. Behutsam nahm er ihre Hand.

„Du hast es gehört. Ich würde niemals eine Entscheidung ohne dein Einverständnis treffen. Also, was sollen wir tun?" Sie strich ihrem Mann durch das Haar und antwortete: „Kingston liegt auf unserem Weg. Was würdest du tun, wenn Faith nicht mehr gesund wird?"

„Das würde ich mir nie im Leben verzeihen", sprach Raymond, der sich an allem die Schuld gab.

„Dann lass uns losfahren. Je eher wir den Arzt aufsuchen, umso besser ist es für unsere geliebte Tochter." Im gleichen Augenblick zog Faith die Plane ein Stück zur Seite. Sie atmete schwer und wirkte schwach. Nichtsdestotrotz lächelte sie.

„Macht euch bitte keine Gedanken. Mir geht es schon besser."

„Trotzdem werden wir den Arzt aufsuchen. Allein um sicher zu sein, dass alles in Ordnung ist", sprach Jasmine mit energischer Stimme.

Ray pflichtete ihr bei und so machten sie sich gemeinsam auf den Weg nach Kingston. Aber die Anspannung ließ sich nicht einfach abschütteln. Bei jedem Geräusch, auch wenn es nur das Rauschen eines Busches war, zuckten sie zusammen.

Wie der Offizier es gesagt hatte, erreichten die Browns und Irvings zwei Tage später ein breites Tal. Verwundert schauten die Geschwister drein, denn es war ein völlig anderes Bild. Das hatten sie sich nie im Traum vorstellen können. So weit das Auge reichte war der Boden gras- und strauchbedeckt. Von weitem drangen die Geräusche von fließendem Wasser zu ihnen. Außerdem wuchsen überall Kakteen, Palmlilien und Mesquite-Bäume auf der freien Prärieebene. Es schien das Paradies zu sein. Am Horizont erhoben sich die schroffen, rötlich braunen Gebirgsketten, welche aus der Ferne winzig wirkten.

„Weiter", versuchte Stu ihnen Mut zu machen. „Nicht mehr lange, dann haben wir es geschafft." Jasmine lenkte den Wagen und immer wieder fielen ihr vor Erschöpfung die Augen zu. Hinter den vereinzelt wachsenden Bäumen kam die Kleinstadt Kingston in Sicht. Dieser Anblick zauberte jedem von ihnen ein hoffnungsvolles Lächeln auf die Lippen. Jedoch stellte sich Stu, hin- und hergerissen zwischen Erleichterung und Misstrauen, eine entscheidende Frage.

Was wird uns hier im Niemandsland bloß erwarten?

7. Kapitel

Kingston war eine kleine Stadt, die jedoch als das Tor nach Süden und Westen galt. Eine breite Hauptstraße führte durch den rauen Kern. Sämtliche Gebäude waren aus Holz gebaut und verfügten meist sogar über drei Stockwerke. Da es ein Durchgangsort für Glücksritter, Gesetzlose und auch Reisende war, gab es hier alles, was das Herz begehrte. Neben einem üppigen Saloon verfügte Kingston über ein gut ausgestattetes Gemischtwarengeschäft, einen Barbershop für die Gentlemen, ein großes Hotel und all die Läden, welche zur Ausstattung der Pferde dienten. Am Rande, versteckt hinter einigen Häusern, gab es sogar ein Bordell. Überall standen Brunnen, die die gesamte Stadt mit Wasser versorgen konnten und aus dem nahegelegenen Fluss gespeist wurden. Wie überall durfte auch ein Sheriffbüro nicht fehlen, welches direkt im Ortskern lag. Stuart fiel ein kleines, unscheinbares Häuschen, ein Stück außerhalb gelegen, auf, welches sein Interesse weckte. Es wirkte schäbig, gar heruntergekommen. Die schmale Holztreppe zur Eingangstür war marode und selbst eine Fensterscheibe wies Risse auf. Es machte den Eindruck, als hätte sich seit Ewigkeiten niemand mehr darum gekümmert. Doch Stuart fiel der steinerne Kamin auf. Der junge Mann beließ es dabei, denn sein Weg sollte nach Kalifornien führen. Froh, endlich einen Arzt antreffen zu können, hielt der kleine Track auf einem großen, freien Platz, etwas außerhalb, an. Ray sprang flink von seinem Pferd, befestigte es an einem der umstehenden Mesquite-Bäume und eilte zum Wagen. Penny und Stu taten es ihm gleich. Denn hier fanden ihre Reittiere auch ein wenig Schatten. Kurz darauf erschienen Jasmine und Ray, die ihre Tochter stützten.

„Wir suchen den Arzt auf. Gabe und Hope bleiben beim Wagen. Wenn ihr wollt, schaut euch doch derweilen die Stadt an."

„Das ist eine gute Idee, Jasmine", antwortete Irving. „So lange im Sattel zu sitzen bin ich einfach nicht gewohnt."

„Seid bei Sonnenuntergang wieder hier. Dann werden wir entscheiden, wie es weitergeht." Also waren sich die Familien einig und jeder ging seiner Wege. Die beiden folgten den Browns noch ein Stück, ehe sie sie aus den Augen verloren. Das störte die Geschwister nicht. Beeindruckt liefen sie die Hauptstraße entlang, blieben vor den Schaufenstern stehen und sahen sich die Dinge an, die käuflich zu erwerben waren. Plötzlich vernahm Stu ein quietschendes Geräusch aus einer der Seitengassen. Je näher die beiden kamen, umso lauter erschien das Dröhnen. Ihm folgte ein schnelles Rattern. Nun war seine Neugier geweckt. Wie in Trance schlich er weiter und da sahen sie, woher der Lärm kam. Nämlich vom örtlichen Sägewerk. Der nahegelegene Fluss wurde von den Männern teils umgeleitet, so dass er durch die Fließgeschwindigkeit große Räder in Bewegung setzte, welche die Maschinen antrieben. Ein Stamm nach dem anderen fand sein Schicksal in der Kreissäge und zu guter Letzt nahmen die Schreiner wohlgeformte Bretter in Empfang, die sie hinter dem Gebäude stapelten. Selbst Penny schien von dieser Arbeit fasziniert zu sein. Leise wandte sie sich an ihren Bruder, nahm ihn an der Hand und fragte: „Wäre das nichts für dich?" Ihr Bruder beobachtete fasziniert, mit weitaufgerissenen Augen, wie das Sägeblatt durch die Stämme glitt. Schulterzuckend antwortete er: „Ich weiß es nicht. Die Kraft der Maschinen begeistert mich zwar, aber ich denke es ist zu gefährlich." Zustimmend nickte seine Schwester, nahm ihn an der Hand und zog ihn weiter. Sie wollte sehen, was Kingston noch zu bieten hatte. Die Überraschung ließ nicht lange auf sich warten. In einer anderen Gasse blieb Penny überrascht stehen.

„Sie haben sogar eine Schneiderei", flüsterte sie aufgeregt. „Komm, Stu. Ich will mich einmal in dem Laden umschauen." Doch ihm lag nichts an Mode und Stoffen.

„Nein", sprach er kopfschüttelnd. „Du weißt, dass mich Kleidung nicht interessiert. Sie muss tragbar oder robust sein. Der Rest ist mir egal. Aber geh ruhig hinein. Ich warte so lange auf dich." Während sich Stu vor dem Laden die Füße vertrat, vergingen fast zwei Stunden. Selbst die Kirchenglocke läutete schon den späten Nachmittag ein. Als würde ihn eine fremde Macht lenken, lief er ein Stück die Gasse entlang und stand auf einmal vor einem prunkvollen Anwesen, welches aus weißem Stein gebaut war, über ein riesiges, eingezäuntes Grundstück verfügte und, im Gegensatz zu allen anderen Bauten von Schindeln gedeckt, über den Ort hinausragte. Wie versteinert starrte Stuart auf dieses imposante Haus.

„Es muss über ein Dutzend Zimmer verfügen", wisperte er leise. „Wenn ich es nicht mit eigenen Augen gesehen hätte, würde ich es nicht glauben. Wie gerne wäre ich so erfolgreich." Im selben Augenblick riss Pennys Stimme ihn aus seinen Tagträumen.

„Warum hast du nicht gewartet?"

„Entschuldige. Und? Hast du dich umgesehen?" Seine Schwester nickte lächelnd. Sie sprach überglücklich, gar außer sich vor Freude: „Misses Andrews ist sehr nett. Sie hat mich herumgeführt, mir ihre Stoffauswahl gezeigt und als ich ihr erzählte, dass ich selbst nähe, bot sie mir umgehend eine Anstellung an. Natürlich musste ich ihr beweisen, was ich kann. Deshalb hat es auch ein wenig länger gedauert." Stu verschränkte die Arme. Entrüstet schüttelte er den Kopf.

„Ich denke, wir ziehen weiter nach Kalifornien? Willst du unsere Pläne über den Haufen werfen?" Die junge Irving schwieg. Einerseits wollte sie ihren Bruder nicht enttäuschen, andererseits sah sie hier die Möglichkeit etwas aus ihrem Leben zu machen. Wütend wandte sich Stu ab und lief schnellen Schrittes weiter, bis sie inmitten einer kleinen Siedlung standen. Aus jeder Hütte stieg Rauch auf. Es roch köstlich. Vor jeder der winzigen Unterkünfte spielten Kinder. Die Frauen des Hauses hingen Wäsche auf oder standen bereits am Herd. Es schien wie eine Arbeitersiedlung in Liverpool. Doch Irving fragte sich, wo diese Männer arbeiteten. Immerhin bot das Sägewerk nicht ausreichend Stellen, um so viele Menschen zu beschäftigen. Außerdem verwunderte ihn, dass viele Türen geschlossen blieben und auch kein Rauch aus den Schornsteinen emporstieg. Er wusste nicht, dass dies die Unterkünfte lediger Männer waren.

„Stu? Rede mit mir. Ich weiß, dass du nicht begeistert bist, aber dies ist eine Chance für mich."

„Lass uns in den Saloon gehen. Meine Kehle ist staubtrocken." Penny folgte ihm ohne Widerrede, denn sie wusste, dass es schwer werden würde, ihren Bruder vom Bleiben zu überzeugen. Nur wenig später hatten sie das Etablissement erreicht. Hinter den beiden Holzstufen schwangen die ebenso hölzernen Eingangstüren im leichten Wind auf und zu. Es klang bedrohlich, als ihre Stiefel auf den knarrenden Boden schlugen. Obwohl es erst fünf

Uhr war, saßen schon einige Herren an den kleinen Tischen, spielten Karten und tranken den wohlverdienten Whiskey. Der Wirt, schaute über seine Nickelbrille und musterte die Neuankömmlinge aus den Augenwinkeln. Es handelte sich um einen vierzigjährigen, nicht allzu großgewachsenen Mann mit dichtem, schwarzem Haar und schmalen Zügen. Sein gut rasiertes Gesicht ließ jegliche Gefühlsregung erkennen. Ken Burnside war mitverantwortlich für die Gründung Kingstons und hatte Charaktereigenschaften, welche im Western Territory nicht gerade üblich waren. Mit einer freundlichen, hilfsbereiten wie auch mitfühlenden Art schlichtete der Saloonbesitzer so manchen Streit. In einer stillen Ecke, fernab des sonstigen Tumults, saßen drei noble Gentlemen. Neben Sheriff Jeff Hartman waren Doktor Steven Colburn und ein mysteriöser, schlanker Mann bei ihrem allabendlichen Kartenspiel. Trotz seiner neunundvierzig Jahre, hatte Hartman dichte, lange, schwarze Haare, die zu einem schlichten Zopf gebunden über seine rechte Schulter hingen. Selbst im Sitzen konnte der Hüne seine Körpergröße nicht verbergen. Neben schwarzen Lederstiefeln trug er ein weißes Hemd sowie eine Jeans, an welcher noch der Staub des Tages hing. Aber besonders erregten die Colt-Revolver Stuarts Aufmerksamkeit. Sie befanden sich in kunstvoll gefertigten Lederholstern. Mister Colburn suchte in den abendlichen Pokerrunden den nötigen Abstand zu seiner Arbeit. Der sechzigjährige Mediziner hatte in Columbus, Ohio promoviert und sofort danach die Ausbildung zum Offizier in West-Point absolviert. Der gestandene Mann meldete sich freiwillig in der Unionsarmee, wo er als Feldchirurg im Bürgerkrieg diente. Doch die Schlachten hinterließen ihre Spuren. Sein lichtes, graues Haar zeugte von den Grausamkeiten, die er miterleben musste. Hochkonzentriert starrte der Doktor auf seinen Blatt, während die linke Hand nachdenklich über den grauen Oberlippenbart strich. Zu guter Letzt war da noch der blonde Herr. Der fünfzigjährige, schlanke Mann hieß Aart de Groot. Er war Sohn holländischer Einwanderer und machte ein Vermögen bei der Goldsuche in Kalifornien. Mit genügend Geld in der Tasche kam der Niederländer nach Kingston und eröffnete hier die Aurum Mining Company, in welcher fast fünfzig Arbeiter Beschäftigung fanden. Sein Großmut brachte ihm hohes Ansehen ein, aber genauso hart war Aarts Vorgehensweise, wenn der Erfolg ausblieb. Plötzlich griff er in die Brusttasche seines maßgeschneiderten, schwarzen Anzugs, setzte eine Brille auf und stierte auf sein Blatt.

„Ich will sehen", sprach er leise, während Penny neben Stuart am Tresen Platz nahm. Enttäuscht legten die Herrschaften die Karten auf den Tisch. Ihr Blick spiegelte das Entsetzen über die erneute Niederlage wider.

„Das darf nicht wahr sein", zischte Sheriff Hartmann. „Deine Glückssträhne hält nun schon seit einer Woche an. Wie machst du das, Aart?" der Holländer zuckte nur mit den Schultern, ehe sich ein zufriedenes Lächeln auf seine Lippen stahl.

„Junge Dame, Sir", sprach Burnside die beiden höflich an. „Willkommen in meinem Etablissement. Was darf ich Ihnen bringen?"

Die Geschwister wirkten aufgeregt, aber Ken Burnsides wohlwollende Miene hatte beruhigende Wirkung auf die beiden Fremden.

„Ich nehme nur ein Glas Wasser", flüsterte Penny. Stuart hingegen bemerkte, wie sich allmählich immer mehr Gäste in der Taverne einfanden und die Tische besetzten.

Der junge Engländer wollte sich vor den gestandenen Männern keine Blöße geben und bestellte sich einen Bourbon. Nun erschien auch die Ehefrau des Gastwirts, Claire. Eine wunderschöne Frau mit langem, braunem Haar und strahlenden Augen, die Fröhlichkeit verbreiteten. Ihr knöchellanges, rüschenverziertes Kleid unterstrich die Stellung, welche die Familie in der Gesellschaft innehatten.

„Claire? Würdest du bitte die Bestellungen aufnehmen? Ich kann hier jetzt nicht weg."

„Aber sicher." Misses Burnside nahm Stift, Papier und begab sich zu den gut gelaunten Gästen. Ken wischte derweil die Gläser trocken, nicht ohne die Geschwister fragend anzuschauen.

„Darf ich wissen, was Sie in diese einsame Gegend treibt?" Stu nahm einen kräftigen Schluck. Tränen sammelten sich in seinen Augen und er versuchte den brennenden Hustenreiz zu unterdrücken.

„Ich suche Arbeit, Sir."

„Da haben Sie wirklich Glück, junger Mann." Durch eine leichte Kopfdrehung wies der Gastwirt zu Mister de Groot. „Wenn Sie sich die Hände schmutzig machen können, wenden Sie sich an Mister Aart de Groot. Er besitzt die sogenannte Dutchman Mine, fünf Meilen östlich von hier." Nun war Stuarts Neugier geweckt. Auch Penny witterte eine Chance für ihren Bruder.

„Darf ich fragen, was dort abgebaut wird?" Der Wirt beugte sich vor und flüsterte: „Gold."

Sprachlos sahen sich die Geschwister an und vergaßen, dass die Familie Brown außerhalb der Stadt auf sie wartete.

„Kann ich dich einen Augenblick sprechen?", fragte die junge Irving. Stu nahm tief Luft. Er versuchte nicht die Nerven zu verlieren. Aufgeregt flüsterte er: „Ja. Lass uns dort rüber gehen." Die beiden gingen in eine Ecke. Sie wisperten so leise, dass niemand ein Wort verstehen konnte.

„Darauf hast du die ganze Zeit gewartet. Vielleicht ist es ein Wink des Schicksals. Wir können hier beide unser Glück finden." Sie erntete ein zustimmendes Nicken.

„Dann muss ich so schnell wie möglich eine Unterkunft für uns finden."

„Sprich erst mit Mister de Groot. Falls er dich einstellt, sehen wir weiter."

„Also gut. Nimm an der Theke Platz. Ich werde den Minenbesitzer darauf ansprechen." Er nahm all seinen Mut zusammen und näherte sich vorsichtig dem gut gekleideten Gentleman, als auf einmal die Saloonpforten aufsprangen. Drei Männer stürmten lautstark hinein. Es handelte sich um den zweiundzwanzigjährigen Laster Manning, seinen Freund, den gleichalten Jack Whitney sowie den fünfunddreißig Jahre alten Vorarbeiter Neal Farrell. Bevor Stu ein Wort sagen konnte, stieß ihn Laster unbeabsichtigt zur Seite. Sie schienen außer sich vor Aufregung und hatten dieses unbeschreibliche Funkeln in den Augen.

„Mister de Groot", sprach Farrell mit bebender Stimme. „Ich glaube wir haben es geschafft." Jetzt hatte er die Aufmerksamkeit der am Tisch sitzenden Männer. Aart nahm seine Brille ab, zündete sich in aller Ruhe eine Zigarre an und sprach: „Was habt ihr entdeckt?"

„Es ist eine Quarzader, Mister de Groot. Sie zieht sich durch den gesamten Tunnel und ist circa einen Meter breit." Interessiert schaute der Minenbesitzer seinen Vorarbeiter an. Ein zufriedenes Lächeln erfüllte de Groots hagere Miene, während er den Rauch in die Höhe blies und fortfuhr: „Wo Quarz ist, befindet sich auch Gold. Gut gemacht, Farrell. Auch einen herzlichen Dank an Ihre Truppe." Er griff in seine Tasche, in der sich auch seine teure Taschenuhr befand, nahm einen Silberdollar hervor und gab ihn Neal. „Hier. Macht euch einen schönen Abend. Danke für die brillanten Nachrichten." Stu schaute ihnen eingeschüchtert nach. Mannings Körpergröße war durchschnittlich, doch unter seinem enganliegenden Hemd zeichneten sich die imposanten Muskeln ab. Ebenso schien der frisch verheiratete Bursche trinkfest zu sein. Ehe sich Stu versah, hatte er schon das erste Glas Whiskey ausgetrunken. Im Vergleich zu anderen Männern, die dem Alkohol verfallen waren, wurde Laster unerwartet still. Ganz anders sein Kamerad Whitney. Der schmale, kleine und drahtige Lorenschieber kam zusehends in Fahrt. Er stimmte Lieder an, was den Rest der Gäste zum Mitsingen anregte. Auch Neal ließ sich von der ausgelassenen Stimmung mitreißen. Der unerschütterliche Vorarbeiter irischer Abstammung war von kräftiger Statur. Sein kurzgeschnittenes Haar schimmerte rostrot, genau wie sein Dreitagebart. Obwohl er eine draufgängerische Art an sich hatte, stand er für seine Kollegen ein. Penny riss ihren Bruder aus der stillen Bewunderung heraus. Mit weit geöffneten Augen gab sie ihm die Anweisung sich endlich vorzustellen.

„Mister de Groot?", sprach er den Unternehmer verlegen an. „Mein Name ist Stuart Irving, Sir. Meine Schwester und ich sind erst heute in Kingston angekommen. Nun möchte ich mich nach Arbeit erkundigen." Ohne eine Miene zu verziehen, musterten ihn die Herren.

„Sie wissen, welches Unternehmen ich leite?"

„Ja, Sir. Seit wir aus England hier angekommen sind, möchte ich nichts mehr, als Gold zu finden." Skeptisch sah Aart zu Jeff Hartman und Steven Colburn hinüber. Der Sheriff zog die Augenbrauen in die Höhe, ehe er desinteressiert mit den Schultern zuckte. Es herrschte eine kurze Stille, bis plötzlich der Klang einer Violine ertönte. Vertieft in sein Spiel, saß ein alter Mann an einem der hinteren Tische. Das weiße Haar war ebenso lang wie sein dichter Bart. Ein breiter, ausgetragener Hut verdeckte den Großteil seines Gesichts. Nach kurzer Ablenkung wandte sich Stu wieder dem Minenboss zu.

„Haben Sie schon irgendwelche Kenntnisse bezüglich der Suche nach dem glänzenden Edelmetall?" Nervös schüttelte Stu den Kopf und merkte, dass de Groot nicht von ihm überzeugt war.

„Ich glaube nicht, dass Sie für diese Aufgabe geeignet sind." Energisch verwies Irving auf seine Tugenden, die ihm auch schon in New York bei Mister Cunningham weiterhalfen. Immer wieder schweifte Aarts Blick zu dem geigenspielenden Greis, ehe er Stu ein schier unmögliches Angebot unterbreitete. „Setzen Sie sich, junger Mann. Jeff? Mischst du eine neue Runde?" Verunsichert schaute Stu noch einmal zu seiner Schwester, die fest an ihn glaubte. Der Dutchman blies den Rauch seines letzten Zuges in die Luft und lächelte den Burschen herausfordernd an. „Haben Sie je Poker gespielt?" Auch dies musste er verneinen. Also erklärte de Groot die Regeln, während der Sheriff die Karten austeilte. „Wenn Sie mich in diesem einen Spiel schlagen, haben Sie ab der nächsten Woche einen Job bei Aurum Mining. Dann lassen Sie uns beginnen." Nun begannen für den jungen Briten die schlimmsten Minuten seines bisherigen Lebens. Immer stärker wurde die Panik es nicht zu schaffen und Penny zu enttäuschen. Er sah sich um. Die Gentlemen schienen förmlich zu erstarren. Stuarts Hände schwitzten so stark, dass er permanent die Karten von rechts nach links wechselte. Das Herz schlug wild in seiner Brust.

„Ich nehme noch eine Karte", murmelte Aart. Doc Colburn schloss sich ihm an. Daraufhin tat es ihnen Stu gleich. Als jeder vier Karten auf der Hand hatte, schaute der Holländer den Burschen fordernd an. „Also gut. Ich will sehen." Steven legte sein Blatt deprimiert offen.

„Schon wieder", knurrte der Mediziner und ließ sich auf dem Stuhl zurückfallen. Auch Hartman konnte nicht mithalten. Die beiden Kontrahenten stierten sich an.

„Zwei Buben", flüsterte de Groot. Er war sich seines Sieges sicher und zündete abermals eine Zigarre an. „Lassen sie mich sehen, junger Mann. Was haben Sie auf der Hand?" Zittrig legte Stu sein Blatt auf den Tisch und die Gesichtszüge der Anwesenden entgleisten.

„Er hat dich geschlagen", sprach der Sheriff verwundert, voller Respekt. Es waren Zwei Könige und zwei Damen. In diesem Augenblick wagte es Irving wieder zu atmen.

„Ich beglückwünsche Sie. Das hat schon lange niemand mehr geschafft." Als fairer Verlierer reichte ihm der Unternehmer die Hand.

„Haben Sie vielen Dank Mister de Groot. Ich werde mein Bestes geben und Sie auf keinen Fall enttäuschen, Sir."

„Ab jetzt liegt es an Ihnen mir zu beweisen, dass die Entscheidung richtig war." Er beugte sich zur Seite und rief den Vorarbeiter zu sich. „Darf ich unsere neue Kraft vorstellen. Dies ist Mister Stuart Irving. Zeigt ihm, wie man ertragreich Gold fördert." Nachdem auch sie sich begrüßt hatten, wandte sich Neal Farrell an den Unternehmer.

„Wann soll er anfangen?"

„Nächsten Montag. Sprechen Sie das Weitere mit ihm ab."

„Dann komm mit. Ich werde dir schon einmal zwei deiner zukünftigen Kollegen vorstellen." So nahm der Ire ihn mit und kehrte an den Tresen zurück. Während ihn die Männer herzlich aufnahmen, kam Penny zu ihnen und umarmte ihren Bruder voller Stolz.

„Darf ich euch meine Schwester Penny vorstellen?" Zuvorkommend nahmen die Männer auch sie auf. Bevor noch weitere Worte gewechselt werden konnten, fiel Irving plötzlich Ray und seine Familie ein. „Entschuldigt uns. Aber wir haben noch eine Menge zu erledigen."

„Lass dir Zeit", antwortete Manning und prostete ihm zu. „Wenn du Hilfe brauchst, sag einfach Bescheid. Du findest uns im Arbeiterviertel."

„Danke." Glücklich über diese positive Wendung wollten die Geschwister gerade den Saloon verlassen, als Penny auf einmal langsamer wurde. Aus den Augenwinkeln sah Stuart einen jungen Mann, der allein an einem Tisch saß und seine Schwester bewundernd anschaute. Es handelte sich um Tony Sherman, einen Viehzüchter, dessen Ranch etwas außerhalb von Kingston lag. Nachdem seine Eltern vor einem Jahr verstarben, übernahm der Vierundzwanzigjährige die riesige Farm. Dort draußen züchtete er Rinder und Pferde. Tony war die harte Arbeit gewöhnt. Dies schien auch der Grund für seinen drahtig, muskulösen Körperbau zu sein. Ein ruhiger Zeitgenosse, der stets überlegt handelte. An diesem Abend war es jedoch anders. Stu bemerkte die Blicke, die die beiden sich zuwarfen. Als er Pennys Lächeln sah, schob er sie weiter und zischte: „Wir sind erst einen Tag in dieser Stadt. Ich finde es zu früh, deine Gefühle an den erst Besten zu verschenken." Der Bursche wirkte erleichtert, als sie endlich den Saloon verließen. Zusammen schritten sie die kaum beleuchtete Straße entlang. Penny sah sich bevormundet. Die kleine, energische Irving machte keinen Hehl aus ihren Gefühlen, was sie sofort zum Ausdruck brachte. Sie hatten erst ein paar Schritte getan, da blieb die junge Frau plötzlich stehen.

„Noch nie zuvor hatten wir solche Möglichkeiten, Stu. Find dich damit ab, dass ich erwachsen werde. Ich bin sechzehn Jahre alt. Allmählich sollten meine Entscheidungen auch etwas Wert sein." Ihr Bruder fühlte sich vor den Kopf gestoßen.

„Willst du dich diesem fremden Kerl an den Hals werfen? Auf keinen Fall. Ich habe Mum versprochen auf dich aufzupassen und das werde ich tun." Nur widerwillig folgte sie ihm, bis hin zur Stadtgrenze, wo die Browns bereits alles für die Nacht vorbereitet hatten. Sogar ihr Zelt stand schon neben dem Feuer, auf dem Jasmine das Abendessen vorbereitete.

„Da seid ihr ja", flüsterte Ray. „Wir haben gedacht, ihr hättet euch aus dem Staub gemacht. Kommt her, setzt euch." Wortlos nahmen sie neben der Familie Platz, als Misses Brown die Suppe einschenkte.

„Wie geht es dir, Faith?", erkundigte sich Stu nach deren Wohl und erntete ein Lächeln.

„Schon besser. Danke, Stuart."

„Mister Colburn hat ihr ein Medikament gegeben. Anscheinend hat es gewirkt", antwortete Raymond skeptisch. „Er sagt, sie soll einen Hut tragen. Die Hitze hier sei nichts für jedermann." Immer wieder sah Mister Brown zu seiner ältesten Tochter hinüber.

„Ja", flüsterte Stu, der nicht wusste, wie er seinem Freund den gemeinsamen Entschluss unterbreiten sollte. „Auch wir haben Mister Colburn bereits kennengelernt."

Während seine Familie die beiden fragend anschaute, wusste Ray, was nun geschehen würde. Der Familienvater zündete sich zum ersten Mal seit langer Zeit wieder eine Pfeife an und blies den Rauch in die Flammen des Lagerfeuers. Er hatte das Geschwisterpaar ins Herz geschlossen. Deshalb wirkte er betrübt über die rasche Trennung. Doch das Schicksal hatte eine andere Entscheidung gefällt.

„Hier werden sich also unsere Wege trennen. Geht ihr weiter in Richtung Westen?" Stu schüttelte den Kopf.

„Wir werden bleiben. Penny hat die Möglichkeit als Schneiderin Fuß zu fassen."

„Und was ist mit dir?", erkundigte sich Jasmine. Sie sorgte sich um die Irvings, denn auch sie hatte die beiden liebgewonnen. Penny fuhr mit einem Stock durch den trockenen Boden, als ihr Bruder fortfuhr.

„Ich habe eine Anstellung. In Kingston gibt es einen Goldminenbetrieb. Das wollte ich schon seit langem und nun scheint mein Wunsch in Erfüllung zu gehen." Besonders Faith wirkte traurig, angesichts des drohenden Verlustes ihrer Freundin. Erschöpft umarmte sie Penny.

„Damit habe ich gerechnet. Ihr wäret früher wieder hier gewesen", wisperte Ray mit einem zuversichtlichen Lächeln und klopfte Stuart auf die Schulter. „Ihr beide werdet euren Weg gehen. Da bin ich mir sicher. Möge Gott immer an eurer Seite sein."

„Wir werden nie vergessen, was ihr für uns getan habt." Besonders schwer fiel der Abschied den Schwestern Faith und Hope. Sie hatten Penny liebgewonnen. Die kleine Brown kämpfte mit den Tränen.

„Auch ich wünsche euch nur das Beste." Mit einem Funken Wehmut nahm Jasmine die Geschwister in den Arm.

„Lasst uns die letzten Stunden unseres zusammen genießen. Der Herr wird euch schützen." Der grelle Vollmond spendete genügend Licht, um die gesamte Stadt zu erhellen. Im Schein des Feuers spielten sie Lieder, erzählten Geschichten, lachten und aßen. Bis das Feuer fast heruntergebrannt war, saßen Stu und Ray zusammen. Niemand von ihnen konnte angesichts der Ereignisse ein Auge zumachen.

„Es war schön euch beide kennengelernt zu haben", sprach Raymond wehmütig.

„Das Vergnügen war auf unserer Seite. Wir haben viel von euch gelernt, auch wenn wir so manches Hindernis zu überwinden hatten."

„Da hast du Recht", erwiderte Mister Brown, doch nicht, ohne dem Engländer noch ein Angebot zu unterbreiten. „Falls ihr es in Kingston eines Tages überdrüssig werdet, wisst ihr, wo wir sind. Es wäre schön gewesen, dich als Mitarbeiter in unserem Holzwerk zu haben."

„Danke, Ray. Aber ich will es mit dem Schürfen versuchen. Ich werde es immer im Hinterkopf behalten." Die beiden standen auf und umarmten sich.

„Geh schlafen, Stu. Ab morgen beginnt euer neues Leben." Mit einem mulmigen Gefühl ging Irving in dieser späten Nacht zu Bett.

So brach der nächste Morgen an. Die Hitze war trotz dieser späten Jahreszeit nicht das, was die Geschwister gewöhnt waren. Obwohl die letzten Stunden klirrend kalt erschienen, brannte die Sonne erneut, wie ein Brennglas, auf sie nieder.

Stu rieb sich den Schlaf aus den Augen, streckte sich und warf das Zeltsegel zur Seite. Da schaute er plötzlich in das Antlitz des Musikers, den er am Abend zuvor im Saloon gesehen hatte.

Unter seinem ausgewetzten Hut schaute der alte Mann grimmig drein. Sein linkes Auge war zugekniffen und er musterte den Burschen genau. Unverhofft schoss seine Hand nach vorne, während er genüsslich an seiner Pfeife zog.

„Desmond Clay. Aber alle nennen mich Oakey." Verunsichert, noch nicht ganz wach, schüttelte Stu ihm die Hand. Als er aus dem Zelt heraustrat bemerkte er, dass die Browns, samt ihrem Wagen, verschwunden waren. „Sie sind schon ziemlich früh aufgebrochen", murmelte der weißhaarige Greis „Ich habe gehört, dass ihr eine Unterkunft braucht." Stu wirkte überrascht, wie schnell ihre Ankunft die Runde gemacht hatte.

„Ja. Ein Dach über dem Kopf wäre nicht schlecht. Gerade, da es des Nachts so kalt wird." Oakey grinste. Mit einer leichten Kopfwendung wies der Alte auf die Hütte, welche Stuart schon am Vortag ins Auge gefallen war.

„Komm mit. Lass deine Schwester noch einen Augenblick schlafen." Stuart folgte Mister Clay. Das dichte Gestrüpp stieß ihm durch die dünne Hose. Doch Irving versuchte sich nichts anmerken zu lassen. Nach einer Weile standen die beiden vor der spartanischen Unterkunft. Ein warmer Wind wehte durch die zerbrochene Fensterscheibe. Erst jetzt wurde dem Engländer bewusst, welche Aufgabe da auf ihn wartete. „Wenn du irgendwelche Fragen hast, stell sie." Achtsam schlich er um das kleine, aus Holz gebaute, Gebäude.

„Darf ich es von Innen sehen?"

Oakey schloss die Tür auf und geleitete den Burschen hinein. Es war so dunkel, dass Stu die Hand nicht vor den Augen sah. Nur das einfallende Licht des Eingangs ließ die Größe der Hütte erahnen. Eine Gänsehaut überlief Irvings Rücken, als der Alte die knarrenden Dielen betrat.

Mit einem Ruck zog er den staubigen Vorhang zur Seite und es wurde schlagartig hell.

„Sieh dich nur um." Obwohl es sehr schmutzig erschien, hatte Desmond hier alles, was zu einem gemütlichen Heim beitrug. In der Ecke stand ein Holzofen, an den Seiten jeweils ein schmales Bett und ein rustikaler Kleiderschrank. Die Mitte des Raumes zierte ein Tisch an dem vier Stühle ihren Platz fanden.

„Siehst du, Junge. Du hast hier sogar eine Anrichte."

„Ich müsste nur noch einen Unterstand für die Pferde bauen." Oakey grinste und wies aus dem zersprungenen Fenster.

„Ist doch schon alles da. Sogar der eigene Brunnen und eine Latrine." Stuart wirkte angetan von dem kleinen, feinen Grundstück. Aber nun ging es um den Preis.

„Was wollen Sie dafür?" Nachdenklich strich sich der Alte über den langen Bart und flüsterte mit verschränkten Armen: „Wenn ich dich so ansehe, habe ich das Gefühl in den Spiegel zu schauen. Genau wie du wollte ich frei sein und habe mit meiner Sandra, Gott hab sie selig, dieses Haus gebaut. Lange bevor es den Ort gab." Für einen Moment schwieg Mister Clay. Ihm war anzusehen, dass der Verkauf schwerfiel. leicht fiel. „Was sagst du zu zehn Dollar?" Ohne weiter darüber nachzudenken, griff Stu in seine Jackentasche und zog zwei Scheine hervor. Der Alte wirkte überrascht, denn er hätte nicht gedacht, dass es so reibungslos verlaufen würde. Sie schüttelten sich die Hände und besiegelten den Kauf.

„Können Sie mir sagen, wo ich Farbe, Nägel und vielleicht eine neue Glasscheibe kaufen kann?" Oakey wies die Straße hinauf.

„In Grimes Gemischtwarenhandel an der Ecke. Er wird dir alles bestellen, falls er es nicht vorrätig hat." Als

Desmond verschwunden war, sah sich Stuart noch einmal um. Voller Stolz rannte er zum Zelt zurück.

„Penny", rief er schon von weitem und stürmte hinein.

„Was ist denn los?", antwortete seine kleine Schwester schlaftrunken, während Stuart die Aufregung nicht mehr im Zaum halten konnte.

„Sieh dir an, was ich gerade eben gekauft habe." Sie stand auf und folgte ihm ein Stück, bis sie die alte Hütte sah. „Dies wird unser neues Zuhause." Entgegen aller Hoffnung konnte sich Penny nicht recht begeistern.

„Du hast doch wohl dafür kein Geld ausgegeben?", zischte die Sechzehnjährige ihren Bruder vorwurfsvoll an.

„Natürlich. Wir haben einen Unterstand für die Pferde, einen eigenen Brunnen und sogar eine Latrine. Gut, ich muss noch ein paar Ausbesserungen vornehmen, aber das wird nicht die Welt kosten." Penny hatte genug von Stus Träumereien, was sie ihn auch spüren ließ. Verächtlich ging sie zurück, packte ihre Sachen und strafte ihn mit Verachtung.

„Was hast du für ein Problem?", fragte er voller Unverständnis und ihm war anzusehen, dass auch er vor Wut kochte. „Du solltest dich freuen endlich ein eigenes Dach über dem Kopf zu haben. Stattdessen machst du mir ständig Vorwürfe."

„Also…" Doch sie kam nicht zu Wort.

„Ich will keinen Ton mehr hören. Lass uns jetzt gehen." So führten die Geschwister die Pferde unter die Überdachung und legten das Gepäck vor der Tür ab. „Sieh es dir wenigstens mal an." Penny trat ein. Allmählich kühlte sich ihr überhitztes Gemüt ab. Nach kurzer Zeit fand selbst sie Gefallen daran. Leise entschuldigte sie sich.

„Bitte verzeih mir meine Unbeherrschtheit. Es ist gar nicht mal so schlecht."

„Siehst du? Das habe ich dir gleich gesagt. Statt mich weiterhin zu beschimpfen, könntest du dir einen Eimer Wasser holen und den Grundputz machen."

„Und was tust du derweil?" Im Vorbeigehen murmelte er: „Ich gehe zu Grimes. Wir brauchen noch ein paar Dinge, um dieses Domizil wohnlich zu gestalten." Beiläufig küsste Stuart seine Schwester auf die Stirn und ging nach Kingston. Immer noch verärgert über Pennys Verhalten, betrat er die schmale Treppe, die zum Laden führte. Wie schon in Gunderson konnte man hier alles erwerben. Es gab sämtliche Lebensmittel, aber auch Schusswaffen und Munition. Sein Augenmerk fiel sofort auf das Goldgräberwerkzeug, welches direkt neben der Eingangstür stand.

„Guten Tag", sprach eine freundliche Stimme. Es war der Eigentümer Jeremiah Grimes. Ein unscheinbarer Mann mittleren Alters. Er trug eine dunkle Schürze sowie ein beiges Hemd, kurzgeschnittene, schwarze Haare und einen dichten Bart. Seine grauen Schläfen fielen Stu sofort ins Auge. Mit einem Lächeln auf den Lippen unterbrach er das Auszeichnen der Mehlsäcke. „Mein Name ist Jeremiah Grimes."

„Angenehm. Stuart Irving, Sir. Ich hätte eine Frage." Der Geschäftsmann legte seinen Stift zur Seite, trat hinter seine Kasse und schaute den neuen Bewohner neugierig an, ehe dieser fortfuhr. „Ich habe heute Vormittag die alte Hütte von Oakey Clay erworben und benötige nun Dinge zur Ausbesserung der Schäden. Ich hoffe Sie haben all die nötigen Materialeien hier."

Der Geschäftsmann nickte und antwortete zustimmend: „Ihre Ankunft ist schon in aller Munde, Mister Irving.

Erst einmal möchte ich Sie und Ihre Schwester im Namen der Gemeinde willkommen heißen. Was benötigen Sie?"

„Nun, weiße Farbe für den Außenanstrich, einige kurze Bretter, Nägel und eine Glasscheibe."

„Da haben Sie Glück. Ich habe alles da. Sogar die Glasscheibe. Allerdings werden Sie diese zurechtschneiden müssen. Dazu reicht aber ein Messer und eine ruhige Hand. Ritzen Sie die Größe ein und brechen Sie es behutsam auseinander. Brauchen Sie sonst noch etwas?", fragte Grimes und griff nach der Schachtel Nägel.

„Nein. Danke. Das reicht vorerst aus", antwortete Stu, immer den Blick auf die Ausrüstung gerichtet. Dies fiel Jeremiah auf und er fragte: „Haben Sie Interesse?"

„Natürlich, aber ich denke, ich bekomme die Ausrüstung von Aurum Mining gestellt."

„Sie könnten sich in Ihrer Freizeit selbst auf Goldsuche machen." Nach kurzem Überlegen konnte Stuart nicht widerstehen und kaufte die Schürfutensilien. Er wollte gerade den Laden verlassen, da fiel ihm Penny ein. Der Gedanke, dass ihre Wut aufs Neue entflammen würde, hinterließ kein gutes Gefühl. Also drehte sich Irving abermals um

„Haben Sie Bekleidung? Meine Schwester bräuchte etwas Schönes."

„Sicherlich für den sonntäglichen Kirchenbesuch."

„Ja… Kirchenbesuch." Grimes zeigte ihm ein paar ausgefallene Kleider, die auch er neben der Schneiderei in seinem Laden anbot. Eines gefiel Stu auf Anhieb. Es war cremefarben mit rotgelben Stickereien an den Ärmeln. „Ich denke, das wird Penny gefallen und stehen."

„Wissen Sie die genaue Größe?" Stu blieb nur ein Kopfschütteln übrig. Doch er hatte schon eine Lösung für dieses Problem.

„Sie ist eine famose Näherin. Notfalls kann meine Schwester Änderungen vornehmen." Als kleines Dankeschön bot der Geschäftsmann an, am Mittag die Materialien zur Hütte zu bringen. Dieses Angebot nahm Stu gerne an, denn die ganzen Dinge einzeln nach Hause zu tragen, hätte zu viel Zeit in Anspruch genommen. Zufrieden machte er sich auf den Weg zurück. Penny war inzwischen fertig mit der Reinigung und bereitete einen kräftigen Eintopf zu. Der Geruch zauberte ein Lächeln auf Stus Lippen.

„Ich bin wieder da." Penny rührte weiter und fragte beiläufig, was ihr Bruder erreicht hatte. „Mister Grimes ist sehr nett. Ich habe die notwendigen Einkäufe erledigt und er bringt sie nachher mit seinem Wagen vorbei."

„Das hört sich gut an. Doch jetzt lass uns etwas essen." Während sie es sich schmecken ließen, flüsterte Stuart: „Ich habe noch ein Geschenk für dich." Endlich stahl sich ein neugieriges Lächeln auf Pennys Miene. Nur eine Stunde verging, bis der Pferdewagen auf dem staubigen Weg hielt. Sie schauten überrascht, denn auch Sheriff Hartman saß auf dem Gespann. Nachdem er Stu die Hand geschüttelt hatte, sah er Penny, die aufgeregt an der Tür stand. Wie es sich für einen Gentleman gehörte verneigte er sich kurz und küsste ihre Hand.

„Vorsicht, es ist Ihre Fensterscheibe", rief Grimes lautstark, als Stu voller Eifer das große, dichtverpackte Teil schulterte. Als Jeremiah die Goldgräberutensilien übergab, musste Penny schlucken.

Sie hatte den Eindruck, dass Stu mit dem Geld nur so um sich warf. Dennoch schwieg die Kleine und bot den Männern etwas zu trinken an. In einem ruhigen Moment nahm ihr Bruder das Päckchen mit dem Kleid vom Wagen. Er ahnte, was Penny dachte und hoffte, sie durch dieses Geschenk milde stimmen zu können. Nachdem die Arbeit getan war, unterhielten sich die Geschwister noch eine Weile mit dem Sheriff, während Grimes nach seiner Mittagspause zurückfuhr. Letztendlich musste auch Hartman sich wieder seinen Aufgaben widmen. Also verabschiedeten sie ihn voller Dankbarkeit für die Hilfe.

„Womit willst du heute anfangen?", fragte seine Schwester, ohne die ihrer Meinung nach unnützen Einkäufe zu erwähnen.

„Wir haben noch ein paar Stunden Tageslicht. Ich will bis dahin die Hütte angestrichen haben. Wenn du mir zur Hand gehst, könnte ich heute schon damit fertig werden." So machten sie sich ans Werk und gaben ihrer runtergekommenen Behausung eine neue Farbe. Das Weiß glänzte im Sonnenlicht. Ein leichter Wind machte die Abendstunden erträglich. Nach einer Weile schlug die Kirchenglocke Sechs. Stu schwang zum letzten Mal den Pinsel. Zufrieden, voller Stolz betrachteten die Irvings ihr Werk.

„Wir haben es geschafft", sprach Stuart, der seine Schwester liebevoll in den Arm nahm. Penny lächelte. „Reicht eigentlich unser Essen für heute Abend, oder soll ich etwas in der Stadt besorgen?"

„Es reicht noch. Ich kann uns Dörrfleisch, Gemüse und Brot zubereiten", antwortete sie und wusch sich die Farbreste von den schmalen Händen.

„Hört sich gut an, Schwesterherz." Stu küsste ihre Stirn, ehe er sich ebenfalls vom Schmutz befreite. Vor dem Haus befand sich eine kleine Feuerstelle. Nach dem Abendessen zündete Irving dort ein Feuer an, zog einen alten Baumstamm davor und nahm Platz. Penny, die inzwischen mit dem Abwasch fertig war, gesellte sich zu ihrem Bruder, um den erfolgreichen Tag ausklingen zu lassen. Die Hitze der Flammen brachten ein wohliges Gefühl mit sich, da die Temperaturen schon wieder rapide absanken. Abwesend starrte Stuart auf den trockenen Boden.

„Warum hast du die Schürfausrüstung gekauft? Immerhin bekommst du deine Gerätschaften von Aurum Mining gestellt."

„Ich will üben, Penny. Sie sollen mir nicht jeden Schritt erklären müssen. Auf diese Weise gewinne ich schneller den Respekt der Männer." Die Begründung war einleuchtend, doch Penny hatte noch eine Idee, welche selbst Stu überraschte.

„Vielleicht fragst du Mister Clay, ob er dir hilft. Er hat Erfahrung und so wie ich gehört habe, schon als Goldschürfer gearbeitet."

„Das ist ein brillanter Einfall. An ihn habe ich gar nicht mehr gedacht. Ich werde ihn fragen, versprochen." Die Kleine brachte einen weiteren Punkt zur Sprache.

„Wie viel Geld haben wir übrig?"

„Wir haben genug", beruhigte er sie und gab ihr das verschnürte Paket. „Dies ist für dich." Aufgeregt öffnete sie es und kam aus dem Staunen nicht mehr heraus. Das hübsche Kleid verschlug ihr die Sprache.

„Danke, Stu. Die Stickereien sind wunderschön. Aber es ist viel zu groß für meinen kleinen, schmalen Körper."

„Du hast doch bestimmt ein bisschen Garn übrig. Außerdem bist du talentiert. Bei deinen Fähigkeiten dürfte es kein Problem sein, es auf die richtige Größe zu bringen." Voller Freude über das Geschenk pflichtete sie ihrem Bruder bei.

„Stimmt. Wenn wir mit den Renovierungen fertig sind, werde ich mich wieder den Näharbeiten widmen. Es wird eine gute Übung für meine neue Stelle sein."

Glücklich nahm sie Stuart in den Arm. Aber plötzlich wurde der Älteste wieder ernst.

„Sag mal, wann hast du zum letzten Mal Mum geschrieben?" Seine Schwester überlegte kurz und fuhr sich durch ihr langes Haar.

„Wöchentlich, Stu", sprach Penny nachdenklich. „Zuletzt in New York. Aber sie hat mir nie geantwortet."

Irving fuhr sich grübelnd über die Stirn und antwortete bedrückt: „Hoffentlich geht es den beiden gut. Es stört mich, nicht zu wissen, wie es Mum oder James geht. Was, wenn ihnen etwas Schlimmes widerfahren ist?"

„Ich weiß", versuchte ihn Penny zu trösten. „Aber wir beide haben uns für diesen Schritt entschieden. Es hätte uns klar sein sollen. Nun müssen wir konsequent sein."

„Es ist schön dich bei mir zu haben", flüsterte Irving lächelnd. Schließlich löschten sie das Feuer, um endlich ein wenig Schlaf zu finden. Aber wie auch in den anderen Orten im mittleren Westen, erwachte Kingston erst bei Einbruch der Dunkelheit zum Leben. Die lauten Stimmen, gepaart mit der Musik, drangen über die Stadtgrenzen hinaus. Dies tat jedoch der Müdigkeit keinen Abbruch. Die Geschwister schliefen tief und fest. Neugierig, was der nächste Tag bringen würde.

8. Kapitel

Drei Tage später hatten die Geschwister aus der maroden Hütte ein gemütliches Eigenheim gemacht. Während Penny sich auf den Arbeitsbeginn in der örtlichen Schneiderei vorbereitete, indem sie das geschenkte Kleid ihrer Größe anpasste, suchte ihr Bruder Desmond Clay auf. Er schilderte dem Alten, was er vorhatte. Geschmeichelt von diesem Vertrauen willigte Oakey natürlich ein. Kurz vor Stus Neuanfang als Minenarbeiter, sattelten sie im Morgengrauen des 28. September 1882 die Pferde. Nach einer kurzen Verabschiedung verließ Irving, mit einem noch nie dagewesenen Funkeln in den Augen, Kingston in Richtung der westlichen Anhöhen. Als sie gegen Nachmittag den Kamm, welcher nahe dem Fluss gelegen war, erreichten, stieg der alte Mann ab. Er nahm die Zügel und führte sein Ross zu Fuß weiter. Stuart schaute verwundert. Er erhielt prompt eine Antwort.

„Ich kann nicht mehr so lange sitzen. Wenn du in mein Alter kommst, weißt du wovon ich rede. Erinnere dich an meine Worte." Der junge Engländer wagte es nicht, sich zu äußern. Stattdessen ritt er in langsamem Trab hinter ihm her. Die Sonne brannte ungewohnt stark vom strahlend blauen Himmel. Endlich erreichten sie eine Flussbiegung, die weiter südlich von der sogenannten Dutchman Miene lag. Oakey blieb plötzlich stehen. Sein Blick schweifte umher. „Wir bleiben hier. Bau das Zelt auf. Leg eine Feuerstelle an. Ich werde mich derweil ein bisschen umsehen." Stuart band die Pferde fest und tat, was der Alte ihm aufgetragen hatte. Immer wieder sah er zu ihm hinüber. Langsam stapfte Oakey durch die Biegung. Hin und wieder beugte er sich runter, nahm eine Hand voll Dreck und begutachtete sie mit Argusaugen. „Hier sind wir richtig." Ein Gefühl der Erleichterung machte sich bei Irving breit. Also beendete er seine Arbeiten zügig, um Desmond Gesellschaft leisten zu können.

„Was hast du gefunden?", fragte er neugierig und aufgeregt, während er ihm über die Schulter schaute.

„Sieh", knurrte Desmond. „In einer Flussbiegung hast du die besten Chancen Gold zu finden." Er schwang seine Hand langsam umher. Stu sah, was er meinte. Zwischen all dem feinen Kies und Sand funkelte es im Sonnenlicht. Gold, welches nur die Größe von Staubkörnern hatte. Doch allein dieser Anblick trieb Stu ein euphorisches Lächeln auf die Lippen. „Das war erst der Anfang. Lass uns eine Waschrinne bauen. Ohne die ist all dein Vorhaben sinnlos."

„Sie müssen mich anleiten, Oakey. Ich habe das noch nie zuvor gemacht."

„In Ordnung", sprach der Alte mit einem Nicken. „Geh zu meinem Pferd. Dort findest du zwei Säcke mit Brettern, einem Hammer und einer kleinen Kiste voller Nägel." Stu brachte die Utensilien zum Wasser. „Hast du ein Beil bei dir?" Der Bursche schüttelte den Kopf. „Kein Problem, auch das habe ich bei mir." Desmond kam mit der kleinen Axt. „Hier, nimm die und schlag mir vier mittelstarke Äste ab. Sie sollten fast einen Meter lang sein."

Gegen Nachmittag kam Stu mit dem gewünschten Holz zurück. In der Zwischenzeit hatte Clay bereits das Lagerfeuer angezündet und eine flache Bretterkiste zusammengenagelt, welcher der erfahrene Goldschürfer mit einem alten, groben Unterhemd ausgelegt hatte. Neugierig trat Stu an ihn heran.

„Was ist das?"

„Damit trennen wir den Goldstaub vom groben Schmutz. Es ist eine einfache Waschrinne." Daraufhin nahm Desmond seinen langen Dolch, mit dem er die Enden der Stöcke anspitzte. Er übergab diese an Irving und fuhr fort. „Nimm dir den Hammer. Schlag die Pfosten in den Boden. Aber nur so weit auseinander, dass unser kleiner Rüttler darauf passt." Währenddessen presste Oakey dünne Zweige zwischen die Kastenwände, die er dicht, in gewissen Abständen, verkeilte. Aus den Augenwinkeln beobachtete er den Burschen und stoppte ihn plötzlich bei seiner Arbeit. „Warte, Junge. Die Stöcke müssen hinten ein Stück höher sein als vorne, damit wir Wasser durchlaufen lassen können." Allmählich verstand Stuart, was der Alte vorhatte. Nachdem die Stützen fest im Boden verankert waren, legten sie die schmale Kiste darauf. Er konnte es kaum erwarten endlich nach dem Edelmetall zu suchen. Doch Oakey warf sein Werkzeug auf den staubigen Boden und grinste. „Bevor ich dich in die Geheimnisse des Goldes einweihe, werden wir erst etwas essen." Dem Burschen blieb nichts anderes übrig, als ihm zuzustimmen. Sie nahmen am Feuer Platz und Desmond öffnete eine Blechbüchse, die mit Bohnen gefüllt war. „Willst du auch was abhaben?"

„Nein, Oakey. Ich habe noch keinen großen Appetit."

„Du solltest dich stärken, mein Freund. Wir werden einige Stunden zu tun haben." Also reichte der Alte ihm die Dose samt einem Stück Brot. Nur widerwillig aß Stu ein wenig, während sein Gegenüber eine Zweite im Nu geleert hatte. Als die beiden an den Fluss gingen, schaute sich Stuart Oakeys Waschrinne genau an.

„Würden Sie mir noch ein paar Fragen beantworten, ehe wir uns ans Werk machen?"

„Aber ja. Was willst du wissen?"

„Warum haben Sie ein altes Hemd auf den Kistenboden gelegt und was hat es mit den Holzästchen auf sich?" Der Alte nickte und antwortete: „Du stellst gute Fragen. Nun, erst werden wir die Flussbiegung ausheben. Den Schlamm lagern wir neben der Anlage. Danach nehmen wir uns meinen Eimer und füllen ihn stetig mit Wasser. Der Schlamm kommt hier oben hin. Dann schütten wir das Wasser darüber. Siehst du?" Mister Clay griff die Seite der Kiste und rüttelte sie umher. „Durch das Wasser und die Bewegung trennt sich der Schmutz vom Gold. Die Stäbchen und das alte Hemd hindern das Gold am Herausfließen. Wenn uns das Glück hold ist, haben wir heute Abend vielleicht eine halbe Unze."

„Ich kann es nicht mehr abwarten", flüsterte Irving aufgeregt, nahm sich die Schaufel und sprang ins knöcheltiefe Wasser. Eine Ladung nach der nächsten häufte sich neben der Rinne. Der Haudegen beobachtete den jungen, engagierten Engländer und zündete sich seine Pfeife an, bevor er weiterhin den Sinn erklärte. „Weißt du, warum wir in der Biegung graben und nicht im Fluss?"

„Keine Ahnung", wisperte Stu, dem langsam die Arme schwer wurden.

„Mach eine kurze Pause." Er nahm noch einen kräftigen Zug, blies den Rauch aus und wies auf die Kurve. „Schau dir die Fließgeschwindigkeit an. In der Biegung fließt es langsamer. So konnte sich über die Jahrhunderte das Gold dort absetzen." Irritiert schaute Stuart den alten Mann an und fragte kleinlaut: „Aber die Firma Aurum Mining schürft, soweit ich weiß, das Gestein aus einer

Mine? Warum suchen sie nicht hier. Es wäre viel leichter."

„Das Prinzip ist das Gleiche", murrte Oakey. „Sie fördern Quarzgestein, welches das Edelmetall in seinem Inneren versteckt. Die Männer zertrümmern das Gestein, bis nur noch gemahlener Staub übrig ist. Danach wird es in die Waschrinnen geschaufelt und läuft das Gefälle des Berges hinab. Deren Rinnen sind breiter, fast hundert Meter lang." Noch immer wirkte Stu nicht überzeugt und dachte, dass der Goldschürfer ihm nicht die Wahrheit sagte.

„Wie soll das gehen? Immerhin läuft Wasser den Berg runter und nicht hinauf." Er erntete nur ein lautes, schallendes Lachen, während Oakey in Richtung des hohen Bergkamms am Horizont wies. „Siehst du die riesigen Dinger, die sich nach oben recken?" Mit zugekniffenen Augen versuchte der Bursche etwas zu erkennen.

„Ja. Es sieht so aus, als wären es sich bewegende Räder."

„Es sind Windräder, Stu. Sie pumpen Wasser aus dem Fluss nach oben. Durch die erzeugte Kraft funktioniert das Brechwerk. Die Waschrinnen werden durch den Bach gespeist, der zum River hinunterfließt." Eine erneute Stunde verging, bis Irving die Kurve fast begradigt hatte. Oakey sah auf seine Taschenuhr und flüsterte: „Schon so spät, verdammt. Uns bleiben gerade mal zwei Stunden. Dann geht allmählich die Sonne unter."

„Können wir endlich anfangen? Ich will sehen, wie es funktioniert." So schaufelte der alte Mann das Schürfgut ein, während sein Schüler stetig die Eimer füllte und über den Schlamm goss. Er hatte schon den Fünften in der Hand, da begann Clay das Gestell ruckartig hin und her zu bewegen.

„Immer weiter. Wir müssen den Dreck lösen." Nach endlosen zwanzig Behältern war es so weit. „Lass es gut sein. Wir haben es für heute geschafft."

„Und was ist mit dem Gold? Müssen wir es auswaschen? Immerhin könnten wir heute Nacht überfallen werden."

„Das soll jemand ruhig versuchen", murrte Desmond und zog seine dünne Jacke zur Seite. Im Licht der untergehenden Sonne blitzten zwei Colts. „Demjenigen, der es wagt sich an unserem Fund zu bereichern, brenne ich ein fettes Loch in den Pelz. Wenn es nötig ist, habe ich auch noch ein Sharps-Gewehr bei mir. Mach dir keine Sorgen. Niemand wird es wagen sich zu bedienen." So brach die Nacht herein. Mit knurrendem Magen starrte Stu in die wärmenden Flammen. „Iss eine Kleinigkeit. Du brauchst Kraft für die schwere Arbeit."

„Tut mir leid, aber ich habe vergessen mir Nahrungsmittel einzupacken."

„Hier, nimm", sprach der Alte und warf ihm ein gut verpacktes Stück Dörrfleisch zu. Mit Heißhunger verschlang er es.

„Warum nennt Sie eigentlich jeder hier in Kingston Oakey?" Desmond zündete sich seine Pfeife an, konnte sich aber ein Lächeln nicht verkneifen.

„So werde ich seit dem Krieg genannt. Ich diente in der Armee von General William Tecumseh Sherman. Unter seinem harten, unnachgiebigen Kommando zogen wir durch den Süden. Nichts war vor uns sicher und wir hinterließen nur verbrannte Erde. Als unsere Armee auf Chattanooga vorrückte erhielten wir den Befehl das Eisenbahnnetz zu zerstören. Ich hatte Erfahrung im Holzfällen. Neben unserem Camp wuchsen, soweit das Auge reichte, dicke Eichen. Mit zehn Mann fällten wir einen nach dem anderen, so dass die Gleise versperrt werden konnten. Außerdem lösten wir Schienenstränge, erhitzten sie und bogen das weiche Metall um die dicken Baumstämme. Niemand konnte damit noch etwas damit anfangen. Daher mein Name." So unterhielten sie sich eine Weile, bis Stuart die Lider schloss. Mister Clay hingegen wusste, dass Schlaf hier draußen tödlich enden konnte. Daher machte er nur für kurze Zeit die Augen zu. Die Sharps-Flinte immer griffbereit. Denn sie war, aufgrund der enormen Durchschlagskraft, seine Lebensversicherung. In dieser sternenklaren Nacht erleuchtete der grelle Mond die Weiten. Immer wieder schlief Desmond beim Klang der knackenden Holzscheite ein. Bis plötzlich aus den nahegelegenen Büschen ein tiefes Grollen zu ihm drang. Blitzschnell hatte er durchgeladen. Stu schrak auf, wagte es jedoch nicht einen Laut von sich zu geben.

„Wer ist da?", donnerte des Alten raue, tiefe Stimme über die Ebene. Der laute Schall brach sich an den anliegenden Gebirgszügen. „Warte hier. Nimm deine Winchester und halte dich bereit. Wenn ich Hilfe brauche, rufe ich." So nahm auch Stu mit zittriger Hand sein Gewehr und lud es durch. In diesem Augenblick zog ein dichter Wolkenteppich vorüber, welcher für wenige Sekunden die Sicht verdeckte. Die Aufregung war unbeschreiblich. Jeder Muskel in seinem drahtigen Körper schien sich zu verkrampfen. Es herrschte eine unerträgliche Stille. Erst vier aufeinanderfolgende Schüsse störten die Ruhe. Aus der Ferne sah Stu das Aufflackern des Mündungsfeuers, welches im selben Moment wieder verschwand. Diesem folgte ein grollendes Brüllen, das sein Blut in den Adern gefrieren ließ. Entsetzliche Furcht durchfuhr seinen Körper. Er hörte keinen Laut, was ihn fast verrückt machte. Schon einen Wimpernschlag später vernahm er das Knistern morscher Äste und legte vorsichtshalber sein Gewehr an.

„Oakey? Sind Sie das?" Endlich erhielt er die langersehnte Antwort.

„Ja." Langsam kam der alte Mann näher und sein Schüler erschrak angesichts des kreidebleichen, blutverschmierten Gesichts. „Ich habe ihn erwischt." Während Clay am Feuer Platz nahm und versuchte sich zu sammeln, schlich Stu, von Neugier getrieben, auf die Stelle zu. Als der Mond wieder seinen vollen Schein über die Ebene warf, sah Irving womit es Oakey zu tun hatte. Zwischen den Kakteen, Sträuchern und kleineren Bäumen lag ein Bär. Seine Zähne funkelten furchterregend, die Arme weit geöffnet. Blut quoll aus dem Schädel, die Augen waren weit aufgerissen. Wie in Trance beugte sich Stu zu dem imposanten Tier hinunter und fuhr ihm mit der flachen, zittrigen Hand über das weiche Fell. Es dauerte einen Moment, bis der Bursche die Realität wahrnahm. Er stand auf und ging zum Feuer zurück.

„Ein Glück, dass Sie noch leben", flüsterte Stuart. Doch Desmond nahm einen Schluck aus seiner Metallflasche, welche mit Whiskey gefüllt war, zündete sich die Pfeife an und flüsterte: „Lass endlich den Mist, Junge. Du darfst mich beim Vornamen rufen." Sie schwiegen für einen Augenblick, bevor die Todesangst Clays Körper verließ.

„Ja", flüsterte Stu abwesend. Der Alte sah auf seine Uhr. Es war bereits kurz vor dem Morgengrauen.

„Ich bleibe wach. Mach noch für einen Augenblick die Augen zu. Ich wecke dich dann." Dies war ein feiner Zug, aber an Schlaf war nun keinesfalls zu denken. Also saßen sie zusammen da, bis endlich die Sonne aufging. Den Burschen ließ der Anblick dieses stolzen Tieres nicht los und er fragte leise: „Wollen wir ihn einfach so liegen lassen?"

„Ein Gesetz der Einheimischen ist, sich nicht an den toten Körpern zu vergreifen. Du darfst sie weder Ausnehmen noch das Fell abziehen. Nur wenn es zum Überleben notwendig ist. An dieses Ritual halten wir uns aus Respekt ihnen gegenüber. Sicherlich würde der Bär genügend Fleisch bringen. Doch ich will nicht den Zorn ihrer Götter auf mich ziehen. Lassen wir der Natur ihren Lauf." Stu nickte verständnisvoll. Letztendlich begaben sich die beiden ans Werk und wuschen das Gold aus den Stoffresten des alten Hemdes. Immer wieder schweiften ihre Blicke umher. Schließlich sollte sich ein Ereignis, wie in dieser Nacht, nicht wiederholen. In regelmäßigen Abständen tauchte Clay das grobe Gewebe immer wieder in den Wassereimer, rieb es und drückte es aus. Er hielt es in die Richtung des grellen Lichtes und ein Lächeln stahl sich auf seine Lippen. „Wir haben es erreicht, Stu", flüsterte er erleichtert. „Sieh da, du kannst durch das Tuch hindurchsehen. Nichts funkelt oder strahlt mehr."

„Aber, was jetzt?", fragte Stu aufgeregt, während sich der restliche Schmutz in dem Eimer sammelte.

„Wir werden immer wieder den Grund waschen. Den lehmigen Dreck lassen wir so gut es geht auslaufen." Oakey nahm eine weitere Pfanne und schwenkte sie mit Präzision. Es schien, wie ein Tanz in dem Clay zusehends die Führung übernahm. Fasziniert schaute Irving zu und verlor das Gefühl für Zeit und Raum, angesichts des auf sie wartenden Erfolges. Tatsächlich begann es an drei Stellen verführerisch zu funkeln.

Selbst Clay, der dieses Schauspiel schon allzu oft gesehen hatte, verschlug es den Atem. „Das ist dein erstes Gold, mein Junge. Vergiss den Augenblick niemals." Stu tat einen euphorischen Jubelschrei, dem ein Freudentanz folgte. Nun lag es an Desmond den Burschen wieder auf den Boden der Tatsachen zurückzuholen. „Es sind noch einige Pfannen", raunte der Alte. „Wir müssen erst alles auswaschen und dann über dem Feuer trocknen." Also übergab er seinem Schüler die Pfanne und erklärte ihm die erneute Vorgehensweise. Bereits nach drei Stunden hatten sie das wertvolle Edelmetall vom Schmutz getrennt.

„Nun erhitzen wir es", sprach Oakey stolz. „Dabei löst sich die grobe Schlacke und das Wasser verdampft." Als der Vorgang sich dem Ende neigte, holte der erfahrene Goldschürfer eine kleine Waage aus seiner Satteltasche in deren Fuß eine Schulblade mit feinen Gewichten eingearbeitet war. Er baute alles auf und ging sicher, dass sein Schatz stabil dastand. „Bist du bereit?"

„Natürlich, Oakey. Lass es uns wiegen." Mit pochendem Herzen beobachtete Stu, wie Clay die kaum sichtbaren Körnchen in die Waagschale prasseln ließ. Danach legte er vorsichtig die Gewichte auf die andere Schale. Ein breites Lächeln stahl sich erneut auf die Lippen des alten Haudegens.

„Es sind beinahe zwei Unzen. Das heißt rund vierundzwanzig Dollar." Beim Hören dieser Zahl schien Stu fast in Ohnmacht zu fallen.

„Diese wenigen Stunden brachten so viel ein, wie ich für die Pferde bezahlt habe." Zufrieden füllte Oakey alles in ein dichtes Leinensäckchen und übergab es an den jungen Engländer. Zufrieden zog er an seiner Pfeife und blies den Rauch in die Höhe.

„Nimm dies als Ansporn. Dein erstes Gold, verdammt. Ich bin stolz auf dich. Du wirst es in diesem Metier weit bringen, da bin ich mir sicher." Nicht wissend, was er sagen sollte, nahm Stu das Säckchen und fiel Oakey in die Arme. Seine Augen funkelten.

„Danke", wisperte er leise, während er versuchte seine Freudentränen zu unterdrücken.

„Es ist in Ordnung, mein junger Freund. Nimm es. Du kannst es eher brauchen als ein alter Mann." Nachdem sie ihre Werkzeuge und Nahrungsmittel verstaut hatten, löschte Stuart das Feuer. Doch ein Wunsch lag ihm am Herzen. So wandte er sich an Desmond und flüsterte bedrückt: „Ich muss ihn beerdigen."

„Wen meinst du?", fragte der Alte überrascht.

„Den Bären. Ich will nicht, dass Wölfe oder andere Aasfresser über ihn herfallen. Außerdem wollen wir doch den Zorn der Native-Götter nicht auf uns ziehen." Verständnisvoll nickte sein Gegenüber und warf ihm eine Schaufel vor die Füße.

„Also gut. Geh und verrichte deine Arbeit. Ich warte hier auf dich." So begrub Stu den starren Körper des Wildtieres, während die Sonne erbarmungslos auf ihn niederbrannte. Es dauerte weitere drei Stunden, bis er den Bären im Sinne der Natives beigesetzt hatte. Schweißgebadet kehrte Stu zurück, verstaute seine Schaufel und schwang sich in den Sattel. Wortlos traten die beiden die Rückreise an. Als sie gegen Mittag die Stadtgrenze erreichten, trennten sich fürs erste ihre Wege. Stu bedankte sich dafür, dass Oakey ihm praktische Einblicke in das Metier ermöglichte. Erschöpft trabte der junge Engländer mit Twister die Hauptstraße entlang und blieb geschockt vor dem Zaun stehen, welcher das neue Eigenheim einfriedete. Mit weit aufgerissenen Augen sah er, wie seine kleine Schwester in Begleitung von Tony Sherman hinter dem Haus hervorkam. Penny trug ein neues Gewehr im Arm. Die Stimmung der beiden wirkte ausgelassen und heiter. Dies missfiel Irving, der sich immer noch als Beschützer sah.

„Sieh, da ist Stu", rief sie freudestrahlend. Während die Sechzehnjährige auf ihn zu rannte, folgte ihr der Viehzüchter in gehörigem Abstand. Zuvorkommend nahm Tony seinen Hut ab. Er wollte Stuart gerade die Hand reichen, doch der ältere Bruder verweigerte die Begrüßung. Mit einem Satz sprang er vom Pferd.

„Was haben Sie hier zu suchen?", raunte er Sherman an und nahm Penny das Gewehr ab.

„Verzeihung, Mister Irving. Ich traf Ihre Schwester in der Stadt. Da sie sich hier allein aufhielt dachte ich, ich sollte des Öfteren mal nach dem Rechten sehen." Skeptisch sah Stu auf das Gewehr.

„Wie kommt diese Waffe ins Haus, Penny?"

„Es ist ein Geschenk von Tony. Er gab es mir, damit ich mich verteidigen kann, falls wilde Tiere oder Fremde das Grundstück betreten." Um jeglichem Ärger aus dem Weg zu gehen, verabschiedete sich der Farmer. Stuart hingegen ließ seine Schwester einfach stehen, nahm die Taschen vom Sattel und verschwand in der Hütte. Doch Penny hatte genug. Sie stürmte Stu nach. Mit aller Kraft schlug die Kleine die Tür in die Angeln und starrte ihren Bruder fordernd an. „Willst du mir weiterhin Vorschriften machen? Soll ich auch solch ein einsames Dasein führen, wie du?" Getroffen von diesen harten Worten setzte sich Irving an den Tisch. Behutsam griff er in seine Tasche, aus der er den kleinen Beutel hervorzog.

„Das ist für dich", sprach Stuart verletzt, ehe er es ihr auf dem alten Esstisch entgegenschob. Energisch öffnete sie es und das schimmernde Gold fiel auf den Teller.

„Ist es das, was ich denke?", wisperte sie, als die feinen Goldkörner durch ihre zarten Finger rannen.

„Die Ausbeute eines einzigen Tages", antwortete Stu bedrückt. „Ich werde mich neben meinem neuen Job des Öfteren aufmachen und die Umgebung nach guten Schürfstellen absuchen. Das bedeutet, ich werde weniger zu Hause sein." Penny schwieg überrascht. „Es tut mir leid, dass ich eben so unbeherrscht reagiert habe. Du lebst deinen Traum und ich will dir keine Vorschriften mehr machen." Gerührt von diesen verständnisvollen Worten umarmte Penny Stu und küsste ihn auf die Wange.

„Damit hätte ich nicht gerechnet. Ich bin dir unendlich dankbar." Stuart nickte zustimmend.

„Triffst du dich nun häufiger mit dem Farmer?"

„Ja. Das habe ich vor. Sein Name ist Tony Sherman. Er hat seine Eltern verloren und seither die Verantwortung über die riesige Ranch."

„Ich möchte ihn gern näher kennenlernen, damit ich weiß, wem ich meine Schwester anvertrauen werde."

An diesem Sonntag, bevor die beiden ihre neuen Stellen antraten, bereiteten sie sich auf den Kirchgang vor. Das kleine, hölzerne Gotteshaus befand sich etwas außerhalb von Kingston. Daneben befand sich der kleine Ortsfriedhof, welcher von einem niedrigen, weißen Zaun umrandet war. Verwitterte Kreuze kennzeichneten die Gräber und hinterließen ein mulmiges Gefühl.

Pater Ulysses Smith stand in der schmalen Eingangstür. Mit der Rechten läutete der fünfundsechzigjährige Gottesdiener zur Messe. Seine Miene spiegelte Ruhe, Gelassenheit und Wohlwollen wider.

Der Mann Gottes war nicht sonderlich groß und schien von seinem Körperumfang her ein guter Esser zu sein. An jedem Sonntag begrüßte er per Handschlag all seine Schafe persönlich. Dies brachte ihm auch den Respekt derjenigen ein, welche nicht dem katholischen Glauben angehörten. Diese fröhliche Art übertrug sich auch auf die Irvings, die an diesem Tag ihren ersten Gottesdienst in Kingston begingen.

„Mister und Miss Irving", sprach Pater Smith, dessen sanfte Stimme sie beeindruckte. „Seien Sie herzlich Willkommen in unserer kleinen Gemeinde." Die Geschwister verneigten sich demütig vor dem Geistlichen, machten ihr Kreuzzeichen und betraten die Kirche.

„Wo sollen wir Platz nehmen?", fragte Penny leise, während sie sich verunsichert umschaute. Alle Augen waren auf sie gerichtet, was Stu nicht weiter störte. Ihm stockte erst der Atem, als er hörte, wie Ulysses Tony Sherman begrüßte. Nachdem die beiden neben dem Ehepaar Burnside und deren Kindern Platz genommen hatten, schloss Pater Smith die Tür. Er trat an die schmale, hölzerne Kanzel, um seine Schafe herzlich willkommen zu heißen. Die Gemeinde erhob sich, öffnete die Bibeln und sang „For all the Saints". Unter den Anwesenden befand sich ebenfalls der Bankier des Ortes, Randolph Jamisson. Der in feinsten, schwarzen Stoff gekleidete, fünfundvierzigjährige trug dunkles, kurzgeschnittenes Haar und ausgefallene, lange Koteletten. Im Gegensatz zu den anderen Bewohnern von Kingston, nahm Randolph, zusammen mit seiner Frau immer in der letzten Reihe Platz, wo auch Aart de Groot saß. Stuart konnte sich nicht konzentrieren. Immer wieder drehte er den Kopf und beobachtete, wie die Herren sich flüsternd unterhielten. Über die Neugier fiel ihm nicht auf, dass Penny und Tony sich immer wieder verstohlene Blicke zu warfen. Auch nicht, dass zwei Reihen versetzt hinter ihm seine zukünftigen Kameraden Jack, Laster und Neal saßen. Erst nach der Messe, als alle aufstanden, um die Kirche zu verlassen, kam er mit den dreien ins Gespräch.

Sie unterhielten sich kurz über den morgigen Tag und erklärten ihm, wo sich die Arbeiter sammelten. Laster Manning verabschiedete sich zuerst von der Gruppe, um den Rest seines freien Tages mit seiner Ehefrau zu verbringen.

„Um wieviel Uhr soll ich mich vor Mister de Groots Anwesen einfinden?", fragte Stu, der aus den Augenwinkeln sah, dass sich Penny mit dem vierundzwanzigjährigen Farmer unterhielt.

„Wir treffen uns gegen fünf Uhr in der Früh." Stuart schluckte. „Je später es wird, umso unerträglicher wird die Hitze in der Mine," klärte ihn Farrell auf und klopfte dem Burschen zuversichtlich auf die Schulter. „Ich muss los. Nach dem Essen findet noch eine Pokerrunde bei Ken statt."

„Dann sehe ich euch morgen." So zerstreuten sich die Männer. Leisen Schrittes ging Irving auf Penny zu, die sich noch immer angeregt mit dem Viehzüchter unterhielt. In ihm regte sich Misstrauen. Es war immerhin seine Schwester. Die einzige Person, die ihm von seiner Familie noch geblieben war. Um keinen Preis wollte Stu akzeptieren, dass sie sich trennten. Höflich zog Tony seinen Hut ab und reichte dem älteren Bruder die Hand zum Gruß. Die Kleine sah ihn mit strahlenden Augen an. Diesen Blick hatte er nie zuvor gesehen. Sie mochte den jungen Farmer. Also versuchte Stu über seinen Schatten zu springen. Vorsichtig erwiderte er den Handschlag und wartete, was die beiden zu sagen hatten.

„Mister Irving. Es ist mir eine Freude, sie einmal in einem ruhigen Augenblick zu treffen."

„Lassen wir die Förmlichkeiten. Nennen Sie mich Stu." Obwohl der Farmer älter war, nahm er dieses Angebot gerne an.

„Danke", erwiderte Sherman erleichtert. „Anthony, doch man ruft mich nur Tony." Stu antwortete beschämt: „Wegen meinem gestrigen Auftreten möchte ich mich entschuldigen. Es war nicht meine Absicht, dich so bösartig anzugehen."

„Vergessen wir das. Was haltet ihr beiden davon, mich heute Abend auf meiner Farm zu besuchen? Ich könnte euch meine Tiere zeigen und danach essen wir zusammen." Nachdenklich sah Stuart zu Penny, die voller Euphorie nicht mehr aufhören konnte zu lächeln.

„Also gut. Aber wir werden nicht allzu lange deine Gesellschaft in Anspruch nehmen. Immerhin müssen wir beide früh raus, damit wir nicht am ersten Arbeitstag schon zu spät kommen."

„Dafür habe ich volles Verständnis, Stu. Auch mein Tag beginnt schon vor Sonnenaufgang", antwortete Sherman voller Vorfreude. „Ich würde sagen, ihr kommt um Vier. Dann habe ich die Zeit euch meine Farm und die Tiere zu zeigen."

„Das klingt großartig", flüsterte Penny. „Vielen Dank." So gingen auch die Geschwister ihrer Wege. Doch je später es wurde, umso nervöser wurde die junge Frau. Hastig wischte sie das Geschirr ab und zog sich um. Nicht wissend, wie sie sich verhalten sollte, wandte sich Penny an ihren Bruder.

„Sollen wir die Pferde nehmen?", stotterte sie aufgeregt. Stuart nahm die Kleine bei den schmalen Schultern und flüsterte beruhigend: „Wir lassen Twister und Rosi hier. Ein längerer Spaziergang wird uns guttun." Ein zynisches Lächeln stahl sich auf seine schmalen Lippen. „Du musst dich umziehen. Es wird allmählich Zeit zu gehen." Penny erschrak, da es bereits drei Uhr nachmittags war. In Windeseile hatte sich Miss Irving umgezogen und schaute ihren Bruder mit pochendem Herzen an. Leise flüsterte sie: „Wie sehe ich aus?" Stu, der sich in diesem Augenblick sein bestes Hemd zuknöpfte, lächelte.

„Du siehst umwerfend aus und wirst ganz sicher Eindruck machen."

„Ich kann dir nicht sagen, was mir dieser Abend bedeutet."

„Tony gefällt dir", merkte der Älteste an und versuchte seine Sorge beiseitezudrängen. Penny nickte samt einer nie dagewesenen Freude. Bevor sie losgingen, merkte er an: „Ich werde dich heute nicht blamieren, das schwöre ich." Es wurde allmählich kühler als die Geschwister die Hauptstraße entlang schritten. An diesem Sonntag erwachte die Stadt schon früher zum Leben. Während sich der Saloon langsam füllte, hatten sie bereits einen Kilometer zurückgelegt. Da standen die beiden plötzlich vor einem mannshohen Zaun. Über dem Eingang hing ein großes Schild mit der verzierten Aufschrift Kingston Ranch. Verunsichert schauten sich die beiden um.

„Schön, dass ihr da seid", rief Tony ihnen entgegen und kam schon den langen Weg vom Haupthaus auf sie zu gerannt. Der Farmer schüttelte Stu höflich die Hand, ehe er den Hut abnahm und sich vor Penny verneigte. „Darf ich euch ein wenig herumführen, bevor wir essen?"

„Gerne doch", sprach Penny. Stuart schaute verwundert, denn Sherman besaß den einzigen Abschnitt des Landes in dem, trotz der sengenden Hitze, saftiges Gras wuchs. Er führte sie durch die Rinderherden hindurch, bis zum anliegenden Fluss, an welchem sich der Züchter mit Hilfe von Kanälen bediente.

Danach gingen die drei zu den großen Stallungen, wo sich auch die Pferde aufhielten. Schließlich versank die

Sonne hinter den Bergen und tauchte das riesige Tal in ein warmes Rot. Die Geschwister halfen Tony beim Füttern der Reittiere, ehe sie sich zum Abendessen in das gemütliche Haus des Viehzüchters begaben. Trotz der Größe des Gebäudes war die Einrichtung eher schlicht. Neben zwei Schlafzimmern gab es eine einladende Küche, samt einem breiten Ofen. Auch das Esszimmer befand sich im selben Raum. Ebenfalls stand eine lange Anrichte an der Wand, welche über genügend Stauläche verfügte. Die gusseisernen Pfannen hingen an der Wand. Als die Irvings Platz genommen hatten, nahm Sherman drei dickgeschnittene Steaks aus einem Schrank und legte sie ins heiße Öl. Binnen Sekunden erfüllte der köstliche Geruch den Raum. Wenig später bereitete er das frische Gemüse zu und reichte ihnen selbstgebackenes Brot. Mit begeisterter Miene beobachtete Stu jeden Handgriff. Letztendlich richtete Tony die Teller her und setzte sich zu seinen Gästen. Es war ein angenehmer Abend, an dem die Irvings endlich wieder glücklich wirkten. Hin und wieder schallte ein lautes Lachen nach draußen. Bis Stuart aufstand und sich verabschiedete. Pennys Überraschung war unübersehbar. Sie dachte, dass ihr Bruder bei ihr bleiben würde. Immerhin kannten sie Tony nicht wirklich. Doch Stuart schenkte dem Farmer sein Vertrauen.

„Ich wünsche euch noch ein paar schöne Stunden. Danke für das wunderbare Essen, Tony. Es hat mir schon lange Zeit nicht mehr so gut geschmeckt."

„Willst du nicht bleiben?", fragte Penny eingeschüchtert, aber sie erntete nur ein zuversichtliches Lächeln.

„Du bist in guten Händen. Komm nur bitte nicht so spät. Morgen ist immerhin auch dein erster Arbeitstag." Er küsste Penny auf die Wange und reichte Sherman die

Hand. „Vielleicht kannst du sie nach Hause begleiten. Dann würde ich mir weniger Sorgen machen." Der Viehzüchter stimmte freudig zu.

„Aber natürlich. Ich bringe sie gleich wohlbehalten zurück." So machte er sich auf den Weg nach Hause. Stuart hatte vor eine weitere Stunde vor dem Haus zu sitzen und den Sternen zuzuschauen. Nachdem der Bursche jedoch sein Heim erreicht hatte, verspürte er eine starke Müdigkeit, welche Stu auf das üppige Essen zurückführte. Also legte er sich hin und schlief umgehend ein. Nicht einmal die Rückkehr seiner Schwester fiel ihm auf.

Während der nächste Morgen anbrach, wurde Irving durch das einfallende Sonnenlicht geweckt. Erschrocken sprang er auf und rieb sich den Schlaf aus den Augen. Seine Schwester hatte schon den Kaffee aufgestellt. Ebenso hatte sie ihm etwas zur Mittagspause gerichtet. Die Kleine wirkte fröhlich. Ohne ein Wort von sich zu geben, ging Stuart zum Brunnen, wo er sich einen Eimer Wasser nahm und die letzte Müdigkeit aus den Augen wusch.

„Verzeihung, Penny", murmelte er. „Das Abendessen mit Tony war wirklich schön. Ich bin begeistert von seinen Steaks." Lächelnd wies Penny auf den Schrank und antwortete: „Tony hat sich sehr über deine Meinung gefreut. Daher hat er mir zwei weitere eingepackt."

„Er ist wirklich in Ordnung", sprach Stu, der sich ein zufriedenes Grinsen nicht verkneifen konnte. Plötzlich zählte er die Glockenschläge und schrak auf. Hektisch streifte ihr Bruder die Jacke über, schnappte sich die eingepackten Sandwiches, bevor er das Haus verließ.

„Ich bin spät dran. Viel Glück, Penny." Außer Atem erreichte er die brachliegende Wendestelle, welche nicht weit entfernt von Aart de Groots feinem Haus lag. Dort befanden sich bereits drei angespannte Pferdetransporter, die die Arbeiter zur Mine bringen sollten. Neben Jack Whitney und Laster Manning stand Neal Farrell, der den Männern schon die Aufgaben zuteilte.

„Endlich kommst du", rief Jack von Weitem.

„Morgen Stu", murmelte der Vorarbeiter und setzte einen Haken hinter Irvings Namen. „Sind wir nun alle vollzählig?" Ein lautstarkes „Jawohl" schallte über den Platz. Nacheinander bestiegen sie die Wagen. Stuart staunte, denn allein bei ihm saßen zehn Goldsucher aus verschiedenen Ländern. Chinesen, Skandinavier und sogar Natives waren unter ihnen. Sie alle vereinte das Gold. Farrell gab schließlich den Befehl loszufahren. Es hatte seit Ewigkeiten nicht mehr geregnet, so dass die Gespanne dichten Staub aufwirbelten, der den Schürfern die Luft raubte. Umso glücklicher wirkten sie, als der Fluss an der schmalsten Stelle überquert war. Staunend sah Stuart sich um, nachdem die Wagen nicht weit entfernt von der Gebirgskette anhielten. Aus nächster Nähe erhoben sich nun die imposanten Windräder, die Tag und Nacht für einen stetigen Wasserlauf sorgten. Vom Berg floss zusätzlich der schmale Bach in den Fluss, welcher eine hohe Fließgeschwindigkeit besaß. Durch eine Abzweigung, die schließbar war, konnte Wasser sofort in die Rinne geleitet werden, was einen permanenten Strom gewährleistete. Eine Aufschüttung des Bodens ermöglichte ihnen ein schnelleres Arbeiten. So musste niemand die schroffen Felsen hinaufklettern. Auch ein Plateau war angelegt, um den Brecher nahe der Waschrinnen zu installieren. Diese zogen sich den Hang hinab und führten, wie Oakey es gesagt hatte, direkt in das fließende Gewässer. Alles schien sauber und ordentlich, bis Stu eine Kleinigkeit bemerkte, die ihn beunruhigte. Er trat an Farrell heran.

„Warum stehen bewaffnete Männer an jeder Ecke der Mine?" Tatsächlich patrouillierten fast zehn von ihnen mit doppelläufigen Flinten zwischen den Arbeitern.

„Mach dir keine Sorgen", flüsterte Neal. „Sie beschützen uns vor Wildtieren, wie Pumas oder Outlaws, die sich an Mister de Groots Gold bedienen wollen." Während Stuart tief durchatmete, fuhr der Vorarbeiter fort. „Stell dich darauf ein, dass dich diese Gentlemen nach jeder Schicht genau durchsuchen. Unser Boss ist ein netter Mensch, aber seit er von Angestellten bestohlen wurde, ist dies die beste Lösung, um seinen Gewinn sicherzustellen." Mit einem mulmigen Gefühl folgte Stu seinem Vorarbeiter zum Brecher. Die durch Dampf getriebene Maschine bestand aus acht breiten Eisenstempeln, die mit voller Wucht hinabsausten und die großen Brocken zertrümmerten. „Siehst du, hier zermahlen wir das grobe Gestein, bis es nur noch Pulver ist. Dann schaufeln wir es in die Waschrinne. Auf den ersten zehn Metern wird es manuell durchgerüttelt, so dass sich schon auf der ersten Strecke das Gold vom Schmutz löst." Erwartungsvoll nickte Stu, krempelte sich die Ärmel hoch und fragte: „Wo soll ich anfangen? Mister Clay hat mir gezeigt, wie man schürft." Doch Farrell schüttelte den Kopf. Seine raue Hand wies auf den dunklen, von Holzbalken gestützten, Mineneingang.

„Ehe du hier eingesetzt werden kannst, müssen wir erst mal sehen, wie belastbar du bist. Schnapp dir eine Hacke und geh zu Jack. Er wird dich einweisen." Stu wirkte unzufrieden mit dieser Entscheidung.

Aber es blieb ihm nichts anderes übrig, als sich den Anweisungen zu beugen. So nahm der junge Engländer eine Spitzhacke und betrat den Stollen. In dem schmalen Gang befanden sich Gleise auf dem rauen Boden, was den Burschen verwunderte. Erst nach weiteren zwanzig Metern sah er Licht. Mit gewaltigen Schlägen bearbeiteten die Männer die harte Steinwand.

„Endlich bist du da", sprach Whitney, der Mund und Nase unter einem umgebundenen Tuch verbarg. „Zieh dir ein Tuch vor. Der Staub zieht dir sonst in die Lungen." Hastig bedeckte er seine Atemwege und sah sich um. Neben den Öllampen, welche für das notwendige Licht sorgten, stand ein Käfig in dem ein kleiner Vogel zwitschernd umhersprang. Jack bemerkte, dass dies seinen neuen Kameraden irritierte und sprach: „Er ist ein Warnsignal. Wenn der Kleine ohnmächtig wird oder die Laternen nicht mehr richtig brennen, wissen wir, dass zu wenig Sauerstoff hier drin ist. Dann renn augenblicklich los." Diese Worte nahm er sich zu Herzen. So holte auch Stuart weit aus und versuchte mit der Hilfe seiner neuen Freunde die Quarzader endlich freizulegen. Aber zwischen jedem Schlag galt sein Blick dem Vogel sowie den brennenden Lampen. Zwei weitere Minenarbeiter schaufelten die abgeschlagenen Steinstücke in die Lore. Laster hatte nun die Aufgabe diese nach draußen zu schieben. Je nach Gewicht des eisernen Wagens konnte Manning ein Pferd davor spannen, welches ihm die Arbeit erleichterte. Stunde um Stunde verging. Nur das laute Dröhnen des Brechers mischte sich unter die dumpfen Schläge. Als das Schichtende nahte, fühlte sich Stuart ausgelaugt. Überglücklich, dass der Vogel noch am Leben war, verließ er mit seinen Kollegen den Stollen. Der erste Atemzug in frischer Luft schien wie eine Befreiung.

Nachdem sie sich alle der Sicherheitsuntersuchung unterzogen hatten, bestiegen die jungen Männer den Wagen Richtung Kingston. Von Neugier getrieben sprach Laster den Neuen an.

„Na? Wie war der erste Tag?" Stus gequältes Lächeln sprach Bände.

„Es geht schon. Aber mir schmerzt jeder Knochen im Körper." Whitney lachte und zündete sich eine Zigarette an.

„Irgendwann spürst du den Schmerz nicht mehr. Spätestens, wenn du deinen Gehaltscheck einlöst", erwiderte Jack und klopfte dem Neuen zuversichtlich auf die Schulter. Die Sonne war bereits hinter den Bergen verschwunden. Dunkelheit umfasste den gesamten Talabschnitt. Whitney und Manning blieben noch eine Weile bei ihm stehen und unterhielten sich. Nachdem sich Laster von den beiden verabschiedet hatte, nahm Jack den jungen Engländer zur Seite.

„Hast du Lust mit mir noch etwas trinken zu gehen? Es ist Happy Hour bei Burnside." Aber Stuart verneinte. Er wollte nur noch ins Bett. So trennten sich die Wege der Kollegen an den Türen des Saloons. Irving schien ausgebrannt. Noch nie in seinem Leben musste er solch körperliche Arbeit verrichten, was ihn an der Richtigkeit seines Wunsches zweifeln ließ. Schließlich erreichte er sein Eigenheim. Doch kein Licht brannte im Inneren. Vorsichtig öffnete er die Tür, sah sich um und zündete die Lampe an. Auf dem Tisch befand sich ein zugedeckter Teller. Daneben eine kurze Nachricht seiner Schwester. Er nahm den Zettel und ahnte bereits, was darinstand.

Sie schreibt, dass sie bei Tony sei und ihm beim Viehfüttern helfen würde. Penny scheint ihn tatsächlich zu lieben.

Stuart zerknüllte den Brief und setzte sich an den Tisch. „Ich habe es gewusst", flüsterte er bedrückt.

Deprimiert darüber, mit niemandem über seinen Tag sprechen zu können, hob er das Geschirrtuch von seinem

Essen. Wiederum lag ein saftiges Steak auf dem Teller, dazu gab es gekochte Maiskolben.

Ich schinde mich und meine Schwester vergnügt sich nach der Arbeit. Aber warum wundert es mich. Es war abzusehen.

Energisch warf er die Serviette in die Ecke, schloss die Tür hinter sich und lief ohne Halt zu Kens Saloon, um sich mit seiner neuen Familie, welche er in den Goldsuchern zu finden schien, zu betrinken.

Gott möge mir vergeben.

9. Kapitel

Drei Jahre später hatten sich die Geschwister entzweit. Tony hatte sich bei Stu das Einverständnis geholt Penny zu heiraten. Obwohl dies die Kluft zwischen ihm und seiner Schwester unüberwindlich machte, willigte er ein. Wenigstens Sie sollte ihr Glück finden. Stuart war am fraglichen Tag ihr Trauzeuge und konnte sich die Tränen nicht verkneifen. Nicht aus Freude, sondern aus Angst sein Leben ab diesem Zeitpunkt allein bestreiten zu müssen. Da Penny auszog diente die gemeinsame Hütte Stu nur noch als Schlafplatz. Um die Einsamkeit erträglich zu machen, traf er sich mit den anderen Schürfern und verfiel zusehends dem Alkohol. Das einzige Glück, welches er noch empfand, war das wöchentliche Goldwiegen, zu welchem Mister de Groot immer höchst persönlich erschien. In Begleitung von zwei bewaffneten Männern brachte er danach den Gewinn zur Bank, wo er auch die wöchentlichen Schecks für seine Mitarbeiter ausfüllte. So vergingen weitere Monate und der Sommer brach herein. Es war das heißeste Jahr, das die Einwohner von Kingston je erlebt hatten. Der Fluss führte kaum noch Wasser und Shermans Weiden drohten zu verdorren. An diesem Abend saßen Penny und Tony bereits beim Abendessen, als es plötzlich an der Tür klopfte. Stus Schwester, die im vierten Monat schwanger war, ging und öffnete. Sie erschrak als Mister de Groot in Begleitung seiner Wächter vor ihr stand. Penny Sherman sah nur die Gewehre. Der holländische Geschäftsmann zog seinen breiten Hut ab, ehe er die überraschte, junge Frau ansprach.

„Ich wünsche Ihnen einen guten Abend, Misses Sherman. Hoffentlich stören wir Sie nicht beim Abendbrot."

„Nein. Sie wollen sicherlich zu meinem Ehemann."

„Das wäre nett. Ist er zu sprechen?" Im selben Moment kam Tony hinzu, der seine Frau schützend zur Seite schob. Mit ernster Miene sah er den Minenbesitzer an.

„Was wollen Sie hier, Mister de Groot?"

„Bleiben wir doch höflich. Ich wünsche Ihnen erst einmal einen schönen Abend." Aber der Viehzüchter ahnte schon, dass der feine Herr nicht aus Höflichkeit bei ihm anklopfte. So verschränkte er die Arme vor der Brust und fragte erneut, allerdings energischer denn zuvor: „Womit kann ich Ihnen helfen?" Selbstbewusst zündete sich Aart eine Zigarre an.

„Ich habe gehört, dass es dieses Jahr schwer wird mit der Viehzucht weiterzumachen. Deshalb bin ich hier."

„Keine Ahnung, was Sie gehört haben, aber wir kommen über den heißen Sommer. Machen Sie sich keine Sorgen." Lächelnd blies der Geschäftsmann den Rauch in den rötlichen Abendhimmel.

„Ihre Farm liegt direkt am Fluss, was den Grund für mich sehr interessant macht. Ich möchte in den Biegungen schürfen. Dazu müssen meine Männer jedoch über Ihr Grundstück."

„Worauf wollen Sie hinaus, zum Teufel?" Auf einen Fingerzeig hin übergab einer seiner Leibwachen ein prallgefülltes Leinesäckchen und de Groot fuhr fort.

„Wie mir zu Ohren gekommen ist, ist Ihre Frau in anderen Umständen. Es wäre ein Jammer, das Leben Ihrer jungen Familie für dieses Stück Land aufs Spiel zu setzen."

„Drohen Sie mir? Mir und meiner kleinen Familie?" Der Dutchman schüttelte den Kopf.

„Nein, da haben Sie mich missverstanden, Mister Sherman. Ich habe nur eine Vorliebe für Ihr Land und will, dass es Ihnen und Ihrer Frau gut geht." Tony öffnete das Säckchen und sechs Unzen feinstes Gold strahlten ihm entgegen. Ein kurzes Schweigen machte sich breit, während der werdende Vater das pulvrige Edelmetall durch seine Finger rieseln ließ. „Denken Sie an Ihre Zukunft." Doch Tony reichte ihm den Beutel und sprach: „Sie denken doch nur an Ihren Vorteil. Dass Sie mein Land umgraben, den Fluss umleiten und damit alles zerstören, wofür meine Eltern so hart gearbeitet haben, scheint Ihnen völlig egal zu sein. Vielen Dank. Aber ich verzichte. Bitte verlassen sie nun mein Grundstück." Schwungvoll schlug er die massive Holztür vor de Groots Nase zu.

„Das ist eine Frechheit", zischte Penny und sah ihren Mann entsetzt an. Der Farmer hingegen behielt die Ruhe. Grübelnd nahm er wieder am Tisch Platz.

„Bitte, setz dich. Sonst wird dein Essen kalt." Schweigend über das, was gerade passiert war ließ es sich Sherman schmecken. Nur seine Gattin mochte sich damit nicht zufriedengeben.

„Du weißt, er gibt nicht eher Ruhe, bevor du ihm dein Land verkauft hast", fuhr Penny fort. „Es wäre das Beste, du sprichst mit Stu darüber." Mit weitaufgerissenen Augen sah er seine Frau an und antwortete: „Wie soll mir dein Bruder helfen? Er arbeitet für den Verbrecher."

„Versuch es. Stuart hat bestimmt eine Idee." Sie stand auf, gab ihm einen Kuss, ehe sie im Schlafzimmer verschwand. Eine Stunde verging, in der Penny sich nicht mehr sehen ließ. Also fasste sich der Viehzüchter ein

Herz und schlich durch die Stadt. Nachdenklich blieb er vor Kens Saloon stehen. Ein flüchtiger Blick durch die große Fensterscheibe genügte, um den gesuchten Bruder aufzufinden. Mit versteinerter Miene saß Stuart an einem kleinen Tisch. Erschrocken schüttelte Sherman den Kopf. Tiefe Augenringe zierten das eingefallene Gesicht seines Schwagers. Es wirkte, als hätte sich Stu seit Wochen nicht rasiert. Stattdessen stand vor ihm eine Flasche Bourbon auf dem Tisch. Tony fasste sich ein Herz und betrat das Etablissement. Von weitem rief Irving ihm zu: „Komm her. Setz dich zu mir." Peinlich berührt ging der Farmer auf ihn zu. Die Blicke der anwesenden Stadtbewohner waren ihm sehr unangenehm. „Hier, trink einen Schluck", lallte Stu und goss das Glas halbvoll. „Der werdende Vater sollte sich mal etwas gönnen." In diesem Augenblick kam Jack zusammen mit dem alten Oakey herein. Während die beiden an der Bar Platz nahmen, genehmigte sich Tony ein Glas.

„Ich muss mit dir sprechen", flüsterte er besorgt.

„Was gibt es? Geht es Penny und dem Baby gut?"

„Ja. Doktor Colburn sieht einmal die Woche nach ihr." Bedrückt wendete er den Whiskeybecher, bevor sein Schwager diesen erneut füllte. „Es geht um Mister de Groot" wisperte Tony leise. „Er will mein Land."

„Das ist doch eine feine Sache. Er bezahlt gut und für euch wäre es auch eine Möglichkeit. Immerhin wirst du Vater."

„Penny hat mich gebeten mit dir zu sprechen. Sie denkt, dass du vielleicht mit ihm reden könntest." Daraufhin begann Stuart laut zu lachen, ehe er das Glas nahm und austrank.

Neugierig fragte er: „Wie soll ich das machen? Ich arbeite für ihn. Glaubst du ernsthaft, de Groot sei an meiner

Meinung interessiert?" Tony konnte nur verständnisvoll nicken.

„Das habe ich ihr auch gesagt, aber du weißt, wie sie ist."

„Ja. Sie ist stur." Sherman blieb eine Weile an der Seite seines Schwagers und unterhielt sich, als plötzlich vier Fremde den Saloon betraten. Die regen Unterhaltungen fanden ein abruptes Ende. Selbst Oakey, den normalerweise kein Mensch interessierte, den er nicht kannte, wandte sich den Gentlemen zu. Ihre Kleidung schien maßgefertigt. Sie trugen schwarze Hüte und die polierten Stiefel klackten laut auf den Dielen. Zuvorkommend nahmen sie die Hüte zum Gruß ab. Nachdem sie sich am Tresen aufhielten, schenkten Stu und Tony ihnen keine Aufmerksamkeit mehr. „Geh nach Hause. Nimm dies mit. Es ist zwar kein Gespräch mit de Groot, aber ich helfe euch, wo ich kann." Irving griff in seine Tasche und zog zwei Dollar hervor. „Das reicht wenigstens, um Nahrungsmittel zu kaufen und den Hof zu halten. Wenn ihr mehr braucht, melde dich." Sherman wusste nicht, was er sagen sollte. Voller Dankbarkeit nahm er ihn in den Arm. Doch im selben Moment empfand Stuart nur Enttäuschung und Wut.

Was soll das nur werden, wenn Tony schon jetzt zu mir betteln kommt?

Nach einem weiteren Schluck galt Irvings Aufmerksamkeit den Herrschaften. Auch Sheriff Hartman, der in einer dunklen Ecke saß, zeigte großes Interesse an ihnen. Der Gesetzeshüter drückte seine Zigarette aus, bevor er sich der Theke näherte. Auf ein Kopfnicken hin gingen Clay und Whitney zu Stuart, während Jeff schwungvoll neben den Neuen Platz nahm. Ein selbstbewusstes Lächeln ließ auf sein Anliegen schließen.

„Schönen Abend, die Herren", raunte er mit tiefer Stimme. Einer von ihnen antwortete schnell: „Das wünschen wir Ihnen ebenso, Sir." Sein gepflegter Schnurrbart ließ auf ein wohlhabendes Elternhaus schließen. Dies unterstrich ebenfalls die Wortwahl. Dessen Freunde, die nicht älter als Stuart sein konnten, schwiegen und sahen sich verunsichert um.

„Darf ich fragen, was Sie und ihre Amigos ins verlassene Western Territory treibt?" Der Mann legte einen Dollar auf den Tresen und gab Ken ein Zeichen vier Whiskeys auszuschenken, bevor er auf die Frage des Sheriffs einging.

„Meine Freunde und ich sind nur auf der Durchreise. Wir haben fünf lange Tage in den Knochen stecken. Nun sehnen wir uns nach einem guten Bett, um neue Kräfte für die Weiterreise zu sammeln." Hartmann misstraute den jungen Männern. Also hakte er weiter nach.

„Wie lange wollen Sie in Kingston bleiben und wo soll es dann hingehen?"

„Sie stellen viele Fragen, Sir", sprach der Fremde mit einem zynischen Lächeln. „Ich denke vier oder fünf Tage. Dann geht es weiter nach Süden." Aufmerksam musterte der Gesetzeshüter die Burschen. Nun kam ihm langjährige Erfahrung zugute. Jeff bemerkte die leichten Ausbeulungen an den rechten Hüften der Burschen und zischte: „Ich sehe, ihr seid bewaffnet."

„Ist das ein Problem? Immerhin waren wir in der Wüste unterwegs. Sie wissen, welche Gefahren dort lauern", erwiderte einer von ihnen.

„Dessen bin ich mir bewusst. Lasst mich euch einen Rat geben. Verzichtet auf den Gebrauch der Schusswaffen, sonst werde ich mich um euch kümmern." Leise antwortete der Fremde in ruhigem Ton.

„Ja, Sir. Wir führen nichts Unrechtes im Schilde, sondern wollen nur unsere Ruhe." Damit gab sich Hartman zufrieden, drehte um und nahm wieder an dem kleinen Ecktisch Platz. Währenddessen griff sich der alte Oakey an die Brust. Sein Atem war schwer, was Jack und Stu sofort auffiel.

„Ist alles in Ordnung, mein Lieber?", wisperte Whitney besorgt.

„Ja, ja", raunte Desmond. „Meine besten Jahre sind vorüber. Doktor Colburn sagt, ich hätte ein schwaches Herz. Daher soll ich mich des Öfteren ausruhen."

„Das fällt dir sicher schwer", sprach Stuart und klopfte ihm auf die Schulter.

„Ich werde nichts an meinen Lebensumständen ändern. Ohne meine Pfeife oder einen guten Schluck Moonshine ist mein Dasein völlig sinnlos." In diesem Augenblick trat Aart de Groot ein. Neugierig sah er sich um. Als er Jack und Stuart sah ging er direkt auf sie zu. In ruhigem Ton erkundigte er sich nach dem Vorankommen in seiner Mine.

„Es läuft, Mister de Groot", sprach Jack. „Neal Farrell ist noch dort, um die Quarzader weiter zu verflogen. Er markiert die Stellen, an denen wir morgen weiterarbeiten."

„Das klingt vielversprechend. Gute Arbeit, Männer. Bringt mir weiterhin Gold und es wird sich für euch lohnen." Plötzlich wurden die Fremden am Tresen hellhörig, was auch dem Sheriff auffiel. Nachdem der Dutchman bei ihm Platz genommen hatte, sahen sie den Gesetzeshüter, wie er den Minenbesitzer ernst ins Gebet nahm.

Er ahnte, dass der Besuch der Männer nicht zufällig war. Schließlich verabschiedete sich Irving von seinen Freunden. Stuart wollte noch etwas essen und dann zu

Bett gehen. Als er gerade das Licht löschen wollte, klopfte es energisch an der Tür. Es war Penny. Ihr Blick wirkte besorgt und sie zitterte wie Espenlaub. Tränen liefen über ihre schmalen Wangen.

„Penny?", flüsterte er überrascht und bat seine Schwester hinein. „Setz dich hin. Sag mir, was los ist?"

„Es geht um die Farm. Tony hat gesagt, er hätte mit dir gesprochen."

„Ja, das hat er."

„Unsere Rinder können von dem verdorrten Gras nicht überleben. Wir brauchen zusätzliches Futter. Doch dies muss angeliefert werden." Stu neigte sich zu ihr.

„Ich habe deinem Mann schon Geld gegeben und ihm versichert, dass ihr die Hälfte meines Lohnes bekommt." Penny sah ihn ernst an.

„Das reicht nicht, Stu. Deshalb bin ich hier. Du weißt, dass ich keine Bettlerin bin, aber ich habe keine andere Wahl." Ihr Bruder ahnte, worauf sie hinauswollte.

„Du willst die Hälfte von Paulas Geld." Es war ihr sehr peinlich und sie nickte, während sie zu Boden sah.

„Ich weiß, ich verlange viel. Aber du würdest uns, würdest mir sehr helfen." Er griff unter sein Bett, zog eine Kiste hervor und öffnete sie. Ohne weitere Worte zu verlieren, teilte Stu die Dollars auf.

„Hier ist dein Anteil."

„Danke", wisperte sie.

„Pass auf dich und meinen Neffen auf", erwiderte Stu mit enttäuschter, angetrunkener Stimme.

„Woher willst du wissen, dass es ein Junge wird?" Teilnahmslos wandte er sich ab und antwortete: „Ich glaube fest daran."

Seine Schwester stand auf, nahm ihn in den Arm und versuchte ihm ins Gewissen zu reden.

„Du trinkst zu viel. Hör bitte auf damit." Das war zu viel für den hart arbeitenden, jungen Mann. Vorsichtig löste er sich von ihr, bevor er auf die Tür wies.

„Du solltest jetzt gehen", raunte Irving und musste mit sich kämpfen, um ruhig zu bleiben.

„Wieso? Ich wollte nur…" Ihr Bruder unterbrach sie in harschem Ton.

„Du hast mir, seit wir England den Rücken gekehrt haben, nur Vorwürfe gemacht. Jede Entscheidung war falsch. Selbst jetzt, wo du das hast, was ich nie haben werde, versuchst du mich niederzumachen. Ich wünschte, ich wäre damals ohne dich gegangen." Wie vom Blitz getroffen nahm Penny die Schelte ihres Bruders auf. Sie stand auf und ging. In dieser Lage war für Stu an Schlaf wieder einmal nicht zu denken. Weinend lag er da. Als der nächste Tag anbrach, hatte sich nichts verbessert. Die Stimmung war am Tiefpunkt. Selbst die aufmunternden Worte seiner Kameraden vermochten es nicht ihn aufzuheitern. Das Gespräch der letzten Nacht ging ihm nicht mehr aus dem Kopf. Immer wieder schlug er heftig mit der Spitzhacke auf die Quarzader ein. So versuchte Irving die Wut, ganz besonders auf sich selbst, abzubauen. Laster, der an der Lore stand und die Brocken auflas, bemerkte, dass es Stu nicht gut ging. Auch Jack sah aus den Augenwinkeln immer wieder zu seinem Freund hinüber, der so lange die Spitze seines Werkzeugs in der Wand vergrub, bis diese auf einmal nachgab. Panik ergriff die Minenarbeiter, da die Felsstücke plötzlich nachgaben.

„Raus hier", donnerte Whitneys Stimme durch den dunklen Stollen.

Er stieß Stu zum Ausgang und ein dicker Felsen donnerte auf seine alte Position nieder. Staub und Schmutz erschwerten die Sicht, als sie ins Freie flüchteten. Erschrocken, zitternd vor Angst stand der junge Engländer da. Er wusste nicht, ob er vor Glück lachen oder doch weinen sollte.

„Verdammt, wir hätten draufgehen können", stotterte Laster Manning, bevor er hysterisch anfing zu lachen. Farrell stoppte den lauten Brecher, der verhinderte, dass der Vorarbeiter jegliches Geräusch vernehmen konnte. Aufgeregt fiel er neben Stuart auf die Knie und erkundigte sich nach dem Wohl seiner treuen Mitarbeiter.

„Wir haben es knapp überlebt", raunte Jack, während er sich den Schmutz aus seinem Gesicht wischte. Neal ließ sich schildern, wie es zu dem Einsturz kommen konnte. Da er das Leben der Minenarbeiter nicht aufs Spiel setzen wollte, brach er für heute die Arbeiten ab. Während seine Männer sich erneut in Burnsides Saloon versammelten, machte der Vorarbeiter Meldung bei Mister de Groot, welcher die Mine umgehend stilllegen ließ, bis ein Statiker sich vor Ort ein Bild der Lage gemacht hatte. Dies bedeutete allerdings auch unbezahlte Freizeit für seine Männer. Als sie zu späterer Stunde davon erfuhren, war die Stimmung angespannt, gar gereizt. Stuart nahm die Entscheidung eher gelassen zur Kenntnis, während die restlichen Familienväter, wie Laster, auf das wöchentliche Geld angewiesen waren. Die Fremden lauschten dem aufgebrachten Gespräch und steckten die Köpfe zusammen. Niemand beachtete die Outlaws. Nur Stu hatte ein schlechtes Gefühl gegenüber den Neuen. Da Whitney die Beschwerden seiner Kameraden nicht mehr ertragen konnte, gesellte er sich zu Irving.

„Was machst du heute Abend noch?", fragte der drahtige Goldschürfer. Irving zuckte, wie so oft, nur mit den Schultern und stürzte ein Glas Whiskey runter.

„Ich habe keine Ahnung. Wahrscheinlich werde ich mich um mein Grundstück kümmern, so lange wir nichts zu tun haben."

Er beobachtete aus den Augenwinkeln, wie sich zwei der Fremden von den Dirnen bezirzen ließen. „Sag Ken, ich habe meine Rechnung beglichen." Stu legte einige Münzen auf den Tisch und klopfte Jack auf die Schulter. „Ich verschwinde jetzt." Kaum hatte der Engländer den Saloon verlassen, da schaute er in die Augen von Miss Diane. Die hübsche Frau war eine von Misses Aberdeens Edelprostituierten, die am Rande der Ortschaft das Bordell unter ihrer Leitung hatte. Ihr gelocktes, rotbraunes Haar funkelte im Schein der Straßenlaterne.

„Hast du Feuer für mich, Stu?", fragte sie mit einer lasziven, verruchten Stimme.

„Natürlich, Miss Diane", flüsterte Stuart und zündete ihr eine Zigarette an. Vom Ballast des eigenen Lebens gedrückt, wollte Irving gerade weitergehen, als die hübsche, vollbusige Lady ihn erneut ansprach.

„Willst du ein wenig Spaß haben? Ich bringe dich auf andere Gedanken." Nachdenklich blieb er stehen, überlegte kurz und stimmte zögerlich zu. „Glaub mir, Stuart. Nach einer Nacht mit mir sind all deine Probleme, Sorgen und Nöte vergessen." Kurz nachdem sie Stu auf ihr Zimmer begleitet hatte, wollte sie sich noch etwas zu trinken holen. Auf dem schmalen Flur drangen plötzlich die Stimmen der beiden Outlaws an sie heran. Miss Diane hielt die Luft an, versteckte sich hinter der hölzernen Wand und lauschte.

Wie versteinert stand sie da, als sie hörte, dass die Fremden einen Überfall vorbereiteten. Das Ziel war die örtliche Bank, wo sich die gesammelten Einnahmen von Mister de Groots Minenbetrieb befanden. Eilig lief Diane zurück auf ihr Zimmer, doch gegenüber Stu schwieg sie. Es waren bereits zwei Stunden vergangen. Noch immer stand der gebürtige Engländer am Fenster und starrte auf die belebte Straße hinaus.

„Willst du nicht zu mir kommen?", fragte die Dirne, während sie auffordernd auf die breite, gemütliche Matratze klopfte.

„Mir steht momentan nicht der Sinn nach körperlichem Vergnügen, Miss Diane. Mein Leben gerät gerade aus den Fugen. Die Risse scheinen mir übergroß, so dass ich sie nicht mehr zu füllen vermag." Diane merkte, dass Stu aus einem anderen Holz geschnitzt war als all die anderen Männer, die sie zuvor beglückte. Verständnisvoll setzte sie sich neben ihn aufs Bett und tröstete ihn, während der Angestellte sein Herz öffnete. Unter Tränen erzählte er ihr von seinem Leben, dem Zwist mit seiner Schwester und, dass er nicht wisse, wie es nun weitergehen sollte. Diane hatte noch nie zuvor einen solchen Gast. Sie litt mit ihm. Doch sie konnte das mitangehörte Gespräch nicht vergessen.

„Du versuchst ohne Flügel zu fliegen", flüsterte sie verständnisvoll. „Sprich dich mit deiner Schwester aus. Es nutzt keinen von euch, wenn so viel böses Blut zwischen euch herrscht." Letztendlich legte Stu sich in seiner Arbeitskleidung neben sie. Als die Nacht sich dem Ende neigte, hatte er all die Dinge, welche ihm so stark auf der Seele lagen mit ihr besprochen. Er schien an diesem Morgen wie neugeboren. Erleichtert, sich all den Frust von der Seele reden zu können, verließ er das Etablissement, aber nicht ohne Miss Diane für ihre Art zu entlohnen. Voll neuer Kraft ging er nach Hause und verrichtete Verbesserungen an seiner Unterkunft. Nicht wissend, wann er seiner Bestimmung wieder nachgehen konnte. Miss

Diane hingegen wirkte nervös. In ihrem Hinterkopf spukte immer noch das Gespräch der Fremden. So nahm sie all ihren Mut zusammen und ging zu Sheriff Hartman. Nach einem kurzen Wortwechsel führte er sie vorsichtig, immer den Blick auf den Eingang des Saloons gerichtet, in sein Büro. Wenige Augenblicke verstrichen, ehe die Prostituierte wieder die Straße betrat. Jeff folgte ihr. Aufmerksam schweifte sein grimmiger Blick umher. Doch er bemerkte nicht, dass er von den leicht wehenden Vorhängen aus beobachtet wurde. Schon zwei Tage später sollte ein unglücklicher Umstand den Outlaws in die Karten spielen. Es war Donnerstagmorgen. Der gesamte Ort befand sich in einer bedrückenden, gar ungewohnten Stille. Die brennende Sonne sorgte dafür, dass kaum ein Mensch sich ins Freie traute. Selbst die Schulkinder erhielten eine Freistellung aufgrund der erdrückenden Hitze. Noch immer gab es keine genauen Aussagen, wie es mit der Mine weitergehen sollte. Also hielt sich Stu im Garten seines Hauses auf. Eine Hängematte, welche im Schatten zweier anliegenden Bäume hing, spendete ihm die nötige Erholung. Eins ließ ihn jedoch hellhörig werden. An diesem Morgen schallten nicht die Kirchenglocken über Kingston hinweg. Irritiert ging der junge Mann zum Sammelplatz neben der Kirche, der nicht weit von de Groots Haus entfernt. Allmählich sammelten sich die Arbeiter, bis Aart höchst persönlich erschien. Mit gesenktem Haupt trat er vor die Mannschaft. Um Fassung ringend sprach er anteilnehmend zu seinen Angestellten: „Wie Sie bereits erfahren haben dürften, ist in der letzten Nacht unser aller Freund, Kamerad und Weggefährte Desmond Oakey Clay an einem schwachen Herzen gestorben. Ich weiß, dass es ein Schock ist. Die Beerdigung wird übermorgen, also am Samstag, stattfinden."

Danach kam er jedoch auf den Punkt zu sprechen, der für ihn am wichtigsten war. „Es tut mir leid, ihnen keinen weiteren Lohn zahlen zu können, aber angesichts der Umstände sind mir die Hände gebunden. Ich bitte um ihr Verständnis und wünsche unserem Oakey eine Gute Reise." Dies war ein weiterer Schlag in Stus Magengrube. Er verdankte dem alten Kauz nicht nur sein Haus, sondern auch die Fähigkeit, notfalls allein, auf die Suche nach dem Gold zu gehen. Schockiert über die Nachricht sammelte Irving seine Schürfausrüstung, sattelte Twister und ritt nach Norden, immer am Fluss entlang. So vermochte er es, sich von der Trauer abzulenken. An einer Biegung stoppte er sein Pferd und sah sich um. Es schien eine vielversprechende Stelle zu sein. Das Wasser floss in den Kurven sehr langsam, was ihn zuversichtlich stimmte. Weit weg von all dem Trubel, schlug der junge Engländer sein Lager auf. Wie es ihm Clay gezeigt hatte, baute sich Stu eine Waschrinne und bereitete alles für den nächsten Tag vor. Doch in den Abendstunden wurde die Einsamkeit fast unerträglich. Nach der zweiten Flasche Schnaps überkam ihn eine bedrückende Melancholie.

All die Gefühle übermannten ihn auf einmal. Weinend saß er da und stierte in die lodernden Flammen des Lagerfeuers.

Warum tue ich mir das an. Meine Schwester ist fort, mein bester Freund und Mentor ebenfalls. Ich bin allein. Wie soll ich das bloß durchstehen?

Stuart hatte den Gedanken nicht einmal beendet, da zog er plötzlich seine Remington aus dem Holster. Minuten vergingen, in denen Irving seinen Blick nicht vom blitzenden Stahl abwenden konnte.

Ich könnte, hier und jetzt, sofort ein Ende machen. Einfach abdrücken. Dann hätte die quälende Einsamkeit ein Ende. Ich hätte endlich meinen Frieden. Mir wird das alles zu viel. Pennys Wut, Oakeys Tod...

Erneut liefen ihm Tränen über die schmalen Wangen. Sein Herz schlug wild in der Brust. Tief durchatmend schob er sich den Lauf in den Mund. Aber Stu konnte nicht den Abzug betätigen. Verzweifelt setzte er erneut an. Diesmal unter dem Kinn. Im selben Augenblick wurde ihm bewusst, wie sehr er an seinem, wenn auch nicht berauschenden, Leben hing.

Verflucht. Selbst das bringe ich nicht fertig. Ich bin ein Verlierer. Nichts weiter. Oakey, hilf mir. Sag, was ich tun kann, um ein glückliches Leben zu führen.

Nach einer Weile beruhigte sich sein Gemütszustand. So verstrich eine weitere Nacht ohne Schlaf. Immer, wenn ihm die Augen drohten zuzufallen, ertönte das Geheul der Wölfe und er fragte sich, was er sonst noch ertragen musste. Als am folgenden Morgen die ersten Sonnenstrahlen die Ebene erhellten, machte sich Stu auf, um das erlernte in die Tat umzusetzen. Zwar wusste er, dass es allein schwierig werden würde, doch sein Ehrgeiz war ungebrochen. Allein schon wegen dem Gedenken an Desmond. Er versuchte alle Arbeitsschritte allein zu erledigen. Vom Ausgraben des Schlamms, über das Rütteln, bis hin zum ständigen Wasserzulauf. Endlich hatte Stu es geschafft. Die letzte Schaufel schlammiger Kies rann durch die Rinne. Erschöpft, überglücklich es aus eigener Kraft geschafft zu haben, sank Irving auf die Knie. Sein lautes Lachen brach sich an den massiven Hängen des Passes. Nun blieb nur noch ein Schritt. Nämlich den Stoff auszuwaschen und den Rest zu trocknen. Dies bedeutete drei weitere Stunden Arbeit.

„Das war es", flüsterte er. Aufgeregt starrte Stu in die Schürfpfanne, welche er über das Feuer gestellt hatte.

Doch das Ergebnis war mehr als ernüchternd. Seine Wut und Enttäuschung bahnten sich den Weg, nachdem er das bisschen Goldstaub funkeln sah.

„Verflucht", knurrte er und verbarg das Gesicht hinter seinen geschundenen Händen. „Verfluchter Mist. Das ist nicht der Rede wert." Er stand auf, nahm tief Luft und schrie sich donnernd den Frust von der Seele. „Oakey, gib mir ein Zeichen. Was habe ich denn falsch gemacht?" Erneut flossen Tränen der puren Verzweiflung. Plötzlich zogen dunkle Wolken auf. Der Himmel färbte sich in ein tiefes Grau. Ein lautes Grollen fuhr über das Land und ließ sogar den Boden unter seinen Füßen leicht zittern. Gebannt schaute sich Stu dieses imposante Naturschauspiel an. Ohne einen Schutz fuhr schon ein Augenzwinkern später ein gleißender Blitz nieder. Er schien sich vor dem Auftreffen zu teilen und schlug in einem Kilometer Entfernung in den roten Stein der Berge ein. Das dürre Gras rundum die Einschlagsstelle fing Feuer. Es brannte lichterloh. Fasziniert von dieser brachialen Gewalt fragte sich Irving, ob es ein Zeichen seines verstorbenen Freundes sein könnte. Da er nichts bei sich trug, um den Punkt zu kartografieren, prägte sich der Goldgräber die Stelle peinlichst genau ein. Er schwor sich zurückzukommen und die Umgebung in Augenschein zu nehmen. Schließlich kam der Tag, an dem Desmond Clay zur letzten Ruhe gebettet werden sollte. Unter dem Läuten der Glocke versammelten sich seine Freunde, um dem alten Mann die letzte Ehre zu erweisen. Neben de Groot standen all seine Mitarbeiter.

Auch Tony Sherman war anwesend. Zusammen mit Penny blieb er hinter den Männern. Die Sonne brannte gnadenlos auf den Gottesacker nieder, als Stuart zwischen den Goldgräbern hervortrat. In seiner Hand befand sich ein schmales Nugget. Als Pater Ulysses an sein Leben erinnerte und den schlichten, hölzernen Sarg segnete, sah sich Sheriff Hartman um. Sein Blick galt der Straßenkreuzung, an welcher sich das Bankgebäude befand. Aufgrund der Aussage von Miss Diane hatte er an sämtlichen Häusern Freiwillige postiert, die schwer bewaffnet, versteckt das Geldhaus im Auge behielten. Nachdem der Sarg der Erde übergeben war, warf Irving das kleine Goldstück in die Grube. Er bekreuzigte sich und wollte gerade nach Hause gehen, da stürmten die Fremden in die Bank. Laute Schreie dröhnten über die Hauptstraße. Niemand ahnte, was sich in Randolph Jamissons Wänden abspielte. Wie versteinert blieben die Menschen plötzlich stehen. So auch Penny. Es dauerte nur Sekunden, bis die Fremden das Geldhaus verließen und die Hölle losbrach. Das laute Knallen der Schusssalven donnerte durch die Gassen und mischte sich mit dem beißenden Schießpulvergeruch. Der Anführer schoss um sich und rannte zu seinem Pferd, während ein weiterer von ihnen getroffen vor der Bank auf die Knie fiel. Mit weit geöffneten Augen sah Penny zu, wie er ein letztes Mal seine Waffe hob und auf die werdende Mutter zielte. Geistesgegenwärtig sprang Stuart vor seine Schwester. Die Arme weit geöffnet stand er schützend da. Es sollte lieber ihn treffen, anstelle seiner Schwester. Irving spürte, wie ein Rucken durch seine rechte Seite fuhr. Ein weiterer Knall schallte los und der Fremde sank in sich zusammen. Der Schuss traf ihn genau zwischen die Augen. Blut quoll aus der Wunde. Erst jetzt realisierte Stu, was geschehen war. Zitternd drehte er sich um und sah, wie Penny seine Remington in Händen hielt. Geschockt starrten sich die Geschwister an, ehe sie sich in Sicherheit bringen konnten. Schließlich fielen auch die verbleibenden beiden Outlaws dem tosenden Kugelhagel zum Opfer. Hartmann stürmte derweil dem Flüchtenden noch ein Stück nach. Wutentbrannt feuerte er, bis nur noch ein Klacken aus den Colts zu hören war. Zwei seiner Hilfssheriffs erschienen in Windeseile mit seinem Pferd. Ehe sich der Gesetzeshüter versah, erschien auch Aart de Groot, der bereits im Sattel saß. Ohne Worte waren sich die Männer einig, diesen Verbrecher zu verfolgen. Eine dichte Staubwolke verhüllte die Gebäude und sie waren verschwunden. Tony löste sich zuerst aus der Schockstarre.

„Penny, ist alles in Ordnung", flüsterte er. Sie nickte und ließ den Revolver fallen. In diesem Moment kam Doc Colburn angerannt. Zusammen mit Stu und ihrem Mann setzte er sie auf eine Treppenstufe. Der Arzt fühlte ihren Puls. Steven sprach sie behutsam an: „Geht es Ihnen gut, Penny." Die werdende Mutter nickte, als ihr Gesicht plötzlich kreidebleich wurde. „Sie wird ohnmächtig. Schnell. Bringt sie in meine Praxis." Die beiden nahmen Penny unter den Armen und brachten sie in das nahegelegene Haus. Bange Minuten vergingen. Während Sherman nervös umherlief, saß Stuart sprachlos da.

„Meine Schwester hat mir das Leben gerettet", stotterte er. Erst jetzt wurde ihm die Tragweite von Pennys Tat bewusst. „Ich hoffe, es geht dem Kind gut."

„Ja, Herr im Himmel. Das hoffe ich auch." Als sich die Tür öffnete und Misses Sherman heraustrat, fielen sich die Geschwister erneut in die Arme.

„Sie braucht Ruhe", sprach Doktor Colburn mit mahnender Stimme.

„Was ist mit dem Baby?", fragte ihr Mann, der bereits das Schlimmste befürchtete. Der Mediziner antwortete: „Es ist alles in bester Ordnung. Dennoch sollte sie sich von nun an schonen."

„Tut mir leid, Penny", wisperte Stu unter Tränen. „Ich konnte mich nicht bewegen."

„Du hast mich beschützt. Wer weiß, was geschehen wäre, wenn du dich ihm nicht in den Weg gestellt hättest. Lass uns bitte alle Streitigkeiten vergessen." Stuart stimmte seiner Schwester zuliebe zu. Am nächsten Tag wirkte die Stimmung im gesamten Ort gereizt. Eine Bürgerversammlung wurde einberufen und alle waren sich einig, dass die Leichen der Bankräuber am Rand von Kingston ausgestellt werden sollten. So musste jeder, der versuchte der friedlichen Bevölkerung Schaden zuzufügen, wissen, was ihm bevorsteht.

Von seiner kleinen Hütte aus, konnte Stu mitansehen, wie der Bestatter, der sechzigjährige Earl Harris, die Särge am Stadtrand aufstellte. Neugierig schlich Irving zu den ausgestellten Körpern, nachdem der Undertaker wieder seiner gewohnten Arbeit nachging. Mit verschränkten Armen sah er in die fahlen, starren Gesichter der Fremden. Stu kochte vor Wut, angesichts der Skrupellosigkeit, welche diese jungen Burschen an den Tag gelegt hatten. So spuckte er einem der Männer voller Verachtung ins Gesicht und betete, dass Sheriff Hartmann, Aart de Groot und ihre Helfer den Haupttäter schnell zu fassen bekamen. Niemand ahnte, dass sich der Trupp schon auf dem Rückweg befand. Am Abend, kurz bevor die Sonne unterging, erreichten sie Kingston. Vorneweg ritt der Minenbesitzer.

In seiner Hand hielt er den Leinensack, welcher mit der Beute gefüllt war. Neben Dollars und Silbermünzen, befand sich das Gold darin, welches Aart zum Einschmelzen an Jamisson übergeben hatte. Von dem sauberen Erscheinungsbild des Fremden war nicht mehr viel übrig. Das geschundene, schmutzige und blutverkrustete

Gesicht des Burschen wirkte teilnahmslos, während Jeff immer wieder einen Blick zurückwarf, um sicher zu sein, dass sich der gut gekleidete Outlaw sicher in Gewahrsam befand. Nachdem der erste die Ankunft bemerkte, füllten sich die Straßen. Sheriff Hartman zog den Verbrecher weiter, an den Händen gefesselt, mit einem Strick um den Hals, hinter sich her. Jeff hatte ihm die Zähne ausgeschlagen. Panisch sah er die leblosen Körper in ihren Särgen stehen. Tränen liefen ihm über die geschundenen Wangen, denn er ahnte, dass er Kingston nicht lebend verlassen würde. Einer der Bewohner begann zu applaudieren. Alle anderen taten es ihm gleich. Während Aart die Beute wieder zur Bank brachte, führte der Gesetzeshüter den Mann in eine Arrestzelle. Doch die Einwohner blieben auf der Straße stehen. Jeder wollte wissen, was nun mit ihm geschehen sollte. Daher rief der Sheriff eine Dringlichkeitssitzung des Stadtrats ein. Binnen einer halben Stunde trafen Ken Burnside, Aart de Groot, Sheriff Hartman, sowie Doktor Colburn und Pater Smith im Saloon ein. Unter den Wartenden stand auch Stuart. Nervös, wie sie entscheiden würden, schauten sie durch die Fensterscheibe. Je länger es dauerte, umso angespannter wurde die Stimmung. Ein lautes Raunen ging durch die Menge, bis die Männer herauskamen. Burnside räusperte sich kurz, ehe er das Wort ergriff.

„Wir haben eine Entscheidung gefällt, welche mit vier zu eins getroffen wurde. Der Fremde wird morgen, um die Mittagsstunde, sein Ende durch den Strick finden. Wir können nicht dulden, dass unsere friedlichen Bürger in solche Gefahr gebracht werden." Unter tosendem Applaus sahen sie sich um. Nur Pater Ulysses schien das Urteil nicht akzeptieren zu wollen. Betroffen hielt er sich zurück und bekreuzigte sich. Noch in der gleichen Nacht fertigten die Arbeiter des Sägewerks einen stabilen Galgen an. Ihr Drang nach Gerechtigkeit trieb sie an. So wurde gegen Mittag des Folgetages der letzte Nagel eingeschlagen. Stuart verließ in Begleitung von Jack, Laster und Neal den Gottesdienst. Da sahen sie, wie der Strick befestigt wurde. Ebenso fand eine Überprüfung der Funktionsfähigkeit der Falltür statt. Keiner wollte etwas dem Zufall überlassen. Schließlich gesellte sich auch Tony Sherman dazu.

„Wie geht es Penny?", erkundigte sich Stu nach ihrem Wohl. Der Viehzüchter starrte mit verschränkten Armen auf den Galgen und flüsterte: „Der Schock hat sich gelegt. Sie möchte aber diesem Mistkerl nicht noch einmal in die Augen sehen."

„Das kann ich durchaus verstehen", wisperte Jack mitfühlend.

„Hat Pater Smith ein Wort darüber verloren?"

„Nein", erwiderte Stu. „Er hat anscheinend als einziger gegen die Hinrichtung gestimmt.

„Das hat er schon einmal getan. Ich bin froh, wenn der Spuk ein Ende hat und wir das Urteil vollstreckt haben. Vielicht können wir dann wieder in Ruhe und Frieden weiterleben." Zusehends sammelten sich die Menschen neben dem Friedhof. Auf einmal tat sich ein Pfad zwischen der wartenden Masse auf und Hartman führte den verurteilten Mann die schmalen Stufen hinauf. Der Fremde weinte, doch Mitgefühl suchte er angesichts seiner Tat vergebens. Aart stand etwas abseits. Seine Miene war ernst, während er sich eine Zigarre anzündete. Niemand sprach ein Wort, als der Sheriff dem Fremden einen Leinensack über den Kopf zog und den Strick fest um den Hals legte. Er trat zur Seite, legte den Hebel um und die Luke unter den Füßen des Outlaws sprang auf. Mit voller

Wucht sauste der kräftig gebaute Mann runter. An den Füßen war sein Todeskampf zu erahnen. Wild bewegten sie sich vor und zurück, immer in der Hoffnung doch noch einen Halt zu finden. So vergingen qualvolle Minuten, bis er sich nicht mehr regte. Nun befand sich seine Seele in der Hand Gottes. Neal ging zu Mister de Groot und fragte, wo die Fremden ihre letzte Ruhe finden sollten. Abwertend sah Aart zu Ken und sprach leise: „Weit außerhalb des Friedhofs. Sie sollen nicht dieselbe Ehre erwiesen bekommen, wie unsere werten Bürger."

„Ja", pflichtete Burnside bei. „Wir werden sie in der Wüste bestatten, so dass sie unsere Toten nicht durch ihre Anwesenheit stören."

10. Kapitel

Allmählich legte sich die Aufregung der Bevölkerung über den versuchten Bankraub. Nichtsdestotrotz verstärkte Sheriff Hartman die Vorsichtsmaßnahmen. Um die Einlagen der Gemeinde zu schützen, beauftragte er weitere, schwerbewaffnete Männer, die Tag und Nacht vor dem Geldhaus patrouillierten. Dies interessierte Stuart nicht weiter. Er musste zusehen, dass weiterhin Geld in seine Taschen floss. Immerhin war es unklar, wann die Arbeiten in Aart de Groots Mine wieder aufgenommen werden konnten. Also packte der junge Engländer an diesem heißen Donnerstag erneut seine Taschen, um dem Flusslauf zu folgen und neue, goldreiche Biegungen zu entdecken. Obwohl es noch früh am Morgen war, erschien die Hitze fast schon unerträglich. Daher füllte Irving vier Feldflaschen mit kühlem Brunnenwasser, setzte seinen breiten Hut auf und überprüfte abermals die Waffen. Er wollte gerade in den Sattel steigen, als plötzlich Jacks Stimme ertönte.

„Morgen, Stu? Na? Darf ich fragen, was du vor hast?" Eingebremst von seinem Kollegen, stieg der Goldsucher wieder ab. Mit ernster Miene antwortete er auf diese, ihm lästige, Frage.

„Ich reite aus, Jack. Allerdings weiß ich noch nicht für wie lange." Sein Freund nickte zustimmend und erwiderte: „Mir würde auch ein bisschen Abstand guttun." Diese Anmerkung stieß jedoch bei Stuart auf taube Ohren. Während er erneut den Sitz der Satteltaschen prüfte, fragte er beiläufig: „Weißt du, ob und wann der Minenbetrieb wieder in Gang kommt?"

„Soweit ich weiß, soll heute noch ein Statiker aus Kalifornien hier auftauchen. Dieser wird dann den Stollen in Begleitung von Neal und dem Dutchman in Augenschein nehmen. Wenn alles in Ordnung ist, wird es ab Montag wieder losgehen."

„Das klingt gut. Dann haben wir wenigstens wieder eine sinnvolle Aufgabe."

„Hast du was dagegen, wenn ich dich begleite? Mir fällt langsam die Decke auf den Kopf." Stuart wollte nicht unhöflich sein und überlegte kurz. Immerhin würde er seine Schürfgründe verraten. Die einzige Möglichkeit war, die erneute Goldsuche zu verschieben. Irving wollte ihm gerade antworten, als auch sein Schwager dazu kam. Nachdem Tony die beiden begrüßt hatte, schaute ihn Stu entnervt an. Er ahnte, warum Pennys Mann da war.

„Was willst du hier?", raunte Irving.

„Kann ich dich für einen Augenblick allein sprechen?"

„Ja", knurrte er und wandte sich an den Kollegen. „Warte, Jack. Ich bin gleich wieder da." Daraufhin verschwanden sie in der Hütte. Höflich bot Stu dem Farmer einen Stuhl an, doch Sherman lehnte ab. „Darf ich nun wissen, was du von mir willst?" Nur zögerlich kam Tony auf den Punkt.

„Ich wollte mich bedanken, dass du uns aus den Schwierigkeiten geholfen hast."

„Kein Problem. Es war Pennys Anteil. Also warum hätte ich das Geld nicht mit ihr teilen sollen?"

„Darf ich erfahren, wo ihr ein solches Vermögen herhabt? Selbst wenn ich Tag und Nacht arbeiten würde, käme ich nie zu so viel Geld."

„Wieso fragst du gerade mich? Kann dir deine Frau dazu keine Auskunft geben?", zischte Stu und stellte sich entschlossen seinem Schwager entgegen.

„Sie sagt, dass sei euer beider Verdienst aus den zwei Jahren in New York. Du weißt, dass das an den Haaren herbeigezogen ist. Ich möchte nur erfahren, ob das Geld aus dubiosen Machenschaften stammt."

„Ich würde meiner Frau ein wenig mehr Vertrauen schenken, mein Lieber. Wir hatten bei einer reichen Frau Unterkunft gefunden. Dank ihr konnten wir diese Rücklagen bilden. Hast du sonst noch irgendwelche Fragen?" Skeptischen Blickes schüttelte Tony den Kopf und war sich unsicher, ob er den Geschwistern glauben sollte. „Denk an deinen Nachwuchs. Wenn du Penny Stress verursachst und sie das Kind verliert, bin ich zur Stelle. Das wird für dich kein gutes Ende nehmen. Hast du mich verstanden?" Eingeschüchtert von der Drohung, stand der kräftige Landwirt da. Er sah Stus Entschlossenheit. „Geh nach Hause. Dort wirst du sicher einiges zu tun haben."

„Warum bist du so garstig?", fragte Sherman verwundert. „Ich dachte zwischen uns sei alles in Ordnung."

„Lass mich doch endlich in Ruhe, Tony. Ich bin allein, während du das Glück hast eine Familie zu haben. Geh bitte." Überrascht von dieser knapp gefassten Emotion, verließ der Viehzüchter die Hütte. Zittrig lief Stu in seiner Stube umher. Ihm war anzusehen, dass ihm die brechende Bindung zu seiner Schwester naheging. Nach einer Weile ging er nach draußen, schritt an Jack vorbei und löste den Sattel seines Pferdes.

„Ich dachte wir reiten aus?", fragte Whitney verwundert.

„Nein. Mir ist die Lust vergangen", zischte Irving, während er die Taschen ins Haus brachte.

„Ist das die Schuld dieses Farmers?", raunte sein wütender Freund und warf Tony einen bösen Blick nach. Plötzlich packte Stu ihn am Kragen.

„Komm bloß nicht auf dumme Gedanken", sprach Stuart mit energischer Stimme. „Er ist mein Schwager. Da gibt es manchmal einige Unstimmigkeiten."

„Okay", wisperte Whitney, die Arme schützend in die Höhe gereckt. „Du tust ja, als wollte ich ihm den Kopf abreißen." Als sich die erhitzten Gemüter beruhigt hatten, flüsterte Stuart: „Kommst du mit zu Ken?"

„Weißt du, wie spät es ist? Ich denke es ist noch zu früh, um jetzt schon den ersten Drink zu nehmen."

„Dann geh. Sie zu, was du heute noch zu erledigen hast", raunte der Engländer, ging zurück in die Hütte und schlug die Tür hinter sich zu. Aus dem Winkel des kleinen Fensters beobachtete er seinen Kollegen, der sich kopfschüttelnd auf den Weg nach Hause machte. Noch immer konnte er das Zittern nicht unterdrücken. Erst nachdem Stu einen kräftigen Schluck Schnaps aus einer, in der alten Holztruhe versteckten, Flasche zu sich genommen hatte, beruhigte sich dieser Zustand. Stunden vergingen. Schließlich tauchte die Abendröte das Land in ein leuchtendes Rot. Während Irving eine zweite Flasche leerte, beschloss er Oakeys kleines Haus am Rande von Kingston aufzusuchen. Nachdem die Dunkelheit hereinbrach und die Sicht erschwert war, schlich er los. Keinesfalls sollte ihn jemand sehen, geschweige denn dumme Fragen stellen. So erreichte der junge Mann das gepflegte, kleine Haus des alten Goldgräbers. Da es unter vier dichtbewachsenen Mesquite-Bäumen lag konnte ihn niemand erkennen. Vorsichtig öffnete er die Tür und trat hinein. Die Ordnung, welche Clay in seinen vier Wänden gehalten hatte, beeindruckte ihn. Alles stand an einem festen Platz. Mit Tränen in den Augen trat er an den großen Tisch und setzte sich hin. Die hölzernen Wände schienen zu ihm zu sprechen. Sein Blick schweifte umher, bis Stu eine verschlossene Kiste entdeckte, die unter dem Bett, hinter einigen Wolldecken versteckt war. Neugierig holte Irving sie hervor und brach das Schloss auf. Überrascht starrte er ins Innere. Nichts lag darin, außer Oakeys kleiner Goldwaage.

„Ich hoffe du hast nichts dagegen, wenn ich sie mir nehme", wisperte Stu und wartete einen Augenblick, ob sein Mentor ihm ein Zeichen gab. Doch nichts geschah. Also schob er das Instrument in einen kleinen Beutel, der in der Ecke lag. Bevor der Bursche das Haus verließ, wandte er sich ein letztes Mal um, bekreuzigte sich demütig und flüsterte: „Danke, Desmond. Du hast an mich geglaubt. Das werde ich dir nie vergessen. Mach es gut, mein alter Freund."

Als Stu im Schutze der Dunkelheit zurückkehrte, blieb er plötzlich wie versteinert stehen. Schnell ging er in die Hocke. Vor der Eingangstür zu seiner Hütte stand Penny.

Ach, Penny. Wie gerne würde ich dir von meinen Funden berichten. Doch ich habe Angst vor deiner Reaktion. Es ist keine feste Arbeitsstelle. Ich kann dir nicht davon erzählen.

So wartete er, bis seine Schwester verschwand. Vom Wunsch beseelt, endlich den großen Fund zu machen und ein unabhängiges Leben führen zu können, sattelte Stu sein Pferd. Die dichten Wolken verzogen sich allmählich, so dass er im Schein des Mondlichts die Taschen packen konnte. Noch bevor die Sonne aufging, hatte der Engländer schon einige Meilen zurückgelegt. Gegen Mittag erreichte er die Flussbiegung, welche nicht weit entfernt von der Stelle lag, in der der Blitz eingeschlagen war.

Zwar trieb ihn die Abenteuerlust an, diesen Ort genau in Augenschein zu nehmen, aber die Zeit arbeitete gegen ihn. Immerhin hatte er noch eine Arbeitsstelle und somit eine Verpflichtung. Umso schneller errichtete Stu sein Camp. Flinker Hand waren schon gegen Mittag die letzten Nägel die Waschrinne eingeschlagen. Plötzlich raschelte es im naheliegenden Gebüsch. Aufgeschreckt zog Irving seine Remington aus dem Halfter und schlich auf die mannshohen Hecken zu. Er war sich sicher, dass Jack oder einer der Männer ihm gefolgt war.

„Ist da wer?", rief er lautstark, während er klackend seine Waffe spannte. Doch nichts verbarg sich hinter dem Buschwerk. Getrieben von seinem Goldfieber sicherte der junge Engländer das Terrain ab.

Verflucht. Sollte mir jemand gefolgt sein? Niemand darf von dieser Stelle erfahren. Ich muss wissen, warum gerade hier damals der Blitz niederging.

Letztendlich förderte Stu den Schlamm der Biegung ans Land und ließ ihn trocknen. Aber immer, wenn ein fremder Laut ertönte, zuckte er panisch zusammen. Durch das Üben ging ihm die Arbeit immer leichter von der Hand. Am Morgen des folgenden Sonntags schwenkte er zum letzten Mal seine Pfanne und trocknete das feine Edelmetall. Seine Augen funkelten beim Anblick des Goldes.

„So viel war es bisher noch nie. Dieses schöne, rasselnde Geräusch entschädigt für alles", flüsterte er grinsend. Erneut sah er sich um, ehe sein Gewinn in ein Einmachglas rieselte und in der Satteltasche verschwand. Überglücklich löschte Stu das Feuer, bevor er sich auf Twisters Rücken schwang. Währenddessen ging gerade die Sonntagsmesse zu Ende. Penny wunderte sich über das Fernbleiben ihres Bruders. Sorgevoll hielt sie sich an

Tonys Arm fest und flüsterte: „Hoffentlich geht es ihm gut. Er hat bislang noch nie den Kirchgang verpasst." Unbemerkt von den Einwohnern kehrte der erfolgreiche Goldschürfer zu seinem Grundstück zurück. Nachdem er Twister in den Stall gebracht hatte, eilte der Goldschürfer samt den Taschen in die Hütte. Aufgeregt über seinen Erfolg stellte Stuart die Waage auf und wog lächelnd seine Beute. Tief durchatmend rieselte das feine Gold durch seine Hände, hinein in die Schale.

„Mein Gott", wisperte Stu kopfschüttelnd. „Vier Unzen. Wo das ist, ist noch viel, viel mehr. Ich muss unbedingt zu dem Ort, an dem der Blitz niederging." Im selben Augenblick zeigte sich jedoch wieder seine Paranoia. *Ich muss es verstecken. Am besten in meiner Holzkiste. Sie kann ich abschließen und in der hintersten Ecke unter dem Bett verstecken.*

Ein letztes Mal schaute er sich um und füllte das Gold in ein Säckchen, ehe es in der Truhe verschwand. Berauscht von seinem bisher größten Fund, zuckte Stu zusammen, als es plötzlich an der Tür klopfte.

„Ich komme", rief er laut und schob die Kiste wieder unter das Bett. „Was ist denn?" Vor ihm standen Laster und Jack.

„Stuart? Es ist Zeit. Aart de Groot hat eine Besprechung angesetzt. Alle Arbeiter sollen erscheinen."

„Also gut", flüsterte Irving überrascht, nahm seine dünne Jacke vom Haken und folgte dem Kameraden in Kens Saloon. Aart saß bereits an seinem kleinen Tisch, während allmählich alle Schürfer eintrafen. Sie nahmen um ihren Boss herum Platz und warteten auf die Freigabe der Mine. Er zog ein letztes Mal an seiner Zigarre.

„Männer? Ihr habt lange Entbehrungen erlitten. Dafür möchte ich mich bei euch entschuldigen. Ich habe jedoch gute Nachrichten zu überbringen. Ab morgen könnt ihr wieder frisch ans Werk gehen. Der Statiker ist einverstanden. Allerdings hat er eins bemängelt." Die Arbeiter hielten den Atem an und warteten gespannt, was de Groot meinte. „Die Quarzader kann nicht per Hand abgetragen werden. Dann droht der Tunnel einzustürzen."

„Es bleibt uns nur eine Möglichkeit", erwiderte Farrell. „Die Ader muss gesprengt werden."

„Genau. Wir sprengen sie. Wenn sich der Staub gelegt hat, treibt ihr neue, zusätzliche Stützen in den Stollen und tragt die Trümmer ab. Unser Brecher wird den Rest erledigen. Denkt immer an eure Sicherheit. Das ist mir am wichtigsten." Stu wirkte zufrieden. Endlich schienen ihre Arbeitsstellen, wie auch der Lebensunterhalt der Familien wieder gesichert.

„Wer soll die Sprengungen durchführen?", fragte Laster, dem bereits die Schweißperlen auf der Stirn standen. Er hatte ein schlechtes Gefühl. „Niemand von uns versteht etwas davon." Doch de Groot zerschlug sämtliche Befürchtungen. Zuversichtlich klopfte er Zachary Coolidge auf die Schulter.

„Keine Sorge. Dafür ist Zack zuständig. Er hat schon Sprengungen in meiner kalifornischen Mine vorgenommen. Er genießt mein volles Vertrauen." Coolidge war eher kleingewachsen, drahtig und besaß große Erfahrungen mit jeglichen Sprengstoffen. Jeder der Männer hatte eine hohe Meinung von dem Achtunddreißigjährigen, dessen Ruhe und Gelassenheit sich stets auf die anderen übertrug. Er trank nicht, verzichtete auf den Tabakgenuss und hatte immer ein offenes Ohr für seine Mitmenschen.

„Ich werde Sie nicht enttäuschen Mister de Groot", sprach Zack mit seiner tiefen Stimme. „Ich freue mich schon auf Morgen. Dann können wir alle endlich wieder unserer Leidenschaft nachgehen." So war das Schicksal der Dutchman Mine vorerst gesichert. In den frühen Morgenstunden des nächsten Tages sammelten sich die Männer auf dem Wendeplatz. Wiederum standen drei Pferdewagen bereit, um sie zur Mine zu bringen. Die Stimmung wirkte ausgelassen. Jeder von ihnen war voller Vorfreude endlich wieder Geld verdienen zu können. Coolidge folgte ihnen mit dem Pferd, da er das gesamte Dynamit bei sich trug, um den Rest der Mannschaft nicht in Lebensgefahr zu bringen. An diesem Vormittag verdunkelten dichte, graue Wolken den Himmel. Schließlich begann es zu regnen, was für diese Jahreszeit völlig untypisch war. Als sie die Mine erreichten brachte Zack auf schnellstem Wege seine Sprengsätze ins Trockene. Stuart und seine Kameraden standen draußen. Der leichte Regen prasselte auf sie nieder. Trotz der Vorfreude blieb ein ungutes Gefühl, das sich in Windeseile auf die gesamte Truppe übertrug. Ein flüchtiger Blick zur Seite ließ den Engländer zur Salzsäule erstarren. Im prasselnden Regen, etwa zweihundert Meter von ihm entfernt, standen Simon Forsythe und Paula McDormand. Ihre Mienen schienen teilnahmslos. Während der Heizer eine Geste machte, als wolle er ihm den Hals durchschneiden, winkte Paula ab. Im leichten Wind vernahm Stu ihre raue Stimme, die immer wieder predigte, er solle diesen Ort verlassen. Erschrocken wandte sich Irving an Neal, der sich mittlerweile in Gesellschaft von Mister de Groot befand.

„Siehst du auch die zwei Personen da unten am Fluss stehen?", wisperte er leise seinem Vorarbeiter zu. Farrell sah nichts und zischte ihn wütend an: „Bist du jetzt völlig übergeschnappt? Da ist niemand." Eine solche Angst hatte Stu schon lange nicht mehr empfunden. Flehend wandte er sich erneut an seinen Vorarbeiter. Obwohl der

Regen die Kleidung völlig durchnässt hatte, schwitzten seine Hände.

„Wir sollten von hier verschwinden, solange es noch möglich ist, Neal."

„Es reicht", knurrte der Minenbesitzer, dem der Niederschlag bereits von der Hutkrempe lief. „Nach der Sprengung werden Sie wieder an die Arbeit gehen, Mister Irving." Mit bis auf den Leib durchnässter Kleidung schweifte Stus Blick zwischen der Flussbiegung und dem Tunneleingang umher. Auch bei seinen Freunden war die Anspannung spürbar. Jedoch aus anderem Grund. Niemand wusste, ob dieses Vorhaben gelingen würde. Unterdessen kniete Coolidge vor der Quarzwand. Er markierte einige Stellen und schlug mit der Hacke leichte Vertiefungen in den rieselnden Boden, der die Ader umfasste. Ruhig und konzentriert befestigte Zack die Sprengladungen. Ein Gebet kam noch leise über seine Lippen und er zündete die Lunten an. Jedoch hatte der erfahrene Minenarbeiter nicht bemerkt, dass die ganze Zeit über Regenwasser in dünnen Rinnsalen neben den Schienensträngen der Lore in den Stollen gesickert war. Nur ein Schritt auf den schlammigen Untergrund genügte, so dass Coolidge ausrutschte und gegen den hinter ihm stehenden Holzpfeiler fiel. Mit einem schallenden Knall prallte der dicke Balken zu Boden. Er konnte noch zur Decke schauen, als sich plötzlich der Felsbrocken über ihm löste und auf ihn niederstürzte. Ein lauter Schrei fuhr aus seiner Kehle. Der höllische Schmerz raubte dem Sprengmeister den Atem.

Da der Stein mit immensem Gewicht sein Bein zertrümmert hatte, war eine Flucht nicht möglich. Panisch galt das Augenmerk den brennenden Lunten, welche immer kürzer wurden. So nahm er noch einmal kräftig Luft und schrie donnernd, angsterfüllt um Hilfe. Tränen liefen über seine Wangen, während die einzigen Gedanken seiner Frau und den vier Kindern galten. Geschockt nahmen die draußenstehenden Männer die Todesschreie wahr. Aber sie schienen wie gelähmt. Ohne weiter darüber nachzudenken, rannte Laster Manning in die Dunkelheit der Mine.

„Ich komme, Zack", brüllte er schallend in den Tunnel und Sekunden später war auch er verschwunden. Stuart wollte ihm hinterher, aber Jack hielt ihn zurück.

„Bleib hier", fuhr er den jungen Engländer an. Sein Griff um dessen Arme wurde immer fester. „Wenn Zack schon die Lunten entzündet hat…" Im selben Augenblick erschütterte eine donnernde Explosion den Boden. Schutt, gepaart mit beißendem Rauch und Staub schossen aus dem Eingang heraus. Selbst die Druckwelle war so stark, dass die umherstehenden Männer zurückgeschleudert wurden. Auch Stu stürzte rückwärts und schlug mit dem Kopf auf einen großen Stein. Er realisierte nicht, was geschehen war. Schließlich sprang der junge Minenarbeiter auf, um seinen Kameraden zur Hilfe zu eilen. Whitney warf sich um seine Beine, so dass Stu erneut vorwärts auf den schlammigen Untergrund stürzte.

„Bleib hier, verflucht", brüllte er ihn abermals energisch an, ohne den Griff um dessen Beine zu lockern. Irvings Herz schien für einen Moment stillzustehen. Tränen liefen über seine Wangen, als Neal hinzukam. Er ging neben Stuart in die Hocke, nahm ihn bei den Schultern und flüsterte ihm beruhigend zu.

„Du kannst nichts mehr für sie tun. Sie sind nun in der Obhut unseres geliebten Herrn." Aber dieser Trost stieß bei Stu auf taube Ohren. Seine Finger vergruben sich in dem lehmigen Erdreich. Die immense Detonation war selbst in Kingston zu hören. Dutzende von Frauen und Kindern versammelten sich auf dem freien Platz, nahe der de Groot Villa. Sie alle sahen, wie die schwarze Rauchsäule in den tiefgrauen Himmel stieg. Weinend, betend standen sie da, in der Hoffnung, dass ihre Männer unversehrt waren. Eine weitere, quälend lange Stunde verging, bis sich der beißende Rauch gelegt hatte. Farrell sah Aart an. Dieser gab durch ein betroffenes Kopfnicken das Zeichen nach den Verschütteten zu suchen. Neben Neal nahmen sich vier weitere der Männer eine Lampe und betraten mit Mundschutz den engen Gang. Stuart und Jack hielten das bedrückende Schweigen nicht mehr aus. Sie wollten etwas tun. Als Whitney an den Minenbesitzer herantrat, um zu fragen, ob sie etwas tun können, erschienen plötzlich die Männer. Farrell folgte ihnen. Er vermochte es nicht einen Blick in die Gesichter der Arbeiter zu werfen. In seinen bebenden Händen hielt er den abgetrennten Kopf von Zachary Coolidge. Nachdem sie die sterblichen Überreste in einer Kiste abgelegt hatten, trat Neal an seinen Boss heran.

„Wie wollen wir nun mit diesem Vorfall umgehen?" De Groot fuhr sich durch sein nasses Haar und antwortete leise: „Ich habe keine Ahnung. Den Schock muss ich erst einmal verdauen." Nach einem betroffenen Schweigen fuhr er fort. „Ihr werdet Bescheid erhalten, wie es weitergeht. Bis dahin ist hier erneut alles dicht."

„Jawohl, Mister de Groot." Dieses eindringliche Ereignis ließ Stuart nicht mehr los. Laster war sein Freund und er fühlte sich am Boden zerstört. Zu gerne hätte Stu den Mannings ein wenig Geld zukommen lassen. Doch was bedeutete Geld, wenn ein lieber Mensch verloren ging. Obwohl ihn keine Schuld traf, empfand Irving ein großes Schuldgefühl, welches ihn nicht mehr losließ. So verstrichen zwei Tage in denen Stu keine Ruhe fand. Nicht nur die Gedanken an Laster quälten ihn, sondern auch die Not, wie es mit ihm selbst weitergehen sollte. In den Abendstunden schlich er durch die Stadt. Das Unwetter hatte sich verzogen und die Sonne stach auf die kleine Stadt nieder. Letztendlich führte ihn sein Weg zur Kirche. Ein heftiger Windstoß wehte den staubigen Sand umher. Wie von Geisterhand gelenkt, öffnete Irving die Tür und nahm in einer der ersten Reihen Platz. Von dort aus bot sich ihm die freie Sicht auf den geschundenen Körper des Erlösers. Demütig sank er betend auf die Knie, als auf einmal eine Stimme durch den leeren Saal hallte.

„Stuart? Was treibt dich außerhalb der Messe in das Haus Gottes?", fragte Pater Ulysses Smith. Langsam näherte sich der Geistliche mit einem zuversichtlichen Lächeln, nahm neben ihm Platz und schaute ebenso auf das Bildnis des Erlösers. „Sag, gibt es einen Grund für dein plötzliches Erscheinen?"

„Ja, Pater. Den gibt es. Am heutigen Tag möchte ich Zeugnis ablegen." Dies machte Ulysses hellhörig. Da die Kirche über keinen Beichtstuhl verfügte, nahm der Pater auch hier die Beichte ab. Doch bevor er den Missetaten seines Schafes ein Ohr lieh, schloss er noch die Tür ab, um wirklich ungestört zu sein. Ein mulmiges Gefühl beschlich Stu, nachdem ihn Smith fragend anschaute. „Sprich, mein Sohn. Wir sind hier in den Wänden des Herrn. Löse dich von all dem Bösen." Nervös nahm Stu tief Luft und wagte es nicht dem Pater in die Augen zu schauen. Zu sehr fürchtete er dessen Verachtung.

„Pater Smith, es gibt so viele Dinge, die ich mir von der Seele reden möchte und um Vergebung flehe."

„Was bedrückt dich."

„Wo soll ich anfangen? Ich habe den Rest meiner Familie im Stich gelassen, nur um hier in den Vereinigten Staaten ein neues Leben zu beginnen. Dabei nahm ich keine Rücksicht darauf, wie meine Mutter, mein Bruder oder auch Penny diesen Entschluss auffassten."

„Ich verstehe dich. Aber deine Schwester ist noch immer an deiner Seite, auch wenn sie nun verheiratet ist. Die geschwisterlichen Bande lassen sich durch nichts trennen." Stu schaute bedrückt und antwortete: „Doch, ich fürchte schon. Obwohl Penny aus freien Stücken mit mir kam, entzweiten wir uns schon nach der Ankunft. Unsere Interessen und Vorstellungen über ein freies Leben schienen weit auseinanderzuliegen." Neugierig endlich mehr über die familiären Verhältnisse zu erfahren, lauschte Ulysses andächtig den Worten seines Gegenübers. „Zuerst dachte ich hauptsächlich an Pennys Wohl. Aber mit der Zeit verfiel ich der Sucht nach dem Gold. Als ich es hier endlich fand, hatte meine Suche ein Ende."

„Ja, der Wunsch durch das Edelmetall zu Reichtum zu kommen ist in meinen Augen jedoch keine Sünde, sondern ein menschlicher Wunsch, den der eine erlangt und der andere nicht. Glück ist alles. Aber ob es tatsächlich in Form des glänzenden Wunders sein muss, erschließt sich mir nicht."

„Darum geht es auch nicht, Pater Smith", wisperte Stu. Ulysses bemerkte, dass es dem jungen Mann schwer auf dem Herzen lag und legte voller Zuversicht die Hand auf seine Schulter. „Ich habe auf der Überfahrt einen Mann getötet." Damit hatte Pater Smith nicht gerechnet. Doch er gab ihm das Gefühl ruhig weitersprechen zu können. „Er ging auf dem Schiff mit einer zerbrochenen Flasche auf mich los. Ich machte eine Bewegung und er stürzte blutend ins Meer." Zusehends wurde die Miene des besonnenen Geistlichen ernst. Ulysses schwieg, während er weiterhin Stus Worten lauschte. „Aber dies war nicht meine einzige Sünde. Penny und ich wohnten bei einer rüstigen Geschäftsfrau in New York. Sie war starke Raucherin. Ebenfalls einem guten Schluck nicht abgeneigt. Als ich eines Tages nach Hause kam, wollte Penny ihr Essen bringen, da wir es verpflichtend empfanden uns, um ihr Wohlergehen zu sorgen. Ein lautes Scheppern ertönte. Ich rannte die Treppe hinauf. Da lag Misses McDormand. Sie war schon eine Weile tot. Anstatt ihren letzten Willen zu erfüllen, wurde ich panisch. Also packten wir unsere Koffer und verschwanden in der Dunkelheit." Der Pater schüttelte den Kopf.

„Es war zwar Unrecht die Dame allein zurückzulassen. Aber dennoch verstehe ich, warum du es getan hast."

„Ja", flüsterte Irving. „Aus Eigennutz. Ich wollte die Chance in diesem Land etwas zu erreichen nicht aufgeben. Das heißt ich war eigennützig. Doch ich habe mich auch an ihrer Gutmütigkeit versündigt, Pater." Smith sah ihn fragend an. „Ich öffnete eine Kiste, in der sie den Nachlass ihres Mannes aufbewahrte. Darunter befand sich ein Revolver und ein Umschlag voller Geld. Ohne nachzudenken, steckte ich es ein."

„Du hast gestohlen. Eine Sünde vor dem Herrn", wisperte Ulysses. „Bist du jetzt auf dem Pfad der Gerechtigkeit angelangt?" Zustimmend nickte Stuart, der sich für all seine Taten schämte und sie zutiefst bereute.

„Ja, Pater Smith. Ihre Gesichter verfolgen mich Tag und Nacht. Ich möchte nur endlich zur Ruhe finden."

„Wie mir zu Ohren kam, hat sich heute in der Mine ein tragisches Unglück ereignet. Zwei unserer Freunde fanden den Tod." Überrascht sah Irving den Geistlichen an. Er hatte nicht damit gerechnet, dass sich die Nachricht so schnell, wie ein Lauffeuer, verbreitete. Ulysses wartete derweil auf eine Antwort.

„Es waren Laster Manning und Zachary Coolidge. Hoffentlich werden ihre Familien eines Tages über den Schmerz hinwegkommen."

„Bete um ihr Seelenheil. Bereue deine Sünden vor Gott und dir wird verziehen." Der Engländer wollte gerade aufstehen, um vor dem großen Kreuz niederzuknien, da hielt Pater Ulysses ihn fest. „Geh zu deiner Schwester. Sprich mit ihr. Söhnt euch aus. Ich denke, dass auch dies dir helfen wird, mit dem Erlebten fertigzuwerden."

„Vielen Dank, Pater. Ich werde tun, was Sie mir gesagt haben." Während Smith das Gotteshaus verließ, sank Stu vor dem Antlitz Gottes auf die Knie und flehte um Vergebung. Nach einer Stunde im Gespräch mit dem allmächtigen Herrn, erhob sich Stu und machte sich auf seiner Schwester einen Besuch abzustatten, sowie ihr die versöhnende Hand zu reichen. Noch immer spukten die Bilder des vergangenen Tages in seinem Kopf. Er hegte die Hoffnung, dass ihn diese nicht in den Schlaf verfolgen würden. Plötzlich stand er vor dem Sherman-Grundstück. Ein letzter, tiefer Atemzug und er schlich auf das Haupthaus zu, in dessen Fenstern ein warmes Licht die Dunkelheit erhellte. Seine Schwester war sehr froh, als sie ihren Bruder nach so langer Zeit wiedersah. Die beiden nahmen sich in den Arm. Auch Tony erschien und begrüßte seinen Schwager. Er wirkte erleichtert. Pennys Bauch hatte an Umfang gewonnen und ihre rosigen Wangen ließen darauf schließen, dass es ihr gutging.

„Komm rein", sprach Sherman mit einem zuvorkommenden Lächeln und fuhr fort. „Setz dich. Willst du etwas trinken?" Es war Irving sehr unangenehm, da er nüchtern bleiben wollte.

„Nein", antwortete Stu verlegen. „Ich brauch nichts. Danke." So nahmen die drei am Tisch Platz. Tony schenkte ihm ein Glas Wasser ein. Seine hochschwangere Schwester fragte: „Was führt dich zu uns?"

„Ich wollte sehen, wie es euch geht." Penny nickte und nahm seine Hand.

„Wir haben gehört, was in der Mine passiert ist. Eine wahre Tragödie." Ihr Bruder stimmte betroffen zu und musste mit seinen Emotionen kämpfen.

„Ja. Sie konnten nicht einmal in einem Stück geborgen werden. Dieses Ereignis werde ich nie vergessen."

„Willst du weiterhin für de Groot arbeiten?", wisperte Sherman besorgt. „Das war ein Zeichen. Irgendwann trifft es einen von Euch. Vielleicht sogar dich selbst." Diese Worte stimmten Stu nachdenklich.

„Wahrscheinlich hast du Recht, Tony. Doch ich habe das Gefühl, dass die Mine komplett geschlossen wird. Das habe ich in Aart de Groots Blick gesehen." Das Ehepaar vermied jeglichen Kommentar bezüglich des Geschäftsmannes. Schließlich wollten sie nicht unnötiges Öl ins Feuer gießen und riskieren, dass Stuart ging. So unterhielt sich die Familie weiter, aß zusammen und seit langer Zeit fühlte sich der Goldschürfer wieder zugehörig. Bis sich der Viehzüchter erkundigte, was sein Schwager, im Fall des Arbeitsverlustes, vorhatte. Stuart wollte nun keine Geheimnisse mehr.

„Auch ohne die Mine habe ich schon einige Rücklagen bilden können." Die Shermans wirkten skeptisch.

„Darf ich fragen, wo du das Gold findest?", fragte Tony.

„Natürlich. In den langsam fließenden Flussbiegungen. Aber ich habe noch einen anderen Ort im Auge, den ich in den nächsten Wochen untersuchen werde."

„Glaubst du es reicht, um deinen Lebensunterhalt zu bestreiten? Sei nicht böse. Ich mach mir nur Sorgen."

Ihr Bruder lächelte und zog einen großen Flake aus der Hosentasche. Mit weitgeöffneten Augen sah das Ehepaar das funkelnde Stück Gold an. Dies überzeugte sogar Penny. Auf einmal überkamen Stu Bedenken. Er sah die beiden fordernd an und flüsterte: „Ihr müsst es für euch behalten. Ich will nicht, dass jemand anderer meine Schürfstellen findet und sich selbst die Taschen füllt."

„Unsere Lippen sind versiegelt, Stu", versicherte Tony ihr Stillschweigen.

„Gut. Denn ich will für meine Nichte oder meinen Neffen da sein. Ihm oder ihr, hin und wieder, ein schönes Geschenk machen und ein guter Onkel sein." Dieser Vorsatz zauberte ein Lächeln auf Pennys Lippen. Jedoch hatte sie diesbezüglich noch einen großen Wunsch.

„Das freut mich sehr. Doch tu mir bitte einen letzten, riesigen Gefallen." Stuart sah sie fragend an. „Hör auf zu trinken. Du ruinierst nicht nur dich, sondern irgendwann auch unseren Zusammenhalt. Ich könnte es nicht ertragen meinen Bruder zu verlieren." Aufgrund der Ehrlichkeit, die ihm Penny entgegenbrachte, blieb ihm nichts anderes übrig, als zuzustimmen. Letztendlich verabschiedete sich Irving und verließ das Haus seines Schwagers, trotz all dem Leid, mit einem Gefühl der Erleichterung.

So gingen drei weitere, quälend lange Tage ins Land, an denen die Anspannung der Minenarbeiter stetig wuchs. Denn niemand wusste, ob ihr Arbeitsplatz weiterbestehen würde. Selbst Mister de Groot ließ sich nicht mehr in Kingston blicken, was die Gerüchte zusätzlich anheizte. Aus Mitleid mit Lasters Familie, stattete Stu ihnen in den folgenden Tagen einen Besuch ab. Er tröstete die Kleinen und gab Misses Manning eine Unze

Gold, um sie zu unterstützen. Am Abend dieses Donnerstags schien der Ort einem Pulverfass zu gleichen. Die unerträgliche Hitze mischte sich mit der Angst um die Arbeitsstellen. Aart betrat schweigend, ernster Miene, Kens Saloon. Ihm folgten die Stadtobersten und auch Tony. Auf der Straße sammelten sich derweil die Männer. Stuart bekam von all dem nichts mit. In Seelenruhe bereitete er seine erneute Schatzsuche vor, als es plötzlich hektisch an seiner Tür klopfte. Es war Jack Whitney, der aufgeregt dastand.

„Was willst du, Jack?", fragte Stu verwundert und ehe er sich versah, riss Jack ihn aus dem Haus.

„Du musst mitkommen", stotterte er. „De Groot hat eine Versammlung einberufen."

„Weißt du, um was es geht?", wollte Irving erfahren, während er seinem Freund eilig folgte.

„Ich habe keine Ahnung. Aber es scheint ernst zu sein." Schon einen Augenblick später gesellten sich die beiden zu den anderen. Ein leises Murmeln ging durch die Reihen, welches immer lauter wurde. Neugierig schaute sich Stuart um, und versuchte Neal Farrell zu finden, der plötzlich aus der Menge heraustrat. Auch seine Miene verhieß nichts Gutes, was die Körperhaltung noch unterstrich. Die Arme vor dem Oberkörper verschränkt stierte er durch die Fensterscheiben ins Innere der Taverne.

„Es ist so weit", knurrte der Vorarbeiter, als Burnside aufstand und vor die Menge trat.

„Kommt rein", sprach der Gastwirt in ruhigem Ton. „Benehmt euch. Jeder, der hier und heute den Aufstand probt, findet sich im Gewahrsam des Sheriffs wieder." Nacheinander traten sie ein. Einigen stand die Furcht um ihre Existenzgrundlage förmlich ins Gesicht geschrieben.

Während Stu sich dem Tisch näherte, riss er verwundert die Augen auf.

„Was sucht Tony hier?", wisperte er. Sein Schwager saß teilnahmslos dem Minenbesitzer gegenüber. De Groot nahm noch einen Schluck Bourbon und räusperte sich.

„Männer. Ich möchte mich für Eure treuen Dienste herzlich bedanken. Nach den letzten Vorkommnissen, die mir zusehends schlaflose Nächte bereiten, habe ich einen weitreichenden Entschluss gefasst. Die Mine wird geschlossen. Der Tunnel ist zugeschüttet, die Rinnen abgebaut und der Brecher stillgelegt." Wie zu Salzsäulen erstarrt, standen die Männer sprachlos da. „Glaubt mir, ich habe mir diese Entscheidung nicht leicht gemacht", entschuldigte sich Aart. „Aber wenn ein weiterer von euch sein Leben verlieren würde, könnte ich mir das nie verzeihen. Das kann ich schon jetzt nicht, angesichts der Verluste von Manning und Coolidge." Neal Farrell schlug wuchtig auf den Tresen.

„Was sollen wir denn nun tun? Es war die einzige Möglichkeit in diesem Nest Geld zu verdienen." Nun wandte sich de Groot an Tony und erwiderte: „Bedankt euch bei Mister Sherman. Ich habe ihm ein Angebot unterbreitet, welches eure Arbeitsplätze gesichert hätte. Wir hätten in den Flussbiegungen weitergeschürft. Aber die Hauptstellen liegen auf seinem Land."

„Tony?", raunte Farrell den Farmer an, doch der Geschäftsmann ergriff erneut das Wort.

„Er hat uns eine klare Absage erteilt. Ihr seid ihm egal. Tut mir leid, aber das ist die Realität." Der Farmer war gerade aufgestanden, um den aufgebrachten Schürfern zu entkommen, da fuhr Jack ihn an: „Du mieser Drecksack." Im selben Augenblick spuckte Whitney ihm ins Gesicht, während Farrell den Farmer festhielt. Wütend zischte er Stus Schwager an: „Was glaubst du, wer du bist? Ein Mistkerl, wie er im Buche steht." Doch Tony riss sich los.

„Was wollt ihr von mir? Ich werde bald Vater und habe eine Familie zu ernähren. Soll ich auf meinen Lebensunterhalt verzichten? Versetz dich mal in meine Lage. Das solltet ihr alle tun, ehe ihr über mich richtet. Und nun lass mich gehen, verdammt. Damit ist das letzte Wort gesprochen." Bevor sich Sherman versah, schlug ihm einer der Männer mit der Faust ins Gesicht. Hartman sprang auf und wollte gerade dazwischen gehen, als Stuart den Viehzüchter schützend hinausbegleitete.

„Ja, verzieht euch", brüllte Neal ihnen nach. „Du bist ihm ebenbürtig, Stu." Jack hingegen wollte sich mit der Situation nicht abfinden. So sprach er den Dutchman direkt an.

„Mister de Groot? Sie können uns nicht so einfach im Stich lassen. Wir alle haben für Ihren Betrieb Blut, Schweiß, Tränen und Zeit geopfert."

„Ich weiß, Mister Whitney. Aber ich werde unter diesen Umständen nicht bleiben."

„Wo gehen Sie hin? Vielleicht haben wir dort eine Chance."

„Mein Entschluss ist nach Texas zu gehen. Dort werde ich nach Öl bohren. Das ist so gut wie Gold. Wer möchte, kann mich gern begleiten." Unter den Arbeitern machte sich Aufbruchstimmung breit, was auch Aart auffiel. „Also? Wer kommt mit? Morgen breche ich auf." Alle hoben den Arm, abgesehen von Neal und Jack.

„Wie soll ich mir das leisten können? Ich habe kein Geld für solche Reisen und einen so gravierenden Neuanfang übrig." Schulterzuckend antwortete der Holländer: „Da kann ich Ihnen nicht helfen, Mister Farrell. Sie bekommen von mir die Chance, aber um den Rest müssen Sie sich schon selbst kümmern." Währenddessen befanden sich Tony und Stu auf dem Weg zur Ranch. Sherman drückte sich noch immer ein Taschentuch auf seine blutende Lippe.

„Tut mir leid, Stu. Ich wollte euch alle nicht verärgern, aber ich hatte keine Wahl."

„Ich versteh dich", antwortete Irving verständnisvoll. „Mach dir keine Sorgen. Ich komme zurecht und der Rest der Mitarbeiter auch."

Am nächsten Morgen wurde Stuart durch ein lautes Geräusch unsanft geweckt. Er schaute aus dem Fenster und wusste Bescheid. Die Familien, die in der Lage waren, Kingston zu verlassen, taten dies. Sie alle folgten der kleinen Kutsche Mister de Groots. Nun war Stu sein eigener Herr, was ihn sehr beschäftigte. Grübelnd lief er durch seinen Heimatort, der an diesem Vormittag, wie ausgestorben wirkte. Nur die Geräusche aus dem Sägewerk waren der Beweis, dass es noch Leben gab. Langsam ging er durch die Seitengasse, hin zu der Siedlung. Die letzten Pferdewagen verließen die Stadt. Allerdings Richtung Kalifornien oder gen Norden. Whitney war einer der Wenigen, die dortblieben. Einem Häufchen Elend gleich saß der junge Mann vor seiner Hütte und die Verzweiflung stand ihm ins Gesicht geschrieben. Irving hatte Mitleid mit ihm und nahm neben ihm, auf der schmalen Treppe, Platz.

„Wie geht es dir?" Fragend sah Jack ihn an.

„Was glaubst du denn?", fauchte der Minenarbeiter, während er sich die Tränen abwischte. „Vier Jahre habe ich de Groot geschenkt und er lässt uns im Stich." Stuart gab ihm einen Moment und lenkte ab.

„Weißt du, wo Neal ist?"

„Wahrscheinlich in seiner Hütte mit einer Flasche Selbstgebranntem. Ich könnte es ihm nicht verdenken."

„Denk immer daran, wenn eine Tür sich schließt, öffnet sich eine andere", versuchte Stu seinen Freund zu trösten. „Es nutzt nichts in Selbstmitleid zu baden. In Kingston gibt es genügend Arbeit. Du musst sie nur suchen."

„Danke für die Aufmunterung, Stu. Es tut gut in der schweren Zeit einen wahren Freund zu haben." Dieser eine Satz stimmte den Engländer nachdenklich. Zu gerne hätte er ihn zum Teilhaber gemacht, doch Stuart wusste, dass der Anblick von Gold meist das Schlechte im Menschen zum Vorschein brachte. Umso erschrockener war er, als Whitney ihn fragte, was er nun tun würde. Um keine Ausrede verlegen, antwortete er: „Keine Ahnung. Aber auch ich werde hier schon was finden. Vielleicht auf der Ranch meines Schwagers."

„Ja, Tony Sherman. Es tut mir leid. Ich wollte nicht meine Wut an ihm auslassen. Im Nachhinein habe ich Verständnis für seine Lage."

„Schön, dass du es einsiehst. Aber du solltest dich bei Tony entschuldigen. Ich bin da wohl der Falsche." So blieben die beiden noch eine Weile auf den Stufen sitzen und unterhielten sich. Bis Irving aufstand, seinem Freund auf die Schulter klopfte und wieder nach Hause ging.

Ich muss ab jetzt mehr Vorsicht walten lassen. Jeder wird mich ab heute im Auge behalten. Niemand soll sehen, wohin ich reite. Das heißt, ein Plan ist von Nöten.

Stetig den Gedanken im Hinterkopf, packte Stuart die Satteltaschen.

In dieser Nacht schlief er nur wenige Stunden und bevor die Morgensonne ihre flammenden Strahlen über die Canyons warf, ritt der Goldsucher los. Sein Blick schweifte jedoch permanent über die karg bewachsenen Weiten. Die Befürchtung, dass ihm jemand folgte, trieb ihm Schweißperlen auf die Stirn. Am Abend erreichte Stu den Bergkamm, den ihm Oakey gewiesen hatte. Aufgeregt stand er zwischen den kniehohen Büschen und sah hinauf. Weder eine Auffälligkeit am Felsen noch eine Besonderheit der Vegetation war zu erkennen. Da die Sonne bereits langsam hinter den Hügeln verschwand, beschloss der ambitionierte Goldsucher auf der Ebene vor dem Gebirgszug, sein Nachtlager aufzuschlagen. Es lag in der Nähe des Flusses, so dass er nicht nur sich mit frischem Wasser versorgen konnte, sondern auch genügend hätte, um gegebenenfalls eine Waschrinne zu unterhalten. Nachdem die letzten Arbeiten getan waren, setzte sich Stu erschöpft ans Feuer. Wie gewohnt wollte er eine Flasche Schnaps aus seiner Tasche ziehen, als ihm das Versprechen seiner Schwester gegenüber wieder ins Gedächtnis kam. So saß er, wie ein Häufchen Elend, am Feuer und versuchte den Entzug zu verdrängen.

Bleib ruhig. Ich mache mich sonst wahnsinnig. Tief durchatmen und die Konzentration völlig auf den morgigen Tag richten.

Er machte sich über dem Feuer eine Dose Bohnen heiß und wartete, was der nächste Tag für ihn bereithielt. Bei jedem nur kleinsten Geräusch schrak Stu jedoch auf. Die Waffe stetig geladen an seiner Hüfte. Die panische Angst vor Schlangen oder anderen wilden Tieren schärfte zusätzlich seine Aufmerksamkeit. Doch diese war nichts im Vergleich dazu, dass jemand seine voraussichtlich neue Schürfstelle entdecken konnte. Der Vollmond bahnte sich seinen Weg durch die schwarzen Wolken und erhellte die gesamte Umgebung. Stuart atmete erleichtert auf, nachdem die Morgendämmerung hereinbrach. Mit den ersten Sonnenstrahlen ging er ein weiteres Mal alle Wege ab und achtete auf umgeknickte Zweige, Fuß- oder Hufabdrücke. Aber es war nichts zu erkennen. Eilig nahm er die Schaufel, eine kleine Öllampe, sowie seine Spitzhacke, die ihm in der Dutchman Mine so manchen treuen Dienst erwiesen hatte. Der Aufstieg war jedoch schwerer, denn gedacht. Immer wieder musste seine Hacke dem Vorwärtskommen dienen. Auf einmal stand er vor dem vermuteten Eingang, der sich hinter einer dichten Reihe Bäumen versteckte. Zwischen den heruntergefallenen Felsen tat sich eine schmale Spalte auf, welche Stu Dank seines drahtigen Körperbaus gerade so ein Durchkommen ermöglichte. So presste er sich hinein und entzündete die Leuchte. Die Feuchtigkeit und Kälte drangen in seine Kleidung. Doch nichts konnte ihn aufhalten. Immer tiefer schlich er in den engen Tunnel. Er leuchtete beide Seiten aus, aber außer grobem Felsgestein war nichts zu erkennen. Nach einer Weile setzte er sich auf einen runtergebrochenen Brocken. Eine Mischung zwischen Wut und Enttäuschung machte sich breit.

Das ist nicht wahr. Ich war so nahe dran. Warum, Oakey? Warum hast du mich an diesen Ort geführt? Soll es eine Art von Spaß sein? Wenn ja, kann ich nicht darüber lachen.

Stuart biss auf die Zähne. Eine Niederlage war inakzeptabel. So schlich er aufmerksam weiter. Plötzlich blieb er stehen. Sein Blick schweifte über die riesige Wand, welche sich zur Linken befand. Ein lautes Lachen hallte durch den Gang. Mit pochendem Herzen fuhr die zitternde Hand über den groben Stein. Dort, wo Stuart nie damit gerechnet hätte, war die gesamte Flanke gefüllt von glänzendem Gold und Silber. Das Lachen wich einem Jubelschrei.

Danke, Oakey. Ohne dich, wäre mir dieser Ort verborgen geblieben. Was ich hier rausschlagen kann. Pennys Nachwuchs wird sich vor Geschenken kaum retten können.

Nachdem sich die Aufregung gelegt hatte, stellte Stuart seine Lampe auf einen Stein, so dass er die gesamte Front erhellen konnte. Wuchtig schlug die Hacke immer wieder in den massiven Stein. Es vergingen Stunden, bis der erste Brocken aus der Wand fiel. Vorsichtig nahm er ihn auf. Nur die Mischung von Quarz und Gold machte ihm Sorgen. Denn wie sollte Stu diesen von dem leuchtenden Edelmetall trennen. Weder ein Brecher noch ein anderes, schweres Gerät stand zur Verfügung. Aber es wäre fahrlässig gewesen, diesen Schatz an Ort und Stelle zu belassen. So drosch er weiter auf die Ader ein, bis ein kleiner Haufen faustgroßer Steine vor ihm lag. Allmählich regte sich das Hungergefühl und das Öl der Lampe ging zur Neige. Es blieb daher nichts anderes übrig, als aufzuhören. Irving erschrak beim Verlassen des Stollens. Die Umgebung war bereits in tiefe Dunkelheit gehüllt. Daher fiel es schwer, sich zu orientieren und zu dem Lager zurückzukehren. Erschöpft, mit Schwielen an den Händen, begutachtete er im Schein des Feuers die Ausbeute.

Doch in dieser Nacht fand Stu, obwohl er sich körperlich verausgabt hatte, keinen Schlaf. Bei jedem, auch nur kleinsten Geräusch, schrak der Goldschürfer auf. Seine Remington immer durchgeladen und schussbereit. Im Schein der lodernden Flammen sah er sich um, ohne auch nur eine Kleinigkeit erkennen zu können.

Ich muss die Ruhe bewahren und darf nicht bei jedem Rascheln nach meinem Revolver greifen. Mein Gott, ein Schluck Schnaps wäre jetzt nicht schlecht.

Das Knacken der sengenden Holzscheite ließ ihn schließlich zur Ruhe kommen. Zufrieden hielt er ein Stück Quarzgold in der Hand und starrte es lächelnd an.

Was ich allein dafür bekomme. Das finanziert das erste Geschenk für Pennys Kind. Vielleicht eine Puppe, winzige Schuhe oder Kleidung. Ich freue mich darauf.

Schon als die Sonne aufging, war Stu erneut auf den Beinen. Er sah sich noch einmal genau um, prüfte den sandigen Boden auf Spuren und widmete sich dem versteckten Tunnelsystem. Grübelnd schweifte sein Blick über den schmalen Eingang. Der Spalt war zu einladend. Also schnappte sich Irving schwere Steine und verbarg seinen Weg zum Glück. Nach fast drei Stunden war kaum noch etwas zu erkennen. Doch er wollte auf Nummer sicher gehen. Der Staub vom angrenzenden Hang wurde über die breiten Ritzen geworfen und mit Ästen des dürren Gestrüpps bedeckt. Danach verwischte er seine Spuren. Da das Feuer gelöscht war, vergewisserte sich Stu ein letztes Mal, dass nichts auf seine Anwesenheit hindeutete. Der Engländer lächelte und flüsterte: „Ich komme wieder, Oakey. Das ist ein Versprechen."

Als der Schürfer nach Hause kam, schrak er auf. Denn vor seiner Hütte saß Jack, der ihn bereits gesehen hatte.

„Wo warst du, Stu? Ich habe dich seit drei Tagen gesucht." Lächelnd schlug Irving auf sein am Sattel befestigtes Gewehr und antwortete: „Ich war jagen. Dachte ich würde einen Steppenwolf oder anderes Getier vor die Flinte bekommen. War wohl ein Irrtum."

Der gutmütige Whitney glaubte seinem Kameraden und fragte, ob Stuart mit ihm zu Ken gehen wollte, um noch ein Gläschen zu trinken. Aber Stu verneinte. Er dachte an das Wohl seiner Schwester und des ungeborenen Kindes. Außerdem wollte der Goldgräber seine

Beute verstecken, ohne dass ihm jemand über die Schulter schaute.

„Wie steht es um eine Arbeitsstelle? Hast du schon etwas passendes gefunden?" Jack stand auf und nickte.

„Gelegenheitsarbeiten im Sägewerk und auf der Ranch deines Schwagers. Er hat mir den Ausfall verziehen. Seit zwei Tagen füttere ich das Vieh. Willst du nicht doch mitkommen?"

„Nein, Jack. Ich bin müde. Die Jagd war sehr anstrengend und ich freue mich nur noch auf mein gemütliches Bett." So verabschiedeten sich die Freunde voneinander. Während Whitney im Saloon verschwand, nahm Stu flinker Hand das Leinensäckchen, welches zur Rechten am ledernen Sattel hing. Seinen Schatz versteckte er in der hölzernen Kiste, die versteckt unter dem schmalen Bett stand.

Ich muss es noch einmal anfassen.

Schnell rannen die kleinen Brocken durch seine zittrigen Hände. Aber die Gedanken waren bei Jack.

Ich muss ihm helfen. Immerhin war er auch für mich da, wenn sich ein Problem ergab. Was kann ich tun, ohne meine Mine zu verraten?

Die ganze Nacht dachte er darüber nach, bis ihm in den Morgenstunden eine Idee kam. Mit einem Stück des neu erworbenen Goldes schlich Stu zur Bank. Aufgeregt trat er an den Schalter, wo Rudolph Jamisson hochkonzentriert die Silberdollars zählte.

„Guten Morgen, Mister Jamisson." Aufgeschreckt sah ihn der Bankier an, setzte seine Brille ab und fuhr sich durch das kurzgeschnittene Haar.

„Mister Irving. Sie haben mich erschreckt." Jamisson wischte sich den Schweiß von der Stirn und fuhr fort. „Schön Sie zu sehen. Kann ich Ihnen helfen?"

„Das können Sie wirklich. Es geht darum." Vorsichtig nahm Stu das kleine, quarzgeschlossene Nugget aus dem Taschentuch und legte es dem Bankier auf den Tresen. Seit einer gefühlten Ewigkeit hatte Jamisson nicht mehr so etwas Besonderes in den Händen gehalten. Doch sein Blick wurde ernst und skeptisch.

„Wo haben Sie das her, Mister Irving? Hoffentlich nicht aus der Dutchman Mine." Nervös schüttelte Stuart den Kopf und antwortete: „Keinesfalls. Ich habe dieses gute Stück am Fluss gefunden." Randolph hatte zu viel Erfahrung mit Edelmetallen und glaubte ihm kein Wort. Er öffnete die Tür zu seinem Büro und flüsterte: „Treten Sie bitte ein. Hier haben wir mehr Ruhe, um ausführlich zu reden." Abermals machte sich dieses ungute Gefühl in Stus Magengrube breit. Nicht wissend, was nun geschehen würde griff er nach dem Goldnugget und folgte dem Bankier in das Arbeitszimmer. Beide nahmen am alten, schmalen Schreibtisch Platz und Jamisson fuhr fort. „Sie müssen wissen, dass ich gegen das Gesetz handele, wenn ich Ihnen Bargeld für Edelmetalle auszahle, welche aus einer fremden Mine stammen. Dann müsste ich Sheriff Hartman darüber informieren." Stu saß wie vom Blitz getroffen da.

„Wie sollte ich das angestellt haben? Die Mine ist verschüttet. Der Teufel soll mich holen, wenn ich Ihnen Lügen auftische."

„Also gut. Aber der Stein ist nicht aus einem Fluss. In diesem Falle hätte er keine Quarzeinschlüsse mehr. Ich hoffe, dass Sie sich nicht an fremdem Eigentum vergreifen."

„Keine Sorge, Mister Jamisson. Dessen bin ich mir im Klaren."

„Darf ich es wiegen?", fragte der Bankier.

„Natürlich. Ich will es schließlich zu barer Münze machen." Randolph stand auf. Er ging er zur Anrichte im hinteren Raum. Dort hantierte er mit Wasser, Gewichten, einer Waage und schrieb akribisch einiges nieder.

„Es sind fast zwei Unzen, Mister Irving. Ohne dieses lästige Quarzgestein." Ein Stein fiel Stu vom Herzen, als er die aufmunternden Worte hörte.

„Kann ich Bares dafür haben?"

„Ja", erwiderte Jamisson, während er wieder Platz nahm.

„Ist es möglich mehrere dieser Stücke bei Ihnen in harte Dollars zu wechseln?" Dieses Angebot konnte der gestandene Mann nicht ausschlagen. Immerhin war auch er Geschäftsmann.

„Die Möglichkeit besteht. Aber ich habe Bedingungen." Irving war neugierig und bat den Banker weiterzusprechen. „Ich werde gegenüber dem Sheriff schweigen. Dafür geben Sie mir die Sicherheit, dass nur in meiner Bank das Gold gegen reguläre Währung getauscht wird."

„Wir haben einen Deal", flüsterte Stu zufrieden und reichte ihm die Hand, um diesen mündlichen Vertrag zu besiegeln. Er ließ sich auszahlen und verließ das Geldhaus. Erleichterung machte sich breit, nachdem der Engländer ins Freie trat. Was sollte ihm nun noch geschehen? Mit Jamissons Hilfe standen ihm sämtliche Türen offen.

11. Kapitel

Noch weitere drei Male statte Stuart Irving dem geheimen Tunnel einen Besuch ab. Doch jedes erneute Mal wurde er achtsamer. Er verwischte schon auf dem Weg dorthin seine Spuren und nahm immer wieder andere, längere Strecken in Kauf, um mögliche Verfolger in die Irre zu führen. Als schließlich die Temperaturen sanken und sich der Winter ankündigte, legte Stu eine Schürfpause ein. Nicht nur, weil es unmöglich wurde in der Kälte mit dem klaren Gebirgswasser zurechtzukommen, sondern auch weil Penny jeden Tag ihr Kind gebären konnte. Inzwischen hatte er sogar einen lukrativen Deal mit Randolph Jamisson abgeschlossen, welcher seine Funde in Barren goss und diese gewinnbringend weiterverkaufte. In dieser schweren Zeit wuchs jedoch der Unmut der Bevölkerung. Aufgrund der Minenschließung befanden sich auf einmal viele der verbliebenen Familien am Existenzminimum. Am meisten damit zu kämpfen hatte Sheriff Jeff Hartman. Wenn es zu heftigeren Auseinandersetzungen kam, war dieser gezwungen schlichtend einzugreifen. Auch wenn dies bedeutete rechtschaffende Bürger übergangsweise ins Gefängnis zu sperren. An Stuart schien das alles vorbeizugehen. Er zählte jeden Abend sein Geld und freute sich schon auf den baldigen Nachwuchs seiner kleinen Schwester. Schließlich brach der Winter herein. Selbst hier, wo jeder Sommer sengend heiß war, bedeckte eine dünne Schneeschicht die Landschaft. Die Eiseskälte schien unerträglich. Als sich der

Tag dem Ende neigte, saß Stu beim Abendessen und genoss die Wärme, welcher sein alter Ofen schenkte. Mit einem Lächeln sah er zu dem Stoffbären, den er schon seit fast einem Monat für Pennys Kind bereithielt. Plötzlich donnerten wilde Schläge gegen seine Tür. Wie vom Blitz getroffen sprang Irving auf. Es war sein Schwager der panisch zitterte.

„Um Himmels Willen, Tony", wisperte Stuart besorgt und bat ihn herein. Doch Sherman schüttelte den Kopf. „Was ist denn geschehen?"

„Es ist wegen Penny", stotterte der werdende Familienvater mit bebender Stimme. „Sie hat starke Krämpfe."

„Lass uns gehen", wisperte Irving aufgeregt. Über diesen Schock vergaß er sogar seine Jacke überzuziehen. Hastig griff er jedoch nach dem Stoffbären und rannte mit Tony zur Farm. „Ist jemand bei ihr?"

„Ja", antwortete Sherman, außer Atem. „Doc Colburn ist bei ihr." Der Weg schien endlos lang zu sein. Panisch öffneten die beiden die Tür und vernahmen das angestrengte, schmerzhafte Weinen, welches vom Schlafzimmer nach draußen drang.

„Doktor Colburn", rief Stu durch die angrenzende Küche. Quälende Minuten verstrichen, bis der Mediziner heraustrat. Ernster Miene fuhr sich der erfahrene Arzt mit seinem Taschentuch über die hohe Stirn. „Was ist los?", fragte Stu und wollte sich gerade an ihm vorbeipressen, als Steven ihn aufhielt.

„Es ist so weit, Mister Irving", sprach Colburn, während er den Bruder vorsichtig an den Schultern zurückdrängte. „Ihre Schwester wird heute Nacht das Kind gebären." In diesem Augenblick sank Tony sprachlos auf einen Stuhl nieder. Ihm war die Nervosität, wie auch die Vorfreude anzusehen. Irving wollte hingegen zu seiner kleinen Schwester, aber an dem Mediziner kam er nicht vorbei. Beruhigend sprach er ihm ins Gewissen: „Sie können ihr in dieser schweren Stunde nicht helfen. Ich habe nach einer Hebamme schicken lassen. Machen Sie sich keine Sorgen. Es ist nicht meine erste Geburt." Gefangen in der Machtlosigkeit nahm Stu neben seinem Schwager Platz. Nun gab es nichts mehr für sie zu tun, als abzuwarten, was diese Nacht mit sich bringen würde. Wenig später erschien die Geburtshelferin. Misses Durand lächelte zuversichtlich, während sie die Schüssel mit kaltem Wasser füllte und einen weiteren Topf heißen Wassers für Mister Colburn vorbereitete. Minütlich drangen die lauten Schmerzensschreie zu den Männern, denen es einen kalten Schauer auf den Rücken trieb. Die beruhigenden Stimmen mischten sich unter die markerschütternden Laute der werdenden Mutter. Tony konnte nicht mehr still dasitzen. Hektisch sprang er auf und lief umher.

„Hast du eine Zigarette?", fragte Stu. Er wollte seinen Schwager ablenken.

„Ja", murmelte Tony und nahm sein Etui aus der obersten Schublade. „Hier." Er bot Stuart eine an und wollte gerade wieder Platz nehmen, als Irving ihn behutsam zur Haustüre hinausschob.

„Lass uns eine rauchen", flüsterte er leise. „Wir können momentan eh nichts tun, außer zu beten." Auch Tony zündete sich eine Zigarette an. Als der Rauch langsam in die kalte Abendluft aufstieg, übermannten ihn die Gefühle. Tränen liefen seine Wangen hinunter, die schon fast beim Herunterfließen einfroren.

„Was ist, wenn Penny es nicht schafft? Ich habe wahnsinnige Angst um sie und um mein Kind." Tröstend stand Stu seinem Schwager zur Seite.

„Vertrau in unseren Heiland, Tony. Er wird Penny und das Kind schützen. Da bin ich mir sicher. Und nun hör auf zu weinen." Eine weitere Stunde verstrich, bis es plötzlich still wurde und die Männer vor dem Haus erstarrten. Sie schauten sich erschrocken an. Da ertönte das ebenso laute Geschrei des Neugeborenen. Ihnen fiel ein Stein vom Herzen. Aufgeregt, außer sich vor Freude, stürmten die beiden ins Haus. Doch es dauerte noch eine Weile, in der ihre Geduld auf eine harte Probe gestellt wurde. Endlich öffnete sich die Schlafzimmertür, aus welcher der erschöpfte Arzt, tief durchatmend, heraustrat.

„Geht es ihnen gut?", wisperte der Vater, während sich auf Colburns Lippen ein zartes Lächeln abzeichnete.

„Es ist vorbei, Mister Sherman. Sie sind der stolze Vater einer wunderschönen Tochter." Stus lautes Lachen verunsicherte die beiden Männer. Er umarmte seinen Schwager und sprach: „Ich habe meine Wette verloren. Penny war nicht davon überzeugt, dass es ein Junge werden würde. Sie hatte Recht" Zu diesem Anlass schenkte sich der Viehzüchter ein Glas Whiskey ein, was Stuart dankend ablehnte. Er wollte auf keinen Fall die Beziehung zu seiner kleinen Nichte aufs Spiel setzen. In einem Rutsch trank der Vater aus. Nachdem selbst die Hebamme das Zimmer verlassen hatte, traten nun die wichtigsten Männer in Pennys Leben an das Bett heran. Ihr Gatte setzte sich neben sie. Sprachlos sah er in das zarte Antlitz der geliebten Tochter. Seine Frau atmete erschöpft durch. Aus den Augenwinkeln sah sie ihren geliebten Bruder an. Erschöpft und schweißgebadet wisperte Penny ihrem Ehemann zu: „Nimm sie." Tony ließ sich voller Stolz nicht zweimal bitten. Behutsam, als wäre sie aus zerbrechlichem, feinstem Porzellan, nahm er das bildhübsche Mädchen an seine Brust. „Stuart? Komm zu mir." Sanft strich er seiner kleinen Schwester über die Stirn und wisperte: „Du hast es geschafft. Ich freue mich für euch." Er griff nach dem Stofftier und fuhr beschämt fort. „Das ist für die Kleine. Entschuldige, ich habe etwas gesucht, was Mädchen und Jungen gerecht wird."

„Das ist sehr lieb von dir, Stu. Nimm sie ruhig in den Arm. Meine kleine Carol Georgia Sherman." Als er seine Nichte in den Arm nahm, schüttelte er lächelnd den Kopf.

„Sie ist wunderschön und gleicht unserer Mum. Hallo, Carol. Ich bin Stuart, dein Onkel." Vorsichtig küsste er sie auf die Stirn.

„Wann willst du wieder schürfen gehen?", erkundigte sich der Schwager, während Stu freudestrahlend der Kleinen in die Augen schaute.

„Es ist momentan zu kalt", erwiderte Irving. „Wahrscheinlich gehe ich am Frühlingsanfang wieder los. Bis dahin reichen meine Funde bei weitem aus."

Als der nächste Morgen anbrach, sattelte Stuart sein Pferd. Er ritt zur Dutchman Mine. Nicht wissend warum, zog es ihn zu diesem Ort zurück. Die Hänge waren leicht verschneit und ein grimmiger, heulender Wind brach sich an den schroffen Felsen. Dort, wo sich einst der Tunneleingang befand, zeugte nur noch ein gesprengter Haufen Steine von seiner Existenz. Überall lagen die Überreste der langen Waschrinnen und die Einzelteile der abgebauten Windräder. Ein Schauer lief ihm über den Rücken, bei diesem finsteren Anblick. Wehmütig nahm er seinen Hut ab und gedachte den Verstorbenen Manning sowie Coolidge. Stu blieb noch eine Weile, schwelgte in Erinnerungen. Hier hatte der Engländer die Chance erhalten etwas aus seinem Leben zu machen. Es war um die Mittagszeit, da machte sich Irving auf den Rückweg.

Voller Vorfreude auf den Besuch bei seiner Nichte, ritt er unbewusst an der verlassenen Villa von Aart de Groot vorbei. Erschrocken schweifte sein Blick über den verwilderten Garten. Auch dem Gebäude war die Verwahrlosung anzusehen. Gerne hätte der Schürfer eine Anzahlung darauf geleistet, doch sein Geiz stand ihm im Weg. So beschloss er schließlich die Farm des Schwagers aufzusuchen.

Drei Monate waren inzwischen vergangen. Die kleine Carol entwickelte sich prächtig. Vorarbeiter Neal Farrell und auch Jack Whitney hatten inzwischen eine Stelle. Sie arbeiteten nun auf Tonys Rinderfarm. Dies bereitete ihnen jedoch keine Freude. Die beiden waren es gewohnt, als Goldschürfer, Ansehen zu genießen und ein gutes Auskommen zu haben. Davon war nichts geblieben. Stattdessen schufteten sie täglich zwischen den Rindern, um am Ende mit einem Bruchteil des üblichen Gehalts nach Hause zu gehen. Farrell, der es gewohnt war ein ausschweifendes Leben mit regelmäßigen Saloonbesuchen zu führen, machte der Zustand zusehends unzufriedener. Während er an diesem Morgen das Vieh fütterte, ritt Stu an ihm vorbei zum Haupthaus. Eingepfercht zwischen all den hohen Tieren fiel ihm der frühere Vorarbeiter nicht auf, was Neal fast zur Weißglut trieb. Außer sich vor Zorn, warf Neal die Mistgabel zur Seite und wartete, bis Jack zu ihm stieß.

„Was ist?", fragte dieser, da Farrell anscheinend die Arbeit verweigerte.

„Hast du ihn gesehen?"

„Wen?"

„Stuart, dieser überhebliche Dreckskerl. Wir mühen uns hier ab und er führt ein zufriedenes Leben. Weißt du eigentlich, womit er seine Brötchen verdient?" Whitney blieb nur ein Schulterzucken. Während er seine Tätigkeit fortführte, antwortete er leise: „Ich habe keine Ahnung. Stu spricht nicht darüber. Aber es scheint ihm finanziell gut zu gehen." Farrells Neugier war geweckt. Er ahnte, dass Irving ein Geheimnis hatte, welches er unbedingt lüften wollte.

In den folgenden Wochen beobachtete Stus ehemaliger Vorgesetzter jeden Schritt des jungen Mannes. In den frühen Morgen-, sowie in den Abendstunden verbrachte er jede freie Minute nahe der Hütte. Doch Irving tat nichts, was auf eine Goldsuche schließen ließ. Er schien zu ahnen, dass ihn jemand beobachtete und verhielt sich dementsprechend unauffällig. Täglich suchte er seine Schwester auf, arbeitete im Garten und verbrachte viel Zeit in der geliebten Hängematte. Bis Farrell eines Tages wieder auf seiner Position stand. Eine Zigarette nach der anderen wanderte durch seine Finger. Aber an diesem Morgen schien die Unterkunft verwaist zu sein. Kein Licht drang durch die Fenster und auch Twister gab keinen Laut von sich. Nervös sah sich der Hilfsarbeiter um. Er nahm allen Mut zusammen und schlich zum Fenster. Niemand war anwesend. Also ging Neal vorsichtig in den anliegenden Stall. Genau wie Stuart war ebenfalls sein Pferd nirgendwo zu sehen.

„Verflucht", knurrte der Ire, während er zurück zur Straße ging. „Der kleine Mistkerl ist mir entwischt." Wütend über diese verpasste Gelegenheit machte sich Farrell auf den Weg zu seiner verhassten Arbeitsstelle, als ihn plötzlich eine bekannte Frauenstimme hinterrücks ansprach. Es war Penny Sherman, die schon frühzeitig mit ihrer Tochter auf dem Arm, die wöchentlichen Einkäufe erledigte und gerade aus Mister Grimes Gemischtwarenladen kam.

„Mister Farrell? Darf ich fragen, was Sie hier machen?" Wie vom Blitz getroffen blieb der ehemalige Vorarbeiter stehen und wusste im ersten Augenblick nicht, was er antworten sollte. Verlegen stotterte er: „Misses Sherman. Verzeihung, aber ich bin heute später dran, da ich noch etwas zu erledigen hatte." Penny dachte sich nichts dabei und fragte lächelnd: „Sie kommen aus der Richtung des Hauses meines Bruders. Wissen Sie, ob er zu Hause ist?"

„Wieso? Ich habe ihn nicht gesehen."

„Na dann wird er wohl wieder auf Goldsuche sein", murmelte sie und schüttelte lachend den Kopf. Darauf hatte Neal gewartet. Dies war die Erklärung, warum Stu so sicher durchs Leben ging. Er lächelte, als wäre es ein Witz gewesen und verabschiedete sich.

„Ich werde mich dann mal aufmachen. Ihr Mann wartet sicher schon auf mich."

„Auf wiedersehen, Mister Farrell." Penny vergaß ihre Aussage, da sie dies im Spaß gesagt hatte, ohne darüber nachzudenken, welche Konsequenzen es nach sich zog. So vergingen drei Wochen, bis Tony gegen Mittag aufgebracht in die Küche stürmte. Er wirkte dermaßen aufgebracht, dass er nicht einmal seine Tochter in den Arm nahm.

„Was ist denn passiert?", fragte die junge Mutter überrascht, während sie das Essen vorbereitete.

„Farrell", zischte ihr Gatte. „Er ist nun schon wieder nicht erschienen. Bezahle ich ihm zu wenig? Selbst sein Pferd ist verschwunden." Auf einmal ließ Penny die Suppenkelle scheppernd zu Boden fallen. Ihre Augen waren weit geöffnet. Sie begann am ganzen Leib zu zittern. „Was ist plötzlich los mit dir? Fühlst du dich nicht wohl?" Völlig abwesend sank Penny auf einen Stuhl und flüsterte: „Ich glaube, ich weiß, wo er ist." Erst jetzt berichtete sie, was ihr unachtsam über die Lippen gekommen war. Tony nahm entsetzt Platz. Kopfschüttelnd und vorwurfsvoll sah er seine Frau an und sprach: „Du hättest es für dich behalten sollen. Bist du dir im Klaren, in welche Gefahr du deinen Bruder gebracht hast?"

„Aber es war doch nur im Scherz gesagt", wisperte sie unter Tränen.

„Das spielt keine Rolle, Penny. Gold bringt das Schlechte im Menschen zum Vorschein. Warum glaubst du hat Stu uns dies in einem stillen Augenblick gesagt. Er dachte, dass wir es für uns behalten. Stattdessen posaunst du es in der Gegend rum. Hoffentlich ist nichts passiert." Daraufhin verließ der Viehzüchter stürmisch sein Haus, sattelte ein Pferd und machte sich auf, um seinen Schwager zu warnen. Hastig galoppierte er an Whitney vorbei, der gerade Heu verteilte. Nur Minuten später erreichte Tony die kleine Hütte, aber von Stuart gab es keine Spur. „Ich bin zu spät. Er ist bereits unterwegs. Nun können wir nur noch beten, dass nichts Schlimmes geschieht." Ohne etwas zu ahnen trabte Stu in Richtung seines Goldganges, wie er den Spalt nannte. Behutsam, wie immer, behielt er die Umgebung im Auge, verwischte nach jeder Weggabelung Twisters Hufspuren und lauschte jedem ungewöhnlichen Geräusch. Sich immer wieder hinter Büschen, Sträuchern und Bäumen versteckend, heftete sich Neal an seine Fersen. Um die Trabgeräusche seines Pferdes zu minimieren, führte er es hinter sich her.

Stu stieg nahe der versteckten Mine ab. Dort, wo er schon mehrere Male genächtigt hatte, schlug er sein Lager auf. Farrell beobachtete ihn beim Holz sammeln, wie Stu sein Pferd fütterte und die nötigen Vorbereitungen traf, damit er am kommenden Morgen sofort auf Goldsuche gehen konnte.

Neugierig schaute der Ire zu, wie sein ehemaliger Schützling Spitzhacke, Pfanne und die Lampe bereitstellte. Irving war gerade dabei den Eingang vom Schutt und Sand zu befreien, als Neals Pferd lautstark wieherte. Instinktiv ging er hinter den Büschen tiefer in die Hocke. Aufgeschreckt durch dieses Geräusch schaute sich Stuart schnell um.

„Wer ist da?", rief er lautstark in Farrells Richtung. Aber dieser hielt die Luft an. „Verdammt noch mal, wer ist da?", schallte Stus Stimme erneut durch den Canyon. Er zog mit der rechten Hand die durchgeladene Remington aus dem Holster, während er in der Linken die Hacke zum Schlag bereithielt. Schritt für Schritt näherte sich Stu seinem Verfolger. „Komm raus!" Mit erhobenen Armen und einem zynischen Lächeln erhob sich Neal aus dem sicheren Versteck. Sein starker Hengst wieherte laut und stieg nervös mit den Vorderhufen in die Höhe. Irving erschrak kurz.

„Neal? Was suchst du hier?", fragte der Vorarbeiter leise, die Feuerwaffe stets auf sein Gegenüber gerichtet.

„Ich wusste es. Du Verräter", fauchte der Ire und senkte langsam die Hände.

„Was hast du gewusst?"

„Du hast dir eine neue Geldquelle geschaffen, von der anscheinend niemand erfahren durfte." Weiterhin hielt Stuart ihn mit seiner Pistole in Schach.

„Ja, ich musste immerhin sehen, wie ich zurechtkomme, angesichts der immer schlimmer werdenden Probleme."

„Warum hast du uns nicht eingeweiht? Immerhin waren wir stets für dich da, haben dich unterstützt und zu einem Teil unserer Familie gemacht." Ergriffen von diesen einprägenden Worten sah ihn Stu weiterhin aufmerksam an. Er spürte, dass dieses Zusammentreffen nicht gut ausgehen würde. „Was willst du nun tun, Stu?"

„Geh", raunte Stuart entschlossen und richtete weiterhin die Remington auf sein Gegenüber. „Dann werde ich vergessen, dass du mich an dieser Stelle gesehen hast." Entschlossen antwortete Neal in harschem Ton: „Ich werde bleiben. Dein Fund wird nicht länger geheim bleiben. Dessen sei dir bewusst." Die Fronten waren verhärtet. Stu wollte seinen Fund mit niemandem teilen. Immer fester wurde sein Griff um den Hackenschaft.

„Ich mache dir ein gutes Angebot. Du wirst mich an deinen Funden beteiligen. Dann erfährt weder Hartman noch ein anderer von dieser Mine. Na, wie entscheidest du dich?" Nun gab es nur einen Ausweg. Der Engländer nahm Ziel und forderte Farrell abermals auf, den Ort zu verlassen. Dieser sah jedoch keine Begründung, so dass er sich voller Selbstvertrauen, seinem Gegenüber gefährlich näherte.

„Blieb stehen, wo du bist", raunte Stu. „Also bist du mir gefolgt, nur um dir selbst die Taschen zu füllen. Auf meine Kosten."

„Wir verlassen diesen Ort zusammen oder ich allein. Ich lasse dir keine Wahl."

„Wie viel willst du, Neal?"

„Nun, ich denke achtzig Prozent deiner Beute würden mich milde stimmen."

Stuart dachte kurz nach, doch Neals Vorschlag, war für ihn keine Option. Mit versteinerter Miene standen sich die beiden einstigen Freunde gegenüber. Es dauerte einen Augenblick, bis er Farrell die passende Antwort gab.

„Ich muss dein Angebot leider ablehnen", erwiderte Stuart fest entschlossen seinen geheimen Claim zu verteidigen. Sein Augenmerk galt permanent Farrells Waffe.

„Du lässt mir keine Wahl", zischte Neal, während seine Hand sich dem Colt an der Hüfte näherte.

„Lass es", antwortete Irving und war bereit seinen Ertrag bis aufs Blut zu verteidigen. „Leg endlich deine Waffe zu Boden." Doch der Vorarbeiter gab nichts auf das Gerede seines Gegenübers und sprach: „Noch eine Bewegung und ich schieße dir ein Loch in den Kopf." Erbittert sahen sie sich an. Ein jeder wartete auf den nächsten Zug seines anscheinenden Feindes. Plötzlich schoss ein Schwarm Vögel, schreiend, aus den nahegelegenen Baumwipfeln in die Höhe. Intuitiv umfasste Neals Hand blitzschnell den Revolver. Als er ihn aus dem Holster zog, donnerten drei laute Schüsse durch den Canyon. Überrascht, mit weit aufgerissenen Augen starrte er zu dem jungen Engländer. Drei klaffende Wunden in seinem Brustkorb raubten ihm den Atem. Blut lief über den Oberkörper und färbte das weiße Hemd feurig Rot.

„Du mieser…", brachte Farrell noch heraus, ehe der Ire rückwärts auf den staubigen Boden stürzte. Nachdem sich bei Irving der Schock gelegt hatte, schlich Irving langsam auf den leblosen Körper zu. Der Anblick war entsetzlich. Farrells weit geöffneten Augen ließen Stu das Blut in den Adern gefrieren. Es erinnerte ihn an Simon Forsythe, welcher ihn noch immer bis in die Träume verfolgte.

Was soll ich jetzt bloß machen? Wenn Sheriff Hartman davon erfährt, werde ich zum Tode verurteilt und ende, wie dieser Outlaw, mit einem Strick um den Hals an einem starken Balken. Ich muss nachdenken. Es muss eine Lösung geben.

Angespannt nahm er neben der Leiche Platz. Da ihn der stechende, starre Blick des einstigen Freundes störte, schloss er dessen Augen. An das Goldsuchen war in diesem Augenblick nicht zu denken. Stunde um Stunde verging, bis Stuart einen Entschluss fasste. Farrells Leiche musste verschwinden. So machte er sich auf die Suche nach einem nicht gut zugänglichen Ort, wo niemand den Minenarbeiter finden konnte. Wie hypnotisiert streifte Stu umher. Auf einmal blieb er stehen. Zwischen den rauen Felsen befand sich ein freies Stück, welches von dichten Dornengewächsen umschlossen war. Es dämmerte bereits, als er den Leichnam durch das dichte Gestrüpp gezogen hatte. Immer wieder blieb Neals Körper an den spitzen Ästchen hängen, so dass Stu ihn mit Gewalt weiterziehen musste. Erleichterung machte sich breit, nachdem das Ziel erreicht war. Nun betete der Engländer, dass sich das Erdreich mühelos ausheben ließ. Im Schein der Laterne machte er die ersten Spatenstiche und verzweifelte rasch. Denn schon nach nicht einmal einem halben Meter stieß die Schaufel auf grobes Gestein. Nichts anderes blieb ihm übrig, als die Grube mit bloßen Händen auszuheben. Immer wieder drehte sich der junge Mann um, wenn auch nur das leiseste Geräusch zu hören war. Doch diesmal nicht zu seinem Schutz, sondern aus schierer Angst. Um Mitternacht schien es vollbracht. Seine Stiefel schoben den letzten Sand über das Grab. Ein Ast diente ihm zum Verwischen der Stiefelspuren. Zurück an der Feuerstelle sank Stu zu Boden und weinte. Er sehnte sich in diesem Augenblick nach einem Schluck Whiskey oder einem kühlen Bier. Eine schlaflose Nacht folgte. Panisch stierte der Goldsucher umher. Aber ihn umgab nichts, als Dunkelheit. Schließlich brach der Morgen an. Kein Sonnenlicht konnte den dicht verhangenen

Himmel durchbrechen. Stattdessen gesellte sich ein starker Wind hinzu und es begann in Strömen zu regnen. Während Stu eine trockene Stelle unter einem Felsvorsprung fand, beobachtete er, wie die dicken Tropfen auf den sandigen Boden aufschlugen. Ihre Krater waren unübersehbar. Eine Gänsehaut überlief seinen gesamten Körper angesichts dieser Naturgewalt. Er befürchtete, dass der starke Niederschlag Farrells Leiche wieder zum Vorschein bringen könnte. So verstrichen weitere quälende Stunden, in denen der Engländer nervös ausharren musste und zum Nichtstun verurteilt war. Seine Gedanken galten weiterhin den Ereignissen des Vortags, sowie den damit verbundenen Konsequenzen. Erst gegen Nachmittag hörte es auf zu regnen, so dass Irving aufgeregt den Ort aufsuchte, an dem er Neal verscharrt hatte. Ihm wurde schlecht, bei diesem Anblick. Der stürmische Regen war so stark gewesen, dass sich ein kleiner Sturzbach gebildet hatte. Sämtliches Erdreich über der fraglichen Stelle war fortgespült. Erneut musste er in das fahle, schmutzversehene Antlitz seines Opfers blicken. Weinend sank er auf die Knie, die Hände tief im Schlamm vergraben.

Herr, schütze mich. Hilf mir ihn wenigstens zu bestatten. Ich bereue meine Tat zutiefst und beuge mich dem Schicksal, welches du für mich vorgesehen hast.

Auf einmal verzogen sich die dichten, grauen Wolken und die Sonne strahlte auf einen Flecken Erde, welcher nicht von der leichten Flut heimgesucht wurde. Nun begann die hektische Arbeit von Neuem.

Die Hitze schien fast unerträglich. In ihr zu arbeiten war die Hölle. Doch es gab keinen anderen Weg. Ihm lief die Zeit davon. Stu sah sich gezwungen abermals eine Grube auszuheben, die Farrell als Grab dienen sollte. Er hatte dicke Schwielen an den Händen, nachdem erneut Neals Körper in die kalte Erde wanderte. Letztendlich saß Stuart nachdenklich am Feuer. Eine Dose Bohnen diente der Magenfüllung, während das schlechte Gewissen weiterhin an ihm nagte.

Ich bin nun schon zu lange unterwegs. Aufmerksamkeit ist momentan das Letzte, was ich brauchen kann. Allerdings wird sich Penny Sorgen machen und die Stadtbewohner werden ebenso ihre Fragen über meinen Verbleib stellen. Jetzt muss ich mich beeilen.

Auch galten seine Gedanken den Rücklagen, die sich über den Winter drastisch reduziert hatten. Obwohl sich Stu liebend gerne aus dem Staub gemacht hätte, konnte er nicht gehen, ohne der natürlichen Mine einen erneuten Besuch abzustatten. Ein ungutes Gefühl beschlich ihn, während er bewaffnet mit Spitzhacke, Hammer und Lampe in den düsteren Tunnel trat. Grundwasser lief von den Wänden und der nasse, modrige Geruch raubte ihm den Atem. Dennoch machte er sich an die Arbeit. Mal für Mal preschte die Hacke in den harten Felsen. Solange, bis sich vor seinen Füßen ein Haufen grobgeschlagener Quarz mit Goldeinschlüssen auftat. Das Licht seiner Lampe drohte allmählich aufgrund des aufgebrauchten Öls zu erlöschen. Darum raffte Irving in Windeseile alle Stücke in den Jutesack und suchte schnell das Weite. In diesem Augenblick verfolgte ihn ein furchterregendes Grollen, das ihm fast den Boden unter den Füßen wegzureißen schien. Er sah sich um, da stürzten riesige Brocken von der Decke.

Ihre Höhe erstreckte sich über mehr als die Hälfte des Tunnels. Ein hysterisches Lachen fuhr aus seiner Kehle, dankbar mit dem Leben davongekommen zu sein. Nachdem er endlich aus dieser Gruft heraus war, ließ Stuart sich auf den Rücken fallen. Es schien ein Omen zu sein, welches ihm sagte, dass er an dem Ort nicht mehr willkommen war. Nur wenig später hingen die gepackten Taschen am Sattel. Er machte sich auf den Weg nach Hause. Immer wieder sah sich der Goldschürfer um. Der Bergkamm wurde kleiner und verschwand schließlich am Horizont. Wie schon die Tage zuvor stand Penny, zusammen mit ihrem Kleinen, am Gatter der Ranch, von wo aus sie gute Sicht auf die staubige Straße hatte, welche nach Kingston führte. Aufgeregt erwartete die junge Mutter die Rückkehr ihres Bruders und hoffte, dass Neal an seiner Seite ritt. Das Herz pochte stark in ihrer Brust, als plötzlich eine schmale Silhouette auf sie zukam. Es war Stuart. Doch niemand befand sich bei ihm.

„Hallo, ihr beiden", wisperte er betroffen und küsste seine Nichte.

„Stuart. Wie geht es dir? Bist du fündig geworden?" Ihr Bruder nickte bedrückt und stieg aus dem Sattel.

„Ja. Aber es ist nicht die gewohnte Menge. Es ist zu viel passiert. Der Stollen ist zusammengebrochen."

„Bist du verletzt?", fragte seine Schwester angsterfüllt.

„Mir geht es gut. Gott sei Dank war ich bereits auf dem Weg hinaus." Allerdings reichte ein weiterer Blick in Pennys Miene, um zu wissen, dass etwas nicht in Ordnung war. Er sah seiner Nichte ins Gesicht und fragte: „Stimmt etwas nicht? Ist etwas mit der Kleinen?" Die frischgebackene Mutter schüttelte den Kopf.

„Ist dir Neal Farrell begegnet?" Diese Frage war für Stu, wie ein heftiger Schlag ins Gesicht. Eilig verneinte er.

„Wieso hätte ich ihn treffen sollen?" Im selben Moment begann Penny zu weinen und beichtete.

„Ich habe ihn nahe deinem Haus getroffen."

„Ja, und?", flüsterte ihr Bruder leise, schon ahnend, dass dieses Gespräch nicht gut enden würde.

„Ich habe scherzhaft erwähnt, dass du auf Goldsuche seist. Daraufhin wurde sein Blick ernst. Seit diesem Tag hat ihn niemand mehr gesehen." Stuart stand geschockt neben seinem Pferd.

„Was hast du getan, Penny? Ich habe dir gesagt, nein, dich und Tony regelrecht angefleht, kein Sterbenswörtchen darüber zu verlieren. Auch nicht im Scherz." Eine Mischung zwischen Wut und Enttäuschung durchfuhr seinen schmalen Körper. Zitternd nahm er Penny bei den Schultern und zischte sie an. „Du bist für sein Schicksal verantwortlich. Ich hoffe, du kannst damit leben."

„Was hast du getan?"

„Neal wollte mich erschießen. Er hat meine Mine gesehen. Doch ich bin ihm zuvorgekommen."

„Oh, mein Gott", wisperte Shermans Ehefrau.

„Dank dir klebt nun sein Blut an meinen Händen. Geh mir aus den Augen." Daraufhin nahm Stu Twister an den Zügeln, lief das letzte Stück, bis er aus Pennys Blickfeld verschwand. Aufgewühlt ging sie nach Hause, legte ihre Tochter in das Bettchen und weinte bitterlich. Als Tony am Abend zurückkam, vernahm er schon von Weitem das laute Schluchzen seiner Frau.

„Penny?", sprach er tröstend, nachdem er die Wohnküche betrat. Unter Tränen erzählte sie von dem Gespräch. Auch Sherman traf es wie ein Donnerschlag, als er erfuhr, was geschehen war.

„Ich bin schuld", schluchzte Penny, während sie langsam ruhiger wurde. „Stu will mich nicht mehr sehen."

„Es war ein Fehler, mit dem wir nun leben müssen. Lass ihn erst einmal in Ruhe, bis er sich beruhigt hat."

„Was machen wir jetzt? Sollen wir es Sheriff Hartman erzählen?" Geschockt schüttelte ihr Mann den Kopf.

„Du hast schon genügend Schaden angerichtet. Keiner von uns verliert ein weiteres Wort über diesen Vorfall. Sonst wird dein Bruder enden, wie einst dieser Outlaw. Denk immer daran."

„Wie kann ich das wieder gut machen?" Darauf konnte Tony nur mit einem Schulterzucken reagieren.

„Gib deinem Bruder Zeit. Irgendwann werdet ihr beiden darüber hinwegkommen." Tröstend nahm er seine Ehefrau in den Arm. Währenddessen hatte Stuart seine Taschen in die Hütte gebracht und das Pferd gefüttert. Nun saß er allein an seinem Tisch. Die Enttäuschung über Pennys unbedachtes Verhalten wurde immer stärker. Seine Angst vor den Konsequenzen ließ ihn nicht mehr los. So griff der Goldschürfer wieder zur Flasche. Er goss ein Glas nach dem anderen ein und immer wieder schaute er auf die offene Goldtruhe, aber auch auf seine Waffe, die geladen auf dem Tisch lag. Aufs Neue kamen Selbstmordgedanken in ihm auf, welche er nur unter Tränen verdrängen konnte.

Es verstrichen weitere Tage in denen Stuart die eigenen vier Wände nicht mehr verließ und der Whiskey erneut sein bester Freund wurde. So erhoffte sich der Engländer, jeglichem Gespräch und Fragen nach Neal aus dem Weg gehen zu können. Das Schuldgefühl, welches stark auf seinen Schultern lastete, trieb ihn allmählich an den Rand des Wahnsinns. Auch in der Messe wurde er vermisst. Penny starrte auf seinen leeren Sitzplatz in der Kirche. Zu gerne hätte sie sich mit ihrem Bruder ausgesprochen, doch der Zeitpunkt schien in weiter Ferne zu liegen. Sie spürte, dass diese Wunde nie endgültig verheilen würde.

12. Kapitel

Ein lautes Pochen riss Stuart am nächsten Morgen ruckartig aus dem Schlaf. Orientierungslos und stark verkatert schlich er zur Tür. Verschlafen schaute er in das besorgte Gesicht von Sheriff Jeff Hartman. Angewidert von dem Geruch, welcher aus der Behausung strömte, trat der Gesetzeshüter ein Stück zurück und hielt sich ein Taschentuch vor den Mund.

„Um Himmels Willen, Stuart. Hast du eine eigene Schnapsbrennerei, oder warum stinkt es hier so erbärmlich?" Ohne ein Wort zu verlieren, ging Irving an ihm vorbei und tauchte seinen Kopf in das Wasserfass.

„Entschuldigung, Sheriff Hartman. Ich hatte eine harte Nacht. Fragen Sie nicht." Nickend nahm Jeff dies zur Kenntnis. Aber das war nicht der Grund, warum er an diesem Morgen bei ihm aufschlug. Angelehnt an den Türrahmen zündete er sich eine Zigarette an.

„Wo warst du in den letzten Tagen?"

„Jagen. Aber warum fragen Sie?" Hartman blies nachdenklich den Rauch in die klare Luft.

„Ich frage nur. Nichts weiter." Kurzes Schweigen herrschte, ehe der Gesetzeshüter fortfuhr. „Weißt du, wo sich Neal Farrell aufhält?" Wie versteinert stand der Goldsucher da und wurde schlagartig nüchtern. Mit weit geöffneten Augen schüttelte er den Kopf und flüsterte: „Ich habe keine Ahnung. Warum? Was ist mit ihm?"

„Seit Tagen ist er, wie vom Erdboden verschluckt. Niemand hat ihn gesehen."

„Darf ich fragen, warum sein Verschwinden so wichtig ist? Vielleicht ist er nach Norden gezogen, oder weiter nach Kalifornien." Diesen Gedanken hegte auch Hartman. Er nahm einen letzten Zug und streifte sich nachdenklich über die Stirn.

„Ja, das wäre eine Möglichkeit. Aber Whitney war in seinem Haus. Sämtliche Habseligkeiten, die ihm am Herzen lagen, waren noch an Ort und Stelle. Also gehe ich nicht von einem plötzlichen Aufbruch aus. Irgendetwas ist ihm geschehen und ich werde rausfinden was." Stu wurde schlecht. Er sprang zur Seite und übergab sich. „Du solltest die Finger vom Alkohol lassen, Irving. Du siehst ja, was du davon hast. Einen dicken Schädel und Übelkeit. Ich wünsche dir noch einen schönen Tag." Das Gespräch schärfte Stus Aufmerksamkeit. Von nun an musste er sich dreimal überlegen, was er sagte oder wem. Für ihn war es eine Bestätigung, seiner Schwester kein Vertrauen mehr zu schenken. An diesem Abend ging er seit langer Zeit wieder in Kens Saloon, wo er freudig von den anderen Stadtbewohnern begrüßt wurde. Auch Tony war anwesend, um sich über das Wohl der Bürger zu erkundigen. Stu versuchte ihm aus dem Weg zu gehen. Überglücklich schien sein Gemüt, als er Jack Whitney an einem freien Tisch, einsam sitzen sah. Zwar grüßte Stuart Sherman, doch er nahm lieber bei seinem Freund Platz, um sich nicht den Gesprächen über das Geschehene aussetzen zu müssen.

„Na, Jack? Wie geht es dir?", erkundigte sich Stuart, während er Ken das Zeichen gab, eine Flasche Schnaps zu bringen.

Nachdem der Whiskey den Tisch erreicht hatte, stierte der Viehzüchter besorgt zu ihm hinüber. Obwohl er ihm gern ins Gewissen geredet hätte, war Tony nicht in der

Situation, seinem Schwager Vorschriften machen zu können. So sah er still zu, wie die beiden ein Glas nach dem anderen vernichteten. Jack, der schon leicht angetrunken war, schaute ernst zu Stu und flüsterte: „Ich mache mir große Sorgen." Stu wollte sich nichts anmerken lassen und fragte: „Wieso?"

„Neal ist verschwunden. Er ist vor einigen Tagen nicht zur Arbeit auf Shermans Farm erschienen. Ich dachte mir nichts dabei. Doch nachdem er weiterhin unauffindbar blieb, ging ich zu seinem Häuschen. Alles stand und lag da, als würde er jede Sekunde zurückkommen. Sheriff Hartman hat sich diesem Fall nun angenommen." Nicht wissend, wie er reagieren sollte, saß Irving am Tisch und wendete nervös sein Whiskeyglas.

„Glaubst du nicht, dass es eine einfache Erklärung dafür geben kann? Wahrscheinlich ist ihm eine schöne Frau begegnet." Jack fing laut an zu lachen.

„Nein, nicht Neal. Sie müsste schon hässlich gewesen sein, damit sie Farrell mitnimmt." Auf einmal wurde Whitney wieder ernst. „Also denkst du, ich sollte mich nicht sorgen?"

„Genau. Irgendwann taucht er wieder auf. Da bin ich mir sicher," wiegelte Stuart ab. Als Tony das Gespräch belauschte überkam ihn ein mulmiges Gefühl, da er wusste, was wirklich in den Bergen geschehen war. Um den Verdacht nicht ungewollt auf seinen Schwager zu lenken, bezahlte der Viehzüchter und verließ schnellen Schrittes Kens Saloon. Nach ungefähr vier Stunden hatte der Engländer, zusammen mit Jack, erneut drei Flaschen Hochprozentigen geleert.

Er stand schwankend auf, legte das Geld auf den Tisch und sprach zu seinem Freund: „Wünsche dir noch einen schönen Abend. Wir sehen uns bald."

„Fein. Bis dann", brachte Whitney noch heraus, bevor auch er das Etablissement verließ.

Zwei Jahre später sprachen die Geschwister Irving immer noch kein Wort miteinander. Dies schien jedoch nur Penny zu belasten. Des Öfteren gab es Tränen. Ihre kleine Tochter Carol Georgia hatte inzwischen das Laufen gelernt. Auch sie vermisste ihren Onkel. Die Nachforschungen bezüglich des Verbleibs von Neal Farrell liefen ins Leere, was Sheriff Hartman schlaflose Nächte bereitete. Noch immer fragte er jeden in der Bevölkerung und hoffte, dass sich einer von ihnen doch noch an eine Kleinigkeit erinnerte, die diesen mysteriösen Fall lösen konnte. Jeff fiel die ständige Abwesenheit von Stu auf, was ihn in seinen Augen verdächtig machte. So suchte der Gesetzeshüter ihn an einem heißen Sommertag ein weiteres Mal auf. Irving schlief in seiner schattigen Hängematte. Zu seinen Füßen lagen, wie so oft, die geleerten Flaschen auf dem Boden.

„Stuart", donnerte die laute Stimme des Gesetzeshüters, während er sich dem Goldschürfer näherte. Dieser schrak volltrunken auf. „Ich muss mit dir reden."

„Was gibt es denn nun schon wieder?", fragte Stu und rieb sich die rotunterlaufenen Augen.

„Es geht um Neal Farrell." Gleichgültig fragte der Goldschürfer, ob sein ehemaliger Vorarbeiter endlich aufgefunden wäre. Diese Aussage machte den Sheriff stutzig.

„Was meinst du mit aufgefunden?"

„Nun, ja", stotterte Stu. Schweißperlen standen auf seiner Stirn. „Ist er wieder aufgetaucht?"

„Nein. Neal wurde weiterhin von niemandem gesehen. Deshalb wollte ich dich noch einmal fragen, ob du dich nicht doch an etwas erinnerst." Aber Irving zuckte nur mit den Schultern. Zurückhaltend berichtete er abermals von ihrem letzten Aufeinandertreffen und, dass er ihn seither nicht mehr gesehen hatte." Hartman war sich sicher nur Halbwahrheiten zu erfahren, konnte dies jedoch nicht beweisen. Ehe Jeff unverrichteter Dinge das Grundstück verließ, stellte er eine letzte Frage.

„Glaubst du Penny kann irgendetwas zur Aufklärung beitragen? Immerhin hat er als Tagelöhner auf der Farm gearbeitet." In diesem Augenblick wuchs Stus Nervosität ins Unermessliche.

„Ich weiß es nicht. Aber Penny wird Ihnen ebenfalls nicht weiterhelfen können. Die beiden mussten unverhofft einen Arbeiter von ihrer Liste streichen. Tony wäre sicherlich schon nach seinem Verschwinden bei Ihnen gewesen." Die Antwort erschien logisch, weshalb Hartman seine Nachforschungen allem Anschein nach nun endgültig abschloss. Ein Gefühl der Erleichterung machte sich bei dem Goldschürfer breit, obwohl er nicht wusste, ob Jeff nicht doch seiner Schwester einen Besuch abstatten würde.

Sheriff Hartman ist ein harter Hund. Ich dachte, nach dieser langen Zeit hätte er seine Bemühungen aufgegeben. Hoffentlich gibt er jetzt endlich Ruhe.

Er brauchte Ablenkung. Aus diesem Grund beschloss Stuart am selben Nachmittag ein weiteres Mal auf Goldsuche zu gehen. Außerdem wollte er sicher sein, dass Farrell nicht von wilden Tieren ausgegraben oder vom Regen an die Oberfläche gespült wurde. Nachdem die Taschen gepackt und Twister gesattelt war verschwand er heimlich aus der Stadt. Mit einem ungutn Gefühl in der Magengrube kehrte er zu seiner Mine zurück. Der Blick schweifte in Richtung des Ortes, an dem Neal seine letzte Ruhe gefunden hatte.

Als das Nachtlager aufgeschlagen war, genehmigte sich Stu erst einmal einen kräftigen Schluck. Schließlich brach die Dunkelheit herein und er versuchte durch den Schnaps sein schlechtes Gewissen zu betäuben. Doch bei jedem kleinsten Rascheln zuckte der Engländer zusammen. Erst das Aufgehen der Sonne brachte ihm wieder die nötige Sicherheit. Nun galt es den Eingang freizuräumen und sich abermals die Taschen zu füllen. Je tiefer er in den schmalen Stollen vordrang, umso stärker pochte sein Herz. Die Enge schien ihm diesmal förmlich die Luft zu rauben. Aber all diese Gedanken waren schlagartig vergessen, als das schimmernde Gold im Schein der Lampe funkelte. Während die Hacke behutsam das Edelmetall aus der festen Schicht trennte, schaute Stu immer wieder an die Decke und betete, dass nicht erneut ein Brocken herausbrechen würde. Das Glück war an diesem Tag auf seiner Seite. In dem Leinenbeutel befanden sich zu guter Letzt fünfundzwanzig, golddurchzogene Erzstücke. Verwundert schaute Stuart drein. Er hatte völlig die Zeit vergessen und nicht gemerkt, dass die Abenddämmerung bereits angebrochen war. Im schwachen Licht der untergehenden Sonne, kehrte der erfolgreiche Goldsucher zu seinem Lager zurück, machte sich etwas zu essen und versuchte eine Mütze Schlaf zu bekommen, ehe er am nächsten Tag die Rückreise antrat. Auf dem Rücken seines Pferdes hatte Stu die flache Steppe erreicht, als plötzlich ein lautes Rasseln ertönte. Blitzschnell schoss eine Klapperschlage in die Höhe und verfehlte Twisters Bein nur knapp. Aufgeschreckt stieg das Pferd unter lautem Wiehern auf.

Stuart versuchte es noch zu beruhigen, da stürzte die Stute zur Seite und begrub ihn unter sich. Er vernahm ein lautes Knacken in seinem Brustkorb. Dieser Schlag raubte ihm den Atem. Statt einen Moment liegen zu bleiben, sprang Irving in die Höhe. Die Zügel fest in der Hand, strich er mit der anderen vorsichtig durch die Mähne.

„Ganz ruhig", hauchte Stu, der weiterhin kaum Luft holen konnte. „Ganz ruhig." Sie blieben noch einen Augenblick stehen, ehe die beiden sich auf den beschwerlichen Heimweg machten. Trotz stechender Schmerzen lief er weiter neben Twister her, bis am späten Nachmittag die Stadtgrenze von Kingston erreicht war. Erledigt, stöhnend und nur flach atmend, brachte Stu sein Pferd in den Stall, befreite es vom Sattel, bevor er seine Taschen nahm. Doch schon der Rückweg zur Haustür schien eine Qual für ihn zu sein. Immer wieder blieb er stehen. Mit letzter Kraft warf der Goldsucher die schweren Gepäckstücke auf den Dielenboden und nahm, um Luft ringend, am Tisch Platz. Die Pein wurde schließlich unerträglich, so dass er sich den Brustkorb fest bandagierte. Seine Beute sollte ihm Ablenkung bereiten. Inzwischen brach die Dunkelheit herein. Ausgebreitet lag sein Schatz vor ihm, da klopfte es plötzlich an der Tür. Aber Irving zeigte keinerlei Interesse sich mit jemandem zu unterhalten. Also schwieg er und wartete, dass sich der ungebetene Gast wieder entfernte. Es war Jack Whitney, der vor der verschlossenen Pforte wartete. Sorgevoll verharrte Stus Freund, da im Inneren Licht brannte. Ebenso vernahm er Twisters Schnauben. So pochte Jack erneut, ohne eine Reaktion.

„Stu? Ich weiß, dass du da bist. Bitte mach auf." Doch auch auf diese Aufforderung tat sich nichts. Ganz im Gegenteil.

Auf einmal wurde im Inneren das Licht gelöscht, was Whitneys neugierig machte. So versuchte er, mit Hilfe des Mondscheins, etwas durch das schmale Fenster zu erkennen.

Was der Tagelöhner sah, verschlug ihm die Sprache. Stuart kniete vor der kleinen Truhe. Das Gesicht schmerzverzerrt. In Windeseile verschwanden seine Funde darin und die Kiste wieder unter dem Bett. Als sich Stu umdrehte, machte Jack einen Schritt zur Seite, so dass sein Freund ihn nicht erkennen konnte.

„Dieser kleine Mistkerl", zischte Whitney, während er wütend nach Hause ging. „Deshalb konnte er sich alles leisten und ein gutes Leben führen. Er hat Gold gefunden, verdammt. Morgen früh werde ich ihn zur Rede stellen. Ich dachte, er wäre mein Freund."

Währenddessen saß Penny im Kreise ihrer kleinen Familie beim Abendessen. Schweigen herrschte, bis Tony dieses durchbrach.

„Wie lange soll das noch so weitergehen?", fragte er leise. „Sprich endlich mit deinem Bruder. Sag ihm, wie leid es dir tut. Er wartet nur darauf." Nachdenklich reichte sie Carol Georgia das Essen an und flüsterte: „Das würde ich gerne tun, Tony. Aber ich hege die Furcht, dass er mich fortschickt."

„Ihr seid beide Sturköpfe. Redet miteinander. Du wirst sehen, dass sich alles zum Guten wendet. Also spring bitte über deinen Schatten." Ein Lächeln stahl sich auf Pennys Lippen.

„Was würde ich bloß ohne dich tun. Ich liebe euch."

„Wir dich auch, meine Süße."

„Ich werde Morgen sofort nach Sonnenaufgang zu meinem Bruder gehen. Kannst du so lange auf die Kleine aufpassen?"

„Natürlich kann ich das", antwortete ihr Gatte und wandte sich seiner kleinen Tochter zu. „Du kannst mich zum Melken begleiten, meine Hübsche." In dieser Nacht schlief Penny nur wenig. Zu sehr fürchtete sie die Abweisung ihres Bruders.

Am nächsten Morgen verhüllte ein tiefes Grau den Himmel. Dichte Wolken ließen kaum erahnen, dass der Tag schon angebrochen war. Zu allem Überfluss begann es auch noch zu regnen, was Penny nicht aufhielt. Schnellen Schrittes rannte sie durch Kingston, bis sie völlig durchnässt Stus Behausung erreichte. Nun beschlich auch die junge Misses Sherman ein ungutes Gefühl. Sie vernahm Twisters nervöses Wiehern. Im Inneren herrschte nicht der Hauch von Leben. Mit zittriger Hand klopfte Penny an. Doch weder eine Stimme war zu hören noch eine Bewegung zu erkennen. Im Gegensatz zu Jack wusste sie, dass ihr Bruder stets einen Ersatzschlüssel hinter einem Stück Holz versteckte. Als seine Schwester die Tür aufsperrte, blieb sie wie versteinert stehen. Stuart lag regungslos da. Sein Brustkorb schien sich kaum noch zu heben, das Gesicht war kreidebleich und der Bauchraum, trotz des straffen Verbandes, aufgedunsen.

„Stuart? Was ist mit dir?", fragte Penny den Tränen nah, während sie neben dem Bett auf die Knie sank. Ihr Bruder drehte langsam den Kopf und hauchte mit halbgeschlossenen Augen.

„Paula? Ist es schon so weit? Ich fühle mich zu schwach, um dir zu folgen."

„Wovon sprichst du? Ich bin es, Penny, deine Schwester", wisperte sie irritiert. Aber Stu erkannte sie nicht und fuhr fort: „Ja, sag Penny einen Gruß von mir. Ach, Paula, es tut mir leid, dass ich die Kiste geöffnet habe. Hoffentlich verzeihst du mir."

Panisch rüttelte Penny an seinem Arm. Es schien ihr fast unmöglich zu ihm durchzudringen.

„Ich bin doch da. Um Himmels Willen, was ist mit dir?"

„Mir ist nicht wohl, seit Twister auf mich fiel. Lass mich eine Weile schlafen, Paula. Dann komme ich gleich mit dir." Stuart verdrehte die Augen und atmete kaum noch. Nun hielt Penny nichts mehr auf.

„Bleib bei uns, Stu. Ich hole Hilfe."

Sie sprang auf und rannte über die schlammige Hauptstraße, hin zur Praxis von Doktor Steven Colburn. Schnell merkte Penny, dass die Tür verschlossen war und donnerte mit beiden Fäusten, schreiend gegen diese. Aufgeschreckt durch den höllischen Lärm, rannte Jeremiah Grimes aus seinem Laden.

„Doktor Colburn ist bei den Hansons. Was ist geschehen?"

„Es geht um Stu. Irgendetwas stimmt nicht."

„Soll ich dich zu ihm bringen? Wir sind schneller, wenn wir den Pferdewagen nehmen." Penny schüttelte den Kopf.

„Das dauert zu lange. Ich bin zu Fuß schneller dort", schrie sie, wischte sich die Tränen der Verzweiflung ab und rannte los. An der nächsten Ecke traf Misses Sherman auf Jack, der bereits auf dem Weg zu ihrem Bruder war. Überrascht sah er sie an. Ehe Jack ein Wort sagen konnte, bat ihn Penny sofort zu Stu zu gehen.

„Er redet im Wahn. Bleib bei ihm, bis ich mit Doktor Colburn komme."

„Ja, kein Problem." Während Whitney zu der Hütte rannte, machte sich Penny auf den Weg zu den Hansons, die etwas außerhalb von Kingston wohnten. Mittlerweile regnete es stärker und der trockene Boden weichte auf. Dies erschwerte Stus Schwester das Vorankommen. Immer wieder versank sie bis zu den Knöcheln im

Schlamm. Obwohl es nur ein Kilometer war, erschien ihr die Strecke ewig lang.

Inzwischen hatte Jack neben seinem Freund Platz genommen und hielt dessen Hand. All die Wut, die er noch am Vorabend empfand, war vergessen und wich der Sorge.

Leise flüsterte sein Freund: „Stuart? Ich bin hier. Alles wird gut." Irving öffnete erschöpft die Lider. „Halte durch. Penny ist unterwegs und holt Doc Colburn." Aber Stuart erkannte auch ihn nicht. Er riss weit die Augen auf und hauchte: „Neal? Du bist auch hier? Ich dachte du seist tot." Wie versteinert starrte Jack ihn an.

„Was meinst du damit?"

„Ich habe dich erschossen und deinen Körper in den Bergen vergraben." Es dauerte nur einen Wimpernschlag, bis Jack verstand, worauf Stu hinauswollte. Purer Zorn stieg in dem Gelegenheitsarbeiter hoch, so dass ihn Stus Gesundheitszustand nicht mehr interessierte. „Verzeih mir, Neal. Ich habe das alles nicht gewollt", brachte Irving noch heraus, als Whitney das Kissen nahm und dem wehrlosen Engländer fest auf das Gesicht presste. Tränen liefen nun selbst Jack über die Wangen. Doch er konnte nicht aufhören. In Raserei drückte er weiter zu, bis Stu seine Arme senkte. Erst jetzt, da sein Freund leblos dalag, wurde sich Whitney seiner Tat bewusst.

„Was habe ich bloß getan?", wisperte er verzweifelt und schaute sich hektisch um.

Unterdessen erreichte Penny endlich die kleine Farm der Hansons. Sie schrie weinend nach Doktor Colburn, der plötzlich vor ihr stand.

„Penny?"

„Sie müssen unbedingt mit mir kommen. Mein Bruder atmet schwer und scheint nicht bei sich zu sein. Bitte,

Doktor Colburn", wisperte sie und griff nach seinem Arm.

„Kommen Sie nun allein zurecht?", fragte der Mediziner Mister Hanson, der erschrocken zu ihnen kam.

„Natürlich, Mister Colburn. Haben Sie vielen Dank, aber ich glaube, Sie werden an anderer Stelle nun mehr gebraucht." Er nickte und begleitete Penny zu seinem Einspänner.

„Wir müssen los." Mit diesen Worten fuhren die beiden die schlammigen Wege entlang. „Ich hoffe, er hat noch nicht das Bewusstsein verloren, Penny. Was Sie mir erzählt haben, klingt sehr ernst." Sheriff Hartman, der vor seinem Büro die Wetterlage beobachtete, hob grüßend die Hand, während der Doktor, ohne ihm einen Blick zu schenken, an ihm vorbeiraste.

„Verdammt. Da muss etwas passiert sein. Sonst winkt er wenigstens", flüsterte der Gesetzeshüter, nahm seine Jacke, setzte den Hut auf und folgte eilig der kleinen Kutsche. Penny hatte bei Ankunft ein schlechtes Gefühl. Die Tür war sperrangelweit geöffnet. Kein Laut drang zu ihnen hinaus. Steven Colburn nahm seine Tasche und bat Misses Sherman noch einen Moment zu warten. Selbst für den gestandenen Mediziner war dieser Anblick grauenhaft. Stuart lag regungslos da. Die Augen weit aufgerissen. Bevor der Arzt den jungen Mann weiter untersuchte, nahm er den Puls.

„Gott im Himmel", wisperte Steven, da kein Lebenszeichen mehr spürbar war. „Was ist dir widerfahren, mein Junge?"

Nun fiel ihm auch der stramme Verband auf, welchen sich Stu am Vorabend selbst angelegt hatte. Er nahm diesen ab und tastete den harten Bauchraum ab. Penny hielt es nicht mehr aus und betrat den Raum. Voller Bedauern schaute Doktor Colburn die junge Mutter an und schüttelte den Kopf.

„Verzeihen Sie mir, aber ich kann nichts mehr für ihn tun. Er ist tot." In diesem Moment kam Sheriff Hartman hinzu, der fassungslos den Tatort in Augenschein nahm. Als Steven seine Tasche schloss, begann die kleine Schwester hysterisch zu schreien und selbst die erfahrenen Männer vermochten es nicht, sie zu beruhigen.

„Woran ist er gestorben?", flüsterte Jeff leise.

„Vier gebrochene Rippen. Eine hat sich in die Lunge gebohrt, was die Atemnot verursachte. Eine weitere hat die Leber angerissen. Dadurch konnten ungehindert Blut und Giftstoffe in seinen Bauchraum gelangen. Dennoch hätte ich noch etwas für ihn tun können", flüsterte Doc Colburn, der Hartman unbemerkt zur Seite nahm. „Er ist erstickt."

„Wie?"

„Haben sie die Abdrücke auf dem Kissen gesehen? Ich denke, er wurde ermordet." Trotz der Flüsterstimmen vernahm Penny jedes Wort.

„Wo ist Jack? Jack Whitney? Er hatte versprochen, auf Stu zu achten." Nun ergaben die Ereignisse für den Sheriff Sinn. Ein Blick durch den Raum reichte ihm, um zu erkennen, was sich abgespielt hatte. Neben dem Bett stand Stus Truhe. Das Schloss war aufgebrochen, der Inhalt verschwunden. Auch der Sattel und die dazugehörigen Taschen standen nicht mehr an ihrem Ort. Ohne eine Sekunde zu verlieren, stürmte Jeff hinter das Haus. Twisters leerer Stall schien das letzte Indiz zu sein.

Tage lang suchten die Stadtbewohner unter der Leitung des Sheriffs nach dem Täter. Doch ohne Erfolg. Jack Whitney war, wie vom Erdboden verschluckt. Für Penny bedeutete dies endgültig den einzigen Menschen verloren zu haben, der ihr von der Familie geblieben war. Damit kam sie nicht zurecht. Sie starb mit nur vierzig Jahren. Tony Sherman führte dies auf ihr gebrochenes Herz zurück, da sie ihren Bruder nicht mehr um Verzeihung bitten konnte...

„Nun kennst du die ganze Geschichte, mein Junge." Der alte Jack saß inzwischen mit dem jungen Mann an einem wärmenden Feuer. Jason stierte kopfschüttelnd in die Flammen. Schweigen herrschte, bis er leise das Wort ergriff.

„Traurig", flüsterte Matherson. „Bedauern Sie diese Tat?" Jack nickte.

„Ich weiß nicht, was damals passiert ist. Mein Geist schien den Körper verlassen zu haben. Das soll keine Entschuldigung sein. Mir wurde erst später meine Tat bewusst. Seither bete ich jeden verdammten Tag um Vergebung und hoffe, dass Gott mich in sein Reich aufnehmen wird." Die Sonne ging allmählich unter und färbte den Fluss in ein strahlendes Gold. Nachdenklich schaute Whitney auf die leichten Wogen und zündete sich eine Zigarette an. Plötzlich lächelte der alte Mann. Er nahm Schwung und warf Jason etwas zu. Überrascht fing er es auf. Sein Blick äußerte erstaunen.

„Was ist das?"

„Dies, mein Junge, ist ein Streichholzpäckchen. Ich habe es aus dem letzten Stück Gold fertigen lassen, welches Stuart Irving gefunden hatte. Es zeigt sogar noch die Quarzeinschlüsse, in denen sich das Edelmetall versuchte zu verstecken."

„Was ist mit dem Rest des Goldes geschehen?", fragte Matherson neugierig, während er auf das schimmernde Geschenk starrte. Der alte Jack sah zum Himmel hinauf und erzählte, schweren Herzens, weiter.

„Das ist der klägliche Rest. Mein Weg führte mich nach Norden, wo ich ein ausschweifendes Leben führte. Ich wollte sterben. Es Stuart gleichtun. Meine besten Freunde waren Whiskey und Zigarren. Ich verbrachte jede Nacht mit einer anderen Frau, die sich von mir aushalten ließ. Ich habe alles verloren, doch nicht mein verdammtes Leben." Jack wischte sich eine Träne ab. „Für den Mord an meinem Freund büße ich noch immer und hoffe, dass es bald ein Ende hat." Er stand auf und nahm Jason unverhofft in den Arm. „Es tat gut mit einem Fremden darüber zu reden. Dies war die Beichte, die ich nie abgelegt hatte. Halte mein Präsent in Ehren und erzähl die Geschichte weiter. Vielleicht werden einige Menschen daraus lernen." Danach griff Jack in den Holster. Er nahm seinen funkelnden Peacemaker am Lauf und gab ihn dem jungen Mann. „Wo ich hingehe, brauche ich den nicht mehr." Ein Lächeln stahl sich auf seine Lippen. „Mach es gut, Jason Matherson. Es war mir eine Freude, dich kennengelernt zu haben." Sprachlos stand sein Gegenüber da, als Whitney seine Angel nahm und langsam in der Dunkelheit des Waldes verschwand. Für immer.

Auf diese Weise wurde seine Geschichte zur Legende. Trotz akribischer Suche blieb die geheimnisvolle Mine unauffindbar.

Weitere Romane

DIE ORDENSSCHWESTER
ISBN: 978-3-744-80094-5

FLEUY
BRIEFE VON DER WESTFRONT
ISBN: 978-3-744-85651-5

VERDRÄNGTE ZEITEN
ISBN: 978-3-748-16849-2

FALKLAND
ISBN: 978-3-750-40957-6

3 WELLEN
DIE SPANISCHE GRIPPE
ISBN: 978-3-751-97026-6

VAUQUOIS
DIE MINENSCHLACHT VON VERDUN
ISBN: 978-3-754-33397-6

KRIEG DER ADLER
DIE PROPHEZEIUNG DER GÖTTER
ISBN: 978-3-756-25615-0

KRIEG DER ADLER
DER UNTERGANG DES AZTEKENREICHES
ISBN: 978-3-756-25617-4

Mehr zu Inhalten, Covern und über den Autor auf:
www.danielneufang.wordpress.com

Ingram Content Group UK Ltd.
Milton Keynes UK
UKHW020653050623
422889UK00016B/1628

9 783757 807573